Other Works by May McGoldrick, Jan Coffey, and Nik James

NIK JAMES NOVELS

Caleb Marlowe Westerns

High Country Justice

Bullets and Silver

The Winter Road

Silver Trail Christmas

JAN COFFEY NOVELS

Trust Me Once

Twice Burned

Triple Threat

Fourth Victim

Five in a Row

Silent Waters

Cross Wired

The Janus Effect

The Puppet Master

Blind Eye

Road Kill

Mercy

When the Mirror Cracks

Tropical Kiss

Aquarian

Omid's Shadow

It Happened in the Highlands

Sucedió en las Highlands

May McGoldrick

Book Duo Creative

ENJOY!
Nikoo & Jim

May / Jane C

A nuestros amigos Betsy Mark y Rich Assenza

*Prueba positiva de las segundas oportunidades
y Felices para siempre*

Todo el privilegio que reclamo para mi propio sexo... es el de amar durante más tiempo, cuando la esperanza ha desaparecido.

Jane Austen, *Persuasión*

Capítulo Uno

"EL NACIMIENTO de un niño debe ser un momento de alegría, no de miseria". Las palabras atravesaron el ajetreado murmullo de la tienda de ropa y llegaron hasta la joven que estaba en el probador contiguo.

"Los orígenes de *esta* muchacha son de lo más miserable y de lo más aborrecible", vociferó una segunda mujer. "Nuestra sociedad no tiene lugar para quienes tienen unos orígenes tan sórdidos, en mi opinión".

Las voces procedentes del otro lado de la puerta con cortinas hirieron profundamente a Jo Pennington, punzando la herida que había estado sangrando durante toda su vida. Mientras se miraba en el espejo, no le cabía duda de que las dos mujeres sabían que estaba al alcance de sus oídos. Habían prescindido intencionadamente de cualquier fachada de cortesía. El volumen y el tono de su conversación subrayaban sus palabras.

1

"En efecto", asintió la primera mujer. "¡Sé de buena tinta que la madre de la muchacha era una cortesana vil!".

La costurera que prendía el encaje a la manga de Jo fingía no oír, pero su rostro sonrojado hablaba de su vergüenza.

"'*Cortesana*' es un término demasiado fino", replicó la segunda mujer. "*Sé* lo que ocurrió. He intentado apartar de mí el recuerdo, pero estuve allí. Y puedo decirte que la madre de la muchacha pertenecía a la escoria más baja de la existencia. Dudo en utilizar expresiones tan repugnantes, pero debemos ver el mundo tal y como es, aunque nos escandalice a los que tenemos una sensibilidad refinada. La mujer era una ramera revolcándose en una zanja. Una vagabunda rancia y sin rumbo que se sumaba a la carga del mundo. Una 'prostituta decadente', en palabras del Dr. Johnson".

Jo cerró los ojos con fuerza. Conocía demasiado bien la identidad de la segunda mujer, aunque adoptaba una pose diferente en presencia de cualquier miembro de la familia Pennington. En efecto, lady Nithsdale había sido invitada al Baile de Verano de Baronsford cuando la condesa Aytoun, empapada por la lluvia, llevó a un bebé hambriento y maullante en medio de la élite de la sociedad, sólo unas horas después de que la madre de Jo muriera al dar a luz en el barro bajo el carro de una bondadosa anciana.

Pero ahora lady Nithsdale, repugnante e hipócrita, estaba en el salón contiguo al probador de la modista, proclamando a voz en grito todo lo que recordaba y aún más que se había inventado.

¡Con qué rapidez las nubes taparon el sol!

Hacía sólo una hora, Jo había estado disfrutando de las alegrías de la animada Oxford Street, con sus grandes y luminosas tiendas llenas de sombreros y gorros, zapatillas y zapatos, cintas y encajes. Había sido muy feliz contemplando las últimas tendencias en compañía de su madre adoptiva y sus hermanas. Mientras pensaba en lo que pretendía y en su inminente boda, Phoebe, de once años, y Millie, de ocho, habían estado engatusando alegremente a lady Aytoun *para* que les hiciera vestidos a juego con la colorida variedad de telas que colgaban en elegantes pliegues tras los finos y altos ventanales.

Y ahora esto. Otra vez. Diez días antes de la boda.

Jo se obligó a concentrarse en la imagen del apuesto rostro de su prometido. En su pelo rubio oscuro, su sonrisa y su risa contagiosa. En su pecho y hombros anchos dentro de su impecable uniforme de oficial de la marina. En sus manos grandes y cálidas sosteniendo las suyas en la oscuridad de un carruaje. Pero ni siquiera eso pudo borrar el hiriente y penetrante sonido de una pulida malicia.

"Y, sin embargo, he oído que va a casarse con el hijo de un baronet".

La segunda mujer soltó una carcajada burlona. "Tus oídos no te han engañado, querida. Se va a casar con Wynne Melfort, un fornido teniente de la marina con más de una joven elegible compitiendo por su atención esta Temporada".

"Melfort debe de ser pobre, imagino. Los segundos hijos necesitan abrirse camino en el mundo, y los Pennington son tan ricos como Creso".

"Te aseguro que el dinero es la *única* motivación de este encuentro", afirmó lady Nithsdale, la sorna en su voz claramente perceptible. "El conde de Aytoun ha transformado a una niña indigente en una heredera valorada en veinte mil libras".

Olas de vergüenza la inundaron, dejándola fría y enferma. La joven costurera continuó lo más deprisa que pudo, prendiendo el encaje al vestido de novia plateado. Cuando Jo se miró en el espejo, las lágrimas que no había derramado se agolparon, nublándole la vista, y las conchas y flores delicadamente bordadas se desdibujaron.

3

"He oído que consiguieron que la presentaran en la corte, y como *lady* Josephine Pennington", continuó la primera mujer. "Recuerdo un día en que el dinero no podía comprar *eso*".

A Jo la habían perseguido susurros similares desde que la presentaron en su primera introducción a la sociedad londinense. El asalto de hoy sólo era diferente en su franqueza e intensidad.

Antes de este año, sus padres habían conseguido disuadirla de asistir a los salones y bailes de la Temporada. Sabiendo que su oscura filiación sería sin duda un tema para los cotillas de Londres, nunca habían querido exponer a Jo a la crueldad de la sociedad. Año tras año, la habían convencido para que se quedara en su finca de Hertfordshire o en Baronsford, la casa familiar de los Borders escoceses. Pero a los veintiún años, con el sueño de encontrar marido, se había ganado su ansiosa aprobación.

Y entonces, inmediatamente, ella encontró a Wynne. O él la encontró a ella. Quizá su atracción inicial hacia ella había sido su dote, pero entre ellos habían saltado chispas inmediatas. Ella sabía que ambos lo sentían. Al cabo de un mes, Jo se dio cuenta de que su débil reacción ante el joven oficial de la marina se debía sólo en parte a su buen aspecto y a sus intensos ojos azules. Sus mentes estaban en armonía. Su confianza era total. La capacidad de desnudar sus almas, revelar los dolores enterrados desde hacía tiempo y celebrar las victorias unía sus corazones. Y luego estaba su protección.

Volvió a ella el recuerdo de su paseo por los jardines de Kensington el sábado anterior. Habían estado observando las bandas militares cuando Jo se percató de los susurros femeninos. Las voces no mencionaban nombres, pero estaba perfectamente claro que el tema de la conversación sólo podía ser Jo Pennington.

Al reconocer su malestar, Wynne se había enfadado. A pesar de las insinuaciones y vagas insinuaciones y la posterior negación, había estado a punto de llamar a uno de los maridos. Durante las pocas semanas de noviazgo, ella se había dado cuenta de su creciente frustración. Estaba dispuesto a enfrentarse y desafiar a cualquiera en defensa de su honor.

Pero ella no podía permitirlo. No estaba en la naturaleza de Jo dejarle montar una escena. Hablaba por hablar, se decía a sí misma una y otra vez. Ya pasaría. Las cotillas encontrarían un nuevo objetivo. Ella no necesitaba ningún aviso adicional. Y prefería morir a que le ocurriera algo.

"Por supuesto, ¿qué *otra cosa* se puede esperar de los Pennington?", se burló lady Nithsdale. "El conde y su esposa no son ajenos al escándalo. Esa familia tiene mucha suerte de que alguien de la sociedad educada los reconozca. Seguro que has oído las escandalosas historias de sus primeros matrimonios".

"Dímelo".

Cuando la vil mujer procedió a exponer la historia familiar de los Pennington, a Jo le tembló el labio. El dolor que la atravesaba era más agudo que cualquier otro que le hubieran infligido los comentarios anteriores. La vida de amor y bondad que había recibido de manos de sus padres, el afecto que sentía por sus cuatro hermanos y hermanas, así como por la familia ampliada, la hacían desear tener la fuerza suficiente para derribar aquellas cortinas y arañar los rostros de las dos mujeres del otro lado.

Se le hundió la barbilla en el pecho. ¿Por qué no podían desaparecer?

"Me temo que no me encuentro bien", dijo Jo a la costurera. "Por favor, ayúdame a quitarme esto y a ponerme de nuevo el vestido".

"Pero, señora, la modista desea verla en él".

"Volveré dentro de uno o dos días para terminar el ajuste", le dijo Jo, sacando una moneda de su retícula y poniéndola en la mano de la joven.

Unos instantes después, se escabulló por la puerta con cortinas. Al negarse a mirar en dirección a lady Nithsdale y su confidente, Jo no pudo evitar oír las risitas de las dos mujeres mientras huía.

"Pues ahí va".

"*Lady* Josephine".

No aminoró la marcha al pasar junto a un grupo de costureras que rodeaban un rollo de seda escarlata, y salió a la entrada de la tienda. Desde niña, a Jo le habían enseñado que la vida ya era bastante dura y que en ella no había lugar para tanta malevolencia. Pero aquellas mujeres habían crecido en una escuela diferente. Lady Nithsdale y los suyos no tenían alma.

"¿Qué pasa, cariño?"

Jo miró a su madre, que esperaba en la entrada de la tienda con sus dos hermanas pequeñas. Les había prometido enseñarles el vestido una vez que el encaje estuviera prendido en las mangas.

"¿Dónde está el vestido?" Lady Aytoun no esperó respuesta. "Ha ocurrido algo que te ha disgustado".

"No ha pasado nada", mintió Jo. "Creo que las pastas que comimos no nos sientan bien. Reza, vámonos a casa y volvamos otro día".

La mirada de Millicent se dirigió a la puerta del salón. Jo pensó por un momento que tendría que impedir que entrara y exigiera saber qué había pasado y quién era el responsable.

"Por favor, madre. Me gustaría irme ya".

"Como desees".

Lady Aytoun accedió, pero su ceño fruncido reflejaba sus verdaderos sentimientos cuando salieron de la tienda. Su familia, y ahora Wynne, querían protegerla. Pero Jo no podía soportar la humillación de un enfrentamiento público. No podía haber victoria. No podía cambiar las circunstancias de su nacimiento.

Al instalarse en el carruaje, Jo respiró hondo para tranquilizarse.

Todos los cotilleos no significaban nada, se dijo a sí misma por milésima vez. El pasado no importaba. Wynne la había elegido. Le había pedido su mano en matrimonio, conociendo perfectamente su ascendencia. Su futuro con él no tenía por qué incluir a lady Nithsdale. Cerró los ojos e intentó pensar sólo en él. En su futuro juntos, lejos del bullicio de Londres.

La charla de Phoebe y Millie era una distracción bienvenida, y sirvió para que lady Aytoun no hiciera más preguntas en el camino de vuelta a casa.

Cuando el carruaje se detuvo frente a la mansión que daba a Hanover Square, Jo había enterrado el incidente de la tienda de vestidos junto con todos los demás. Un lacayo con librea ribeteada en oro los saludó al abrir la puerta. Otro sirviente los acompañó por los anchos escalones de mármol hasta la puerta principal.

En el vestíbulo de la mansión, Jo se detuvo para quitarse los guantes y el sombrero, y su mirada se dirigió a la alcoba semicircular del fondo del vestíbulo, donde podía oír voces de hombres.

"¡Hugh ha vuelto!" gritó alegremente Phoebe, corriendo en esa dirección con Millie pisándole los talones.

Jo sonrió a su madre, sintiendo la misma exuberancia que los dos más pequeños por la llegada de su hermano. Con sólo un año de diferencia de edad, Hugh y Jo habían sido inseparables desde la infancia, hasta que los estudios de él le obligaron a permanecer fuera durante gran parte del año. Y ahora servía como oficial de caballería para el rey.

"Me alegra ver que tu malestar estomacal ya está mejorando". Su madre sonrió y se dirigió hacia las puertas abiertas.

Antes de que Jo pudiera seguirla, un lacayo anciano se acercó con una carta. "Mientras estabais fuera, milady, el teniente Melfort dejó esto para vos".

"¿Dijo algo?", preguntó ella.

"Sólo que lamentaba que no estuvieras en casa para recibirle".

"Gracias", dijo ella, rompiendo el sello.

Quería ver a Hugh, pero Wynne no era de las que le escribían cartas. Se preguntó si esto tendría algo que ver con el próximo jueves. Sus padres y su hermano iban a cenar con ellos.

Se detuvo en la entrada de la alcoba. La carta era breve. Las líneas bailaban ante sus ojos, pero algunas palabras y frases se distinguían con nitidez.

. . los preparativos de la boda . . la miseria para ti . . romper nuestro compromiso . . . Siempre tu servidor . . .

"No". La habitación se inclinó. Su cuerpo se entumeció mientras releía las palabras en un arrebato de negación. El rostro de Wynne apareció en su mente. Los momentos que habían pasado juntos eran mentira. Su afecto, su declaración de amor, todo mentira. El sueño de Jo sobre su futuro se desvaneció como una gota de lluvia sobre tierra reseca.

Mientras sus lágrimas manchaban la carta, una mano fuerte la agarró y la sostuvo. Al levantar la vista, reconoció el rostro preocupado de su hermano Hugh.

Al este, por encima de los campanarios y tejados de Londres, el cielo brillaba con un rojo sangre que negaba cualquier promesa de la aparición del sol. Los verdes prados y bosques del parque permanecían vagos, indistintos, reacios a emerger a la turbia luz del amanecer. Nada se movía, ni siquiera la nube baja que oscurecía el Serpentine. Hyde Park estaba tranquilo a esas horas. Mortalmente tranquilo.

La culata de la pistola de duelo se sentía suave y fría en la mano de Wynne Melfort. Apartó la mirada del arma y miró, a través del suelo cubierto de rocío, al enemigo cubierto de rojo que estaba en la niebla, silencioso y quieto, a veinte pasos de distancia.

Hugh Pennington había venido a matarle.

Wynne no podía culparle. Era el hermano de Jo, y era un hombre que siempre defendería su honor.

"Ocupen sus puestos, caballeros".

Por la mente de Wynne pasó la idea de que ninguno de los dos debería estar aquí. No debería haber dejado que llegara a esto.

Pero, ¿de qué otra forma podría habérselo hecho entender? Sus órdenes habían llegado ayer. Su barco partía hacia Terranova.

Amaba a Jo, pero si se casaban, ¿a qué clase de vida la iba a dejar? Sus propios viles padres le proporcionarían un lugar, pero ¿qué clase de lugar sería? Sus garras no estaban menos afiladas que las del resto de la tonelada.

Wynne no podía casarse con ella porque no podía protegerla.

"Cuando se me cae el pañuelo . . ."

Demasiado tarde para eso ahora, pensó. El honor. El honor de Jo estaba en juego. Y Wynne sabía lo que tenía que hacer.

Cuando el pañuelo cayó al suelo, los dos hombres levantaron sus pistolas. A lo lejos, oyó el tañido de la campana de la torre situada sobre la capilla de San Jorge.

Wynne apuntó alto y a la derecha del hermano de Jo, y la

boca de la pistola de Hugh Pennington centelleó en la bruma matinal.

Los lectores de la *Tittle-Tattle Review*, escudriñando el periodicucho en busca de cotilleos, encontraron la confirmación de lo que ya era de dominio público en Londres. La tercera entrada se refería al duelo entre Hugh Pennington y Wynne Melfort:

> Ha llegado a nuestro conocimiento que el sábado pasado, dos conocidos caballeros se enfrentaron con pistolas a la brumosa luz del amanecer, bajo los altos y antiguos olmos de los alrededores septentrionales de Hyde Park. El capitán H.P. disparó al teniente W.M. por una cuestión de honor familiar. W.M. fue sacado del campo de batalla. En el momento de la publicación, se desconoce si el caballero herido sobreviviría a la noche.

Capítulo Dos

Oeste de Aberdeen
Las Highlands de Escocia
Abril de 1818

Dieciséis Años Después

CON EL CÁLIDO sol de media mañana en la espalda, Wynne Melfort empujó su corcel alazán al galope, siguiendo el herboso camino de carros a lo largo de las orillas del río Don. Respiró hondo, llenando sus pulmones con el extraño aroma a coco de la aulaga, de un amarillo brillante, mientras su mirada era atraída por las aguas centelleantes hasta el fondo azul cristalino de los Grampians, de hombros redondeados, situados al oeste.

"Bonito día para estar fuera", dijo en voz alta, sin esperar respuesta de su caballo.

Cuando Wynne se retiró de la Marina Real hace dos años, él y su amigo Dermot McKendry, que había servido como cirujano en sus barcos durante casi una década, habían diri-

11

gido sus pasos hacia este idílico lugar de las Highlands. Las majestuosas montañas y los misteriosos lagos y las extensiones de costa indómita no podían ser más diferentes del mar abierto, o de las exuberantes y verdes islas de las Indias Occidentales, o del ajetreado bullicio de Londres y el West End. Ningún lugar en el que hubiera estado igualaba la belleza de las Highlands.

A menos de un kilómetro y medio del río, Wynne giró su montura hacia el norte y cabalgó por el terreno ascendente a través de los campos recién labrados y los pastizales empedrados. No tardó en divisar la torre gris de la antigua Abadía de Clova. Ahora conocida sólo como "la Abadía", la vasta finca - con sus granjas y bosques, molino y estanques piscícolas- perteneció durante siglos a la familia de Dermot, pero el lugar había pasado a ser propiedad de la Corona durante los turbulentos tiempos del Príncipe Carlos Bonnie. Los McKendry tenían predilección por elegir el lado noble -y a menudo perdedor- de las cosas.

La Abadía había ofrecido la situación perfecta para los dos hombres. El buen doctor, que había heredado la finca en ruinas, quería reconstruirla y fundar un hospital: un asilo privado autorizado para quienes sufrieran trastornos mentales causados por lesiones o enfermedades. Antes de sus años de navegación con Wynne, Dermot había trabajado en un manicomio de Edimburgo. Fuera lo que fuese lo que había experimentado allí, había sido suficiente para impulsarle a hacer esto: intentar mejorar un tratamiento que le parecía muy deficiente.

Para sí mismo, Wynne quería un lugar donde establecerse, así que puso su dinero a cambio de una parte de las tierras de la finca. Ahora que su hijo se había unido a él, la inversión de Wynne era aún más importante. Dentro de unos años, cuando él ya no estuviera, la casa torre que estaba reconstruyendo y las tierras que la rodeaban constituirían un legado, un hogar que Andrew Cuffe Melfort podría considerar suyo, sin obligaciones para con nadie.

Era una asociación sólida. Dermot ejercía de director del hospital, ocupándose de la parte médica; Wynne ejercía de gobernador, gestionando los asuntos empresariales.

Pasando los campos que el anciano tío de Dermot -conocido por todos como "el Terrateniente"- había designado como sus campos de golf, pronto llegó a la casa. Al pasar junto al patio formado por dos alas que se extendían desde la parte principal del edificio, vio a varios pacientes y cuidadores aprovechando el sol. La planta baja de un anexo norte, construido por el ejército como cuartel durante las campañas de sometimiento de las Highlands, servía ahora de pabellón para los pacientes que ya estaban tratando.

Desmontando junto a los establos, Wynne se volvió al oír un grito procedente de los huertos.

"¡Capitán!"

Se protegió los ojos mientras miraba hacia la voz. Con la calva reluciente, Hamish se acercaba a pisotones, arrastrando del cuello a un niño de diez años que fruncía el ceño.

Aquello no presagiaba nada bueno, pensó Wynne, observando el rostro de su hijo mientras ambos se acercaban. Cuffe lucía una roncha sobre un ojo, la nariz ensangrentada, el labio inferior hinchado y una camisa rota bajo el chaleco y la chaqueta rojiza manchada de suciedad.

Otro combate. El muchacho sólo llevaba un mes en Escocia, y ésta era su cuarta escaramuza. Cuffe estaba haciendo honor a la advertencia que le había enviado su abuela jamaicana cuando le había escrito que ya no podía quedarse con él.

Wynne no sabía nada de criar a un niño, pero había conseguido la ayuda de otros para que le ayudaran. Cameron, el sobrecargo de su barco y ahora contable de la Abadía, iba a empezar a enseñar al muchacho lo que aprendería en la escuela. Hamish, jefe de las granjas, debía instruir al muchacho sobre el aspecto práctico de la gestión de la tierra, una educación inestimable para un futuro terrateniente.

Como capitán de puesto en la Marina Real, Wynne había mandado varios barcos y cientos de hombres durante su carrera. Muchachos más jóvenes que su hijo servían a bordo de los barcos, y todos necesitaban tiempo para adaptarse a aquella vida. Admiraba el espíritu independiente del niño de diez años, pero Cuffe empezaba a preocuparle.

Wynne entregó las riendas a un mozo de cuadra cuando ambos se acercaron.

"Esta vez lo ha conseguido, capitán", resopló el administrador de la granja. "Ese canalla tuyo".

Hamish era conocido tanto por su paciencia como por su aceptación estoica de las pruebas de la agricultura en las Highlands. Fuera lo que fuese lo que Cuffe había hecho ahora, estaba claro que había sido suficiente para llevar al montañés más allá de sus límites.

"¿Qué has hecho, muchacho?" preguntó Wynne.

Delgado pero fuerte, con la espalda recta como un carnero, su hijo miraba fijamente al suelo, con el pelo castaño, rizado y largo hasta el cuello, cayendo parcialmente sobre su maltrecho rostro. Nunca miraba a Wynne a los ojos ni le dirigía la palabra -suponía que era un acto de rebeldía-, pero el chico acabaría entrando en razón. Tenía que hacerlo.

"Os lo diré, capitán", espetó Hamish, sin esperar. "Este chiflado vuestro ha echado a los cerdos de las huertas".

Cerdos en el jardín. Era la primera vez. Dudaba que los cerdos le hubieran hecho tanto daño en la cara.

"Explícate", ordenó.

Cuffe levantó la barbilla y sus profundos ojos marrones

miraron fijamente a las montañas. No mostraba ningún atisbo de miedo y, desde luego, ningún indicio de responder.

"Le dije a la joven bellaca que supervisara la alimentación de los cerdos mientras yo me preparaba para salir a las granjas del oeste. Lo siguiente que supe fue que los cerdos estaban desbocados, la casa alborotada y Cook desbocada, tan salvaje como nunca la había visto. Amenazó con echar a tu hijo a las hadas".

"¿Cómo se hizo esos moratones en la cara?"

"Una pelea, capitán". Hamish sacudió la cabeza. "Cuando volvimos a meter a los cerdos en sus corrales, oímos unos chillidos tan fuertes que pensé que la propia *Bean Nighe, la* lavandera del demonio, se había llevado a un niño. Resultó que tu chaval estaba dando una paliza a tres de los mozos de la granja".

Al ver las heridas, Wynne se preguntó qué mal aspecto debían de tener los demás.

"Y dos de ellos más grandes que éste", afirmó el Highlander. "Ya sé que los muchachos se pelean de vez en cuando, pero no podemos permitir que el hijo del gobernador del hospital pegue a los mismos granjeros que se supone que supervisa".

No tenía sentido exigir respuestas. Wynne estaba muy acostumbrado al voto de silencio que, evidentemente, Cuffe había hecho cuando se trataba de comunicarse con él. Durante el último mes, Wynne se había encargado él mismo de disciplinar al muchacho, pero quizá las tareas que le había asignado no eran lo bastante duras.

"Te dejaré a ti la cuestión del castigo por esta infracción, Hamish".

El rostro de Cuffe se ensombreció un poco, pero se negó a mirar a Wynne.

"Llévatelo", ordenó al Highlander. "Mi hijo debe

15

comprender que si se niega a presentar una defensa razonable por sus actos, habrá que pagar las consecuencias".

El encargado de la granja se llevó a Cuffe, murmurando sobre limpiar la mierda de los establos. Según Dermot, Hamish creía que el trabajo duro y físico era la mejor forma de enseñar y disciplinar, y de mantener el respeto por uno mismo.

Caminando por el lateral del edificio hacia el anexo norte, Wynne intentó recordar cómo había sido él a aquella edad. Como segundo hijo, había soportado la monótona rutina de los tutores en casa mientras su hermano mayor estaba en Eton, y aquellos hombres nunca habían escatimado la vara a la hora de enseñarle disciplina. A excepción de desarrollar una aversión por los castigos corporales, nunca había cuestionado su vida ni las decisiones que tomaban sus padres. Siempre había aceptado que los que tenían autoridad sabían más.

Años más tarde, un duelo librado en una mañana gris de Londres -y las largas semanas de recuperación que siguieron- habían servido para despertarlo. Entonces tenía veintidós años y había tenido la suerte de ver otro amanecer.

Cuando Wynne entró en el anexo norte, el contable, Cameron, apareció al pie de una escalera.

"El Dr. McKendry te está buscando, capitán. Está en su despacho".

Tras comunicar al antiguo sobrecargo que Cuffe probablemente se ausentaría de sus clases vespertinas, Wynne subió las escaleras. Pasó por delante de su propio despacho -un oasis de orden y calma- y entró en el caótico lugar de trabajo de Dermot. A pesar de la constante insistencia del ama de llaves durante la limpieza semanal, todas las superficies de la espaciosa sala estaban cubiertas de papeles y carpetas, y el suelo no estaba mucho mejor. Había libros de texto y revistas médicas esparcidos y apilados por los rincones. Había volúmenes abiertos en todas las sillas y encima de las pilas de papeles.

Cada uno tenía su propio método para gestionar sus asuntos, y ninguno interfería en las costumbres del otro, aunque a menudo Wynne se sentía muy tentado por la visión del desorden de Dermot.

De pie ante un alto escritorio junto a una ventana, el médico estaba inscribiendo notas en un libro de contabilidad abierto. Se dio la vuelta y dejó la pluma encima del libro cuando oyó entrar a Wynne.

"Has vuelto". Sonrió, con evidente satisfacción en el rostro. "Se han dado las circunstancias más extraordinarias con nuestro nuevo paciente".

"¿Charles Barton?" preguntó Wynne. "¿Ya ha cambiado su estado?"

"Ven y compruébalo tú mismo". Dermot se acercó a su escritorio.

Hace diez días, Charles Barton, de cincuenta y seis años, llegó a la Abadía demacrado y sin respuesta, entregado para su cuidado permanente por su anciana madre, una terrateniente local. Su hijo, explicó la Sra. Barton, había llegado a casa, al castillo de Tilmory, en ese estado tras sufrir una herida en la cabeza durante una explosión a bordo de algún barco mercante meses antes.

Aunque la anciana había prestado una generosa ayuda económica para asegurarse de que su hijo estuviera bien atendido en sus últimos días, Dermot creía que el fallecimiento de Barton no era inminente.

"He oído un alboroto de algún tipo procedente de la dirección de los jardines", dijo el médico, mientras empezaban a bajar las escaleras hacia la sala del hospital.

Wynne asintió. "Tengo entendido que los cerdos tenían verduras de más en su dieta, gracias a Cuffe".

Los hombres intercambiaron una mirada. No hacía falta decir nada más. A Dermot no se le escapaban los problemas de Wynne con la paternidad. "Bueno, estoy seguro de que Hamish volverá a tenerlo todo en orden enseguida".

"Eso espero", respondió Wynne. "Seguí la recomendación de tu tía y me detuve en el pueblo para hablar con el vicario sobre la posibilidad de proporcionar a Cuffe alguna instrucción religiosa. Se acordó que una hora a la semana...".

"En vez de eso, deberías haber preguntado a Blane McKendry por la instrucción de *golf*". Dermot sacudió la cabeza. "Resulta que sé que ese viejo pagano puede enseñar a Cuffe más sobre niblicks y longnoses que sobre Salmos y Bienaventuranzas".

Independientemente del tiempo que hiciera, el Escudero y su hermano el vicario se reunían todos los días para perseguir sus pelotas de golf por los campos.

Wynne y Dermot entraron en la sala casi vacía. Había visto a muchos de los pacientes fuera. En el extremo opuesto de la larga y espaciosa sala, dos cuidadores estaban acomodando a Stevenson, el único paciente impredecible del hospital. Aún veinteañero, al ex estibador de Aberdeen le habían diagnosticado "manía furiosa". Altamente perturbado, tenía ataques ocasionales de violencia, y cualquier irritación podía alterarle. Incluso ahora, increpaba a los manipuladores con fuertes obscenidades y agarraba su tam protectoramente contra el pecho.

Wynne sabía que hacía falta un temperamento y un carácter especiales para tratar a lunáticos. Dermot no permitía el uso de grilletes, aunque eran de uso común en otros lugares, y sólo Stevenson era inmovilizado por la noche. El médico creía que había que intentar curar a aquellos hombres y, a falta de eso, al menos permitirles vivir decentemente.

Charles Barton, su paciente más reciente, estaba sentado junto a una ventana soleada a media altura de la habitación, con un escritorio de secretaria sobre el regazo. Unos dedos finos movían ligeramente un lápiz sobre el papel.

"¡Está consciente!" exclamó Wynne.

"Más o menos", dijo el médico. "Aún no ha dicho ni una palabra".

Los dos hombres cruzaron la sala hasta la ventana, pero Barton no levantó la vista ni reconoció su presencia. Los rizos grises del hombre estaban recogidos en un pañuelo, y sus pálidas y hundidas mejillas lucían una espesa barba.

"Su madre no lo mencionó, pero hemos descubierto que el señor Barton es un artista consumado", le dijo Dermot. "Pero lo fascinante es que le gusta dibujar el mismo rostro, la misma joven, una y otra vez".

Los ojos del anciano estaban fijos en una hoja de papel, sus dedos se volvían más insistentes cuando terminaba con un dibujo y cogía una hoja limpia.

"Me gustaría conocer el tema de la obsesión de este hombre". Dermot entregó la hoja recién dibujada a su amigo. "Podría ayudar en la recuperación del paciente".

Wynne contempló el dibujo que tenía entre las manos. Había visto antes aquellos rizos oscuros en mil sueños. Los había visto recogidos y cayendo con gracia sobre aquellos hombros esbeltos. Había visto aquellos ojos, tan precisamente inclinados sobre los altos pómulos. La nariz delicada, el perfil de la boca. Aquellos labios.

El reconocimiento le golpeó como un rayo. Sintió que la sangre se le escurría de la cara. No puede ser, pensó. La alarma y la esperanza luchaban por el dominio.

Wynne cogió otro boceto. Y luego otro. Miró uno tras otro. Todos eran la misma mujer. No había duda.

. . .

Fue ayer, la primera vez que se vieron.

Los rostros sonrojados de las bailarinas con sus vestidos dorados, azules y verdes, y sus trajes de noche negros y uniformes rojos y azules. A su alrededor, sus compañeros bromeaban y señalaban a posibles novias y conquistas.

Y entonces la vio.

Nunca habían sido presentados, pero él la conocía por su nombre. No era como muchas de las jóvenes que se presentaban en la Corte por primera vez, que luchaban por llamar la atención. Incluso ahora, de pie junto a la ponchera, mostraba una tranquila reserva que denotaba tristeza. Se preguntó si estaría afectada por las historias que empezaban a circular. No creía en los cotilleos, pero las habladurías sobre sus orígenes se propagaban como las llamas en un prado seco de agosto.

Grupos de fiesteros se arremolinaban a su alrededor, y varias jóvenes se detuvieron junto a ella.

Wynne se dio cuenta en cuanto dijo algo. El cálido rubor desapareció de su bello rostro y su espalda se puso rígida.

De repente, se puso en marcha, abriéndose paso entre la multitud con la destreza de un pájaro en vuelo, hasta desaparecer por las puertas que daban a la terraza.

Se había preguntado muchas veces qué le había llevado a ir. Sólo sabía que estaba disgustada, que estaba sola, y fue tras ella.

"I . . ." Wynne empezó a hablar, pero las palabras eran demasiado lentas para seguir el ritmo de su corazón palpitante y su mente acelerada. "La mujer de estos dibujos es Josephine Pennington".

Capítulo Tres

Baronsford, en los Borders Escoceses
Mayo de 1818

EL SUSPIRO satisfecho de la somnolienta niña acarició el corazón de Jo como una brisa de verano. Sujetando a su sobrina en el regazo, contempló las largas pestañas, las mejillas redondas y los labios rojos y fruncidos. No creía haber visto nunca una niña más hermosa que la Honorable Beatrice Ware Macpherson Pennington, nacida hacía sólo dos meses de su hermano Hugh y su extraordinaria esposa, Grace.

"El parecido es asombroso".

Jo apartó la mirada de la angelical cría y observó a su cuñada hojear la carpeta de bocetos que había llegado ayer mismo de un asilo privado de las Highlands.

"Deben de ser dibujos tuyos de cuando eras más joven", afirmó Grace, acercando una de las páginas a la cara de Jo.

Se sintió aliviada. Su cuñada confirmó lo que ella también había visto. La imagen se parecía mucho a ella.

"Fíjate en la inclinación de los ojos. La forma de la frente.

La sonrisa reservada. Incluso la expresión de su cara cuando mira hacia otro lado. Tú haces lo mismo siempre que eres el centro de atención".

Todo lo que dijo Grace era cierto. Al abrir el paquete, Jo se había quedado boquiabierta. No podía recordar cuándo se habían hecho esos bocetos de ella. Pero enseguida notó las diferencias. Los rizos sueltos que caían sobre los hombros de la mujer. El estilo anticuado de su vestido, muy anterior a la época de Jo. Uno de los dibujos representaba un desgastado pico de montaña al fondo. En ningún momento de su juventud Jo había visitado un lugar así, aunque, por supuesto, podría haber sido sólo un capricho en la mente del artista.

Pero las similitudes eran innegables, y Jo se esforzaba por reprimir la boyante sensación de esperanza que surgía en su pecho. Existía la posibilidad de que aquellos bocetos la condujeran a una respuesta que había estado persiguiendo toda su vida.

"¿Pero no crees que sean fotos tuyas?"

Jo negó con la cabeza. "No, estoy segura de que no".

Grace hojeó los dibujos, mirando cada uno de ellos. "¿Y quién los envió?"

"Un médico llamado Dermot McKendry", respondió ella. "Escribe que es el director de la Abadía, un asilo privado autorizado cerca de Aberdeen. Su carta se refiere a un caballero anciano bajo su cuidado. El hombre no habla, ni reconoce a nadie a su alrededor. Simplemente pasa las horas que está despierto haciendo semblanzas como ésta".

"¿De otras personas también?"

"No. Su mente está aparentemente fija en esta mujer en particular".

Grace dejó las fotos a un lado y se inclinó hacia Jo para ajustar la suave manta que enmarcaba la cara del bebé. "¿Mencionó el Dr. McKendry el nombre de su paciente?".

"No, no lo hizo".

Los nervios de Jo la estaban dominando. Grace, muy consciente de la necesidad de su amiga de moverse cuando estaba preocupada o pensaba, hizo retroceder a su hija. Jo se puso inmediatamente en pie.

"¿Pero qué le hizo pensar a este médico que eran parecidos a ti, aparte del evidente parecido? ¿Le conoces?"

"No lo creo. Pero aunque no lo explique en su carta, hemos tenido muchas mujeres que han pasado por Baronsford, alojándose en la Casa de la Torre hasta que pudieron encontrar empleo. Muchas venían de las Highlands y regresaban allí. Cualquiera de ellas podría haber encontrado un puesto en la Abadía".

Jo empezó a pasearse por la iluminada biblioteca. Aberdeen. Treinta y siete años atrás, su propia madre había estado en compañía de campesinos que habían sido despojados de sus tierras en las Highlands y estaban de paso. Quizá ella era de la zona. Tal vez los orígenes de Jo estuvieran en Aberdeen. Tras cruzarse de nuevo con Grace, cogió uno de los bocetos.

"Esperas que la joven de esos dibujos sea tu madre", le dijo su amiga.

No había secretos entre ellas. Grace era una de las únicas personas a las que había abierto su corazón. A pesar de los años transcurridos y de todos los proyectos filantrópicos con los que Jo había dado sentido a su vida, el misterio de su nacimiento era tan doloroso hoy como cuando reconoció por primera vez las ramificaciones de sus dudosos orígenes.

"Vuelve a escribir al médico", sugirió Grace. "Pídele más detalles. Quizá nos revele el nombre del paciente".

Jo negó con la cabeza. Ya había intentado averiguar más cosas sobre su madre y se había topado con paredes en blanco. Aquélla era la primera pista potencial sobre la mujer que la había dado a luz. Tal vez aquellos dibujos la conducirían a una conexión familiar. No, no podía dejarlo al azar. No podía permitir que la paciente del Dr. McKendry se le escapara.

"Tengo que ir allí. Quiero conocer a ese señor mayor".

"¿Pero qué sabes del doctor McKendry?" preguntó Grace. "¿O de este manicomio, la Abadía?".

"Nada. Y comprendo que estoy construyendo un castillo de esperanza sobre unos cimientos de arena. Aun así, no puedo desperdiciar esta oportunidad. No pecaré de precavida. Esta vez no".

Ninguna mujer que Jo hubiera conocido había vivido más peligros que su cuñada. Nadie de sus conocidos era más valiente que la joven madre sentada ante ella. Grace había visto los sangrientos campos de batalla de Francia y España, y soportado una travesía marítima entre Amberes y Baronsford atrapada en una caja de madera. Era una superviviente. Jo rezó para que su amiga viera esto como lo que era, un simple viaje a las Highlands.

"Ya conoces a tu hermano", dijo Grace dubitativa. "Hugh insistirá en que retrases ese viaje hasta que sepa todo lo que hay que saber sobre el doctor McKendry, la Abadía y sus pacientes".

Tenía razón. Hugh intentaría detenerla. Jo quería a su hermano, le respetaba. Y en su forma de ver la vida, el conocimiento siempre daba poder. Como Lord Juez del Tribunal Comisarial de Edimburgo, nunca actuaba impulsivamente. Si a eso añadíamos la protección que sentía por ella, ella sabía que él haría imposible aquel viaje.

Jo reconoció que le había creado un dilema a su amiga al contarle a Grace sus intenciones. No quería abrir una brecha en el vínculo de confianza entre marido y mujer.

En Sutherland, a unos días de camino al norte de Aberdeen, su hermano menor y su mujer esperaban su primer hijo.

Jo había planeado ir a ayudarles. Simplemente se detendría en el asilo por el camino.

"Hugh sabe que voy al norte a ver a Gregory y Freya a Torrishbrae", dijo, tomando asiento junto a Grace. "Partiré un poco antes y estaré perfectamente segura. Viajaré con una criada, un cochero y un lacayo".

"Le prometiste a Phoebe que esperarías a que llegara de Hertfordshire antes de viajar al norte. Piensa venir contigo".

"Mi hermana es poco fiable cuando se trata de sus planes. Cualquier día de estos espero una carta suya con una larga lista de excusas de por qué se retrasa. Puede que no llegue hasta que la niña esté andando".

Con sueños secretos de ser escritora, Phoebe vivía en un mundo propio. Las realidades de los horarios ordenados y las obligaciones familiares tenían poca importancia.

"Aberdeen está de camino a Sutherland", dijo Jo. "Mi parada en la Abadía será breve".

"Sigo pensando que deberías contarle a Hugh lo de la carta y los bocetos", insistió Grace. "Y de tu visita prevista a este manicomio".

"Puedes decírselo", le dijo Jo. "Pero espera a que esté ya en camino".

Capítulo Cuatro

Con cada mercado de los jueves, el adormecido pueblo de Rayneford, en las Highlands, cobraba vida, atrayendo a cotters, comerciantes y vendedores de toda la región. El mercado estaba especialmente concurrido en esta época del año, con los agentes de los comerciantes costeros que cruzaban las Highlands para comprar lana recién esquilada.

Por eso, cuando el Terrateniente mencionó que había visto a Cuffe cruzando los campos en dirección al pueblo, Wynne se dijo que no debería haberse sorprendido. Sin duda, el día de mercado ofrecía más cosas para interesar a un muchacho que las lecciones de Cameron y sus largas columnas de sumas.

Aun así, mientras cabalgaba hacia la aldea, se recordó a sí mismo que tenía la responsabilidad de mantener a su hijo en el buen camino. Pero hacerlo le resultaba cada vez más difícil.

Habían transcurrido casi dos meses desde la llegada de Cuffe, y no pasaba una semana sin que Hamish o Cameron se quejaran de él. El muchacho se estaba convirtiendo en un experto en eludir las clases. Simplemente no aparecía, desaparecía durante las horas designadas para la instrucción. Lo mismo le ocurría con el vicario.

Por mucha admiración que Wynne sintiera en otro tiempo por su carácter enérgico, ese sentimiento se había ido reduciendo gradualmente hasta convertirse en descontento y fastidio. Pero fuesen cuales fuesen las quejas de los demás, palidecían en comparación con su propia decepción respecto a su relación paternofilial. O mejor dicho, su falta de relación.

Wynne seguía siendo un espacio en blanco en el mundo de su hijo. Cuffe no le dirigía la palabra, ni para quejarse ni para entablar la conversación más mundana. No obtenía ningún tipo de respuesta de él: ni elogios ni disciplina, ni siquiera el reconocimiento de que existía. El niño de diez años le ignoraba por completo, y eso era más irritante de lo que jamás hubiera imaginado.

Un carro se acercó en dirección a la aldea, los montones de vellón de lana que había entregado en el mercado sustituidos por provisiones para la cocina de la Abadía. Wynne intercambió unas palabras de saludo con el conductor y su joven ayudante. El muchacho tenía más o menos la misma edad que Cuffe.

Ver al niño le abrió otra puerta de preocupación. Desde que llegó de Jamaica, su hijo no había hecho ningún amigo, que él supiera.

La madre de Cuffe, Fiba, era de ascendencia africana, y Wynne se había asegurado de que todo el mundo supiera que el muchacho era su hijo y heredero. Esto no le había ayudado a hacerse amigo de los granjeros más jóvenes, desde luego. Tenía toda la intención de que creciera como un caballero, y su nombre y riqueza hacían de Cuffe el superior de cualquiera de su edad en kilómetros a la redonda de la Abadía.

Para remediarlo, el vicario había hecho numerosos

intentos de presentarle a otros chicos de su rango de la zona. Cuffe no se había presentado.

Era un solitario, un forastero, un espíritu esquivo que prefería retirarse a intentar aceptar su nuevo papel en esta sociedad.

Mientras Wynne cabalgaba por el río hacia el puente de piedra que conducía al pueblo, se dio cuenta de que no sólo pensaba en Cuffe. Dos personas encajaban con esa descripción de "solitario". Su hijo era una y Jo Pennington la otra.

Su carta a Dermot había llegado ayer. Se esperaba que Jo llegara a la Abadía mañana o pasado mañana.

Wynne intentó volver su mente a las colinas, al cielo gris que descendía, a la gente que pasaba y que demostraba la vivacidad de los feriantes. Pero no funcionaba. Ella estaba en su mente.

Se lo debía, incluso después de tanto tiempo. Si existía una conexión entre Jo y Charles Barton, tenía derecho a saberlo. Él quería que lo supiera.

Dermot se había entusiasmado con la sugerencia de Wynne de enviar los dibujos. Podría ser de inmensa ayuda para su paciente si Lady Josephine era realmente la mujer representada en ellos. Y no había hecho preguntas cuando Wynne le dijo que era necesario que permaneciera en el anonimato e incluso que se ausentara durante su visita. Cada uno respetaba el juicio y la intimidad del otro. Mientras ella estuviera aquí, él iría a Dundee.

El paciente no había mostrado ninguna mejoría. El anciano caballero seguía sin poder valerse por sí mismo. Barton aún no había pronunciado una palabra ni mostrado comprensión por nada de lo que se le decía. Sin embargo, día tras día, siempre que disponía de lápiz y papel, dibujaba. Y los bocetos eran todos iguales. Representaban a Jo Pennington o a alguien que se le parecía inquietantemente.

Cuando Wynne vio por primera vez los dibujos de Barton, los años se habían plegado sobre sí mismos como un rompecabezas de papel, formando y reformando recuerdos en un abrir y cerrar de ojos. Aunque había pasado los años posteriores a la ruptura de su compromiso navegando por los mares y luchando contra franceses y americanos, seguía sabiendo mucho sobre Jo y la vida que había llevado. Nunca se casó, sino que dedicó su tiempo a diversas causas benévolas, e incluso fundó un centro que albergaba a mujeres indigentes y a sus hijos.

El hermano mayor de Wynne y su esposa habían adquirido una finca en los Borders, a poca distancia de Baronsford. Los Pennington eran mencionados con frecuencia en las cartas de su cuñada.

No conocía la naturaleza de la relación de Charles Barton con Jo. ¿Amigo, amante, compañero filántropo? Por supuesto, cabía la posibilidad de que Wynne estuviera viendo algo que no existía en absoluto. Quizá la mujer de los dibujos ni siquiera fuera Jo. Aun así, recordando vívidamente la agonía que le causaba el misterio de sus orígenes, no tuvo más remedio que darle la oportunidad de seguir adelante si ella quería. La obligación pesaba sobre él, e informar a Jo sobre Barton podría aliviar la carga que llevaba encima.

Cuando Wynne cruzó el puente, le llegaron gritos de vendedores que pregonaban sus mercancías desde la zona abierta alrededor de la cruz del mercado, y algunos gaiteros entonaban una rocambolesca melodía de las Highlands. Decidido a buscar a Cuffe a pie, desmontó y dejó su caballo con un curtidor junto a la orilla del río y se adentró en el pueblo, pasando junto a un par de amas de casa sentadas en taburetes frente a una puerta abierta. El olor a pan de avena dulce y pasteles de miel flotaba en el aire.

Rayneford y la Abadía no serían lugares que despertaran

mucho interés para alguien de la posición de Jo Pennington. Supuso que no pasaría más de un día, vería a Barton y se marcharía. Ya había hablado con la tía de Dermot para que cuidara de Cuffe durante su ausencia, pero aún no se lo había mencionado a su hijo. Como si su presencia o ausencia fuera a cambiar algo.

La esposa del terrateniente era una de las únicas personas de la Abadía a las que su hijo no había distanciado, y Cuffe se dirigió a ella con la nota de deferencia que le correspondía. La señora McKendry, pequeña y redonda y maternal por naturaleza, tenía una edad cercana a la de la abuela jamaicana del muchacho, y Wynne se preguntó si alguna similitud entre las dos mujeres habría tocado una fibra sensible en Cuffe.

Mirando más allá de un anciano que llevaba una gran cesta con una veintena de escobas de brezo, Wynne vio a su hijo agazapado delante de una cabaña abandonada. Más allá de él, una hilera de pescaderos tenía tablas tendidas con grandes salmones a la vista. Cuffe tenía cuatro truchas marrones alineadas en una tosca bolsa en el suelo.

Una punzada de fastidio dio paso inmediatamente a la preocupación. Pescar no iba contra la ley, pero si tenía éxito en esta empresa, ¿qué le impediría atrapar faisanes, patos o liebres pardas para venderlos después? Podría meterse fácilmente en problemas si alguien no supiera que había obtenido la caza en terrenos de la Abadía. Podrían suponer que las había cazado furtivamente, y la diferencia de color de su piel con los rostros pálidos y rubicundos de los nativos de las Highlands no le ayudaría.

Cualquier resto de confianza que Wynne tuviera en la capacidad del muchacho para mantenerse alejado de los problemas y adaptarse a esta nueva vida se esfumó. No había nada que él no le hubiera proporcionado. Comida, cobijo, educación y mucha libertad para hacer lo que quisiera. La semana pasada, había seleccionado el mejor caballo de los establos para Cuffe cuando éste pareció mostrar interés por la equitación. A su hijo no le faltaba de nada y, sin embargo, allí estaba, vendiendo pescado en un mercado.

Una mujer se acercó a Cuffe con tres pequeños aferrados a sus faldas. Miró hacia la fila de pescadores e intercambió unas palabras con el niño. *Compadeciéndose de él*, pensó Wynne. Una de las truchas marrones fue a parar a la cesta que ella llevaba, pero antes de que la moneda pudiera cambiar de manos, Wynne intervino. Arrebatándole el dinero, se lo devolvió.

"El chaval no las vende", dijo bruscamente. "Son gratis. De hecho, también puedes llevarte el resto, si te sirven".

La expresión de Cuffe se endureció, pero no dijo nada, negándose a reconocer la presencia de Wynne.

"Mira. No sé qué os importa. Este pequeñín tiene todo el derecho a ganarse su...". Se detuvo bruscamente al mirar a Wynne a la cara.

Sabiamente, no dijo nada más, pero envió a Cuffe una mirada de conmiseración. Recogió el resto de las truchas y salió corriendo en dirección a la cruz del mercado, con sus hijos tras ella.

Wynne creía que era un hombre razonable. Como capitán de la marina, se había enorgullecido de dar órdenes racionales incluso en medio del vendaval más fuerte o de la batalla más encarnizada. El incumplimiento no era una opción. Esperaba que los demás cumplieran sus órdenes, ya fuera antes a bordo de su barco o ahora en la Abadía. No sabía cómo se las había arreglado para dejar escapar todas las reglas por las que se regía en el trato con su hijo.

"Tenemos que hablar. Ven conmigo".

Las palabras no habían salido de su boca cuando Cuffe empezó a alejarse de él.

Wynne le agarró del brazo. "No empeores las cosas".

El niño de diez años era fuerte y rápido. Liberándose del brazo, echó a correr, pero Wynne alargó la mano y volvió a atraparle, esta vez agarrándole del hombro de la chaqueta.

"Te doy la oportunidad de abordar esto conmigo en privado", advirtió. "Tú y yo tenemos que hablar de lo que has hecho. Y me dirás -con tus palabras- por qué sentiste la necesidad de vender esos peces. ¿Qué es lo que no tienes?".

Wynne bien podría haber estado hablando con aquellas truchas. El único interés de Cuffe era liberarse. Empezaban a llamar la atención de los demás, así que agarró con firmeza el brazo de su hijo y echó a andar hacia el curtidor, donde había dejado su caballo.

"Sé lo que haces", dijo mientras caminaban. "Intentas ganar dinero para tu huida. Crees que puedes comprar tu pasaje de vuelta a Jamaica".

Una breve pausa en la lucha fue señal de que había dado en el blanco, aunque Wynne no necesitaba confirmación. Ya lo sabía. No iba a quedarse de brazos cruzados viendo cómo maltrataban al chico semana tras semana sin averiguar el motivo. Unas cuantas preguntas a las personas adecuadas, algo de ayuda de Hamish, y surgió un patrón claro.

"Todas las peleas que has tenido desde que llegaste han sido por dinero. El mes pasado, dejaste entrar a los cerdos en las huertas porque esos granjeros habían hecho una apuesta contigo para hacerlo. Después, renegaron, así que te peleaste con ellos. ¿Estoy en lo cierto?"

Su hijo se detuvo, y Wynne supo que tenía razón.

"Escúchame. Por mucho dinero que pongas en tus manos, no puedes volver. Tu hogar está aquí. Tu lugar está con tu único padre vivo . . . yo".

El chico se arrancó el brazo, pero no intentó huir.

"Háblame", ordenó Wynne.

Cuffe retrocedió bruscamente, tropezando en la carretera justo cuando un carruaje salía del pueblo.

Los dos caballos de cabeza de la yunta se encabritaron cuando el conductor los refrenó bruscamente. El sonido confuso de los caballos y los gritos se mezcló con el grito de una mujer cercana cuando Cuffe cayó hacia atrás. Wynne saltó tras él, le agarró de la chaqueta y le puso a salvo mientras los caballos se lanzaban hacia delante, arrastrando el carruaje más allá de ellos antes de detenerse.

Una mujer los miraba con preocupación a través de la pequeña ventanilla de la parte trasera del carruaje. Sus ojos oscuros se cruzaron con los suyos, reconociéndolos. Wynne sintió una patada en lo más profundo de sus entrañas. Estaban cara a cara.

Jo Pennington había llegado un día antes.

Su tiempo juntos había durado sólo unos meses. Su familia creía que el sufrimiento de Jo había remitido al poco tiempo, pero nunca fue así.

Tras el duelo, el pesar por la pérdida del afecto de Wynne arrojó una nube impenetrable sobre los días que le quedaban de juventud. Se le presentaron pretendientes ocasionales, pero no permitió que ninguno de ellos entrara en el círculo de su afecto o confianza. Nadie que conociera podía compararse con el joven oficial de la marina tal y como permanecía en su memoria.

Otro baile, otro paseo por el guantelete de susurros acallados y cuentos bordados. Otra ronda de presentaciones a jóvenes superficiales y su encanto hueco y bien ensayado. Aspirantes que no la veían en absoluto, pero que conocían bien su nombre y su dote.

Jo se estaba cansando rápidamente de la farsa. Estaba agotada por los cotilleos de la tonelada.

Vergüenza. Desgracia. Indignidad. Eso era lo que susurraban. Ella no pertenecía a este lugar.

La persiguieron hasta la mesa de refrigerios; estaba segura de ello. Pero cuando oyó la insípida referencia a su familia y las carcajadas, ya había tenido bastante. Tenía que escapar.

Deslizándose entre la multitud, vio las puertas abiertas y se dirigió al oscuro balcón y al refugio que ofrecía.

La fachada de compostura que había mantenido desde el comienzo de la Temporada joven se resquebrajó y se vino abajo. Las lágrimas corrieron por sus mejillas. Temblaba de rabia, infelicidad y frustración. Sus padres se lo habían advertido, y tenían razón. Su presentación en la Corte y su salida del armario habían sido un error.

Revolcándose en la miseria, oyó la profunda voz de un hombre detrás de ella.

"¿Qué mano?"

Había supuesto que estaba sola. El pánico y la vergüenza la abrumaron mientras intentaba secarse las lágrimas.

"Por favor, dime con qué mano".

Fue persistente. El balcón estaba a oscuras. Se volvió y vio al alto oficial de la marina de pie junto al enrejado. Tenía la cara ensombrecida y los puños cerrados.

"¿Nos han presentado?"

"No, Lady Josefina, no lo hemos hecho. Pero aún puedes decirme con qué mano".

Él estaba jugando a un juego y ella le seguía la corriente. "La derecha".

Giró la mano y la abrió. Estaba vacía.

Jo miró hacia las puertas del salón de baile. "Tengo que volver".

"¿Qué mano?", volvió a preguntar. Su mano izquierda seguía extendida.

"La izquierda", dijo ella, intentando acabar con esta tontería.

Abrió la mano. Estaba vacía.

"Me doy cuenta de que me tomas el pelo, señor, pero no estoy de humor para ello. Tengo que volver con mis amigos".

"Te daré otra oportunidad. ¿Qué mano? -preguntó, extendiendo de nuevo sólo la derecha.

No se daba por vencido.

"La correcta", dijo Jo, sonriendo a su pesar. "Y ésta es mi respuesta definitiva".

Su puño giró lentamente y se abrió. Un delicado capullo de rosa roja yacía en su palma. "Para ti".

Esa misma noche, Jo y el teniente Wynne Melfort fueron presentados oficialmente.

Ahora era el capitán Melfort. En secreto, había seguido sus avances y logros en los años siguientes, peinando las noticias de guerra en busca de cualquier mención suya.

Mientras Jo miraba por la ventanilla trasera del carruaje al hombre y al niño que estaban de pie al borde del carril, mil sentimientos la invadieron, pero se aferró a uno. Por dolorosa que fuera su separación, el tiempo había suavizado gran parte de sus penas.

Alto y seguro como siempre en su postura y su mirada, Wynne no mostraba ningún rastro de envejecimiento. Tenía el mismo aspecto que ella seguía viendo en sus sueños. Los años le habían sentado bien. En todo caso, se había vuelto aún más apuesto.

Sus ojos se encontraron con los de él y asintió con la cabeza. Él se inclinó, pero no se acercó.

Un borrón de voces y sonidos de mercado llenó el vagón,

pero ninguno de ellos penetró en sus pensamientos. Entonces, la sorpresa del incidente dio paso al pánico. El impulso de huir, de escapar de él, impulsó sus pensamientos y acciones.

"Haz que el cochero siga andando", susurró a Ana, su criada.

Se obligó a respirar una vez, luego la siguiente y la siguiente. El corazón le retumbaba en el pecho y tardó en recuperar la compostura. Se obligó a mantener la calma; pensar con claridad era una necesidad en aquel momento.

Por fin se habían vuelto a encontrar. Y lo peor había pasado. Lo que una vez existió entre ellas se había acabado. Se había acabado, se repetía Jo. Se había acabado.

"¿Le conocíais, milady?" preguntó Ana. "Un caballero valiente y apuesto, sin duda".

En la época del compromiso de Jo, la criada había estado trabajando en Baronsford. Supuso que si Anna conocía al capitán Melfort, era sólo de nombre.

"Tal vez. Me resultaba familiar", respondió Jo vagamente. "Pero decías que tienes primos que viven en algún lugar cerca de Aberdeen".

Mientras Anna traqueteaba, Jo consideró lo que acababa de ocurrir. Según las indicaciones que habían recibido en Rayneford, estaban muy cerca de la Abadía. Y Wynne estaba en el pueblo. Tal vez tuviera alguna relación con el hospital. Eso explicaría cómo el doctor McKendry la identificó a partir de los bocetos de los pacientes.

La vaguedad de la carta que recibió ahora tenía sentido. No habría venido si hubiera sabido que Wynne tenía algo que ver con esto.

Aún podía volver. Dar la vuelta al carruaje y continuar el viaje hacia el norte para ver a Gregory y Freya. Pero la Abadía era real. Lo había sabido antes de salir de los Borders. Su cuñada Grace no permitió que Jo se marchara hasta que hizo averiguaciones en Edimburgo con la ayuda de uno de los asistentes jurídicos de Hugh. Se habían enterado de que el Dr. McKendry había establecido el manicomio como un centro reputado en sólo dos años de funcionamiento. Jo no sabía si su hermano estaba al corriente de las acciones de Grace o no, pero se había marchado de Baronsford con la seguridad de que no se estaba metiendo en una treta o una situación fraudulenta.

La paciente y los parecidos con Jo que aparecían en los bocetos también tenían que ser reales. No había nada que ganar, ningún propósito que conseguir, ninguna ventaja que se le ocurriera que impulsara a alguien como el Dr. McKendry a formular un engaño tan elaborado.

Jo se recordó a sí misma la razón por la que había venido aquí. Su madre.

"Señora, ésa debe de ser la Abadía", dijo Ana, señalando por la ventana el edificio que se alzaba a lo lejos sobre los campos.

No iba a volver atrás, decidió Jo. Y cuando se trataba del capitán Melfort, lo más difícil había quedado atrás.

Al menos, eso era lo que necesitaba hacerse creer.

Capítulo Cinco

WYNNE NO ESTABA DISPUESTO A IR a Dundee. No iría hasta la aldea hasta que estuviera seguro de que Cuffe comprendía las posibles consecuencias de su comportamiento. La seguridad y la disciplina debían tener prioridad ahora mismo.

Vender pescado para ganar algo de dinero no era lo que estaba llevando a Wynne al límite. Tampoco era la negativa de su hijo a reconocerle o hablarle. Wynne estaba enfadado porque Cuffe se interpuso directamente en el camino del carruaje. Podría haber sido pisoteado por los cascos de aquellos caballos. Podría haber muerto.

Palabras como *descuidado*, *irresponsable* y *egoísta* salieron de Wynne hasta la Abadía.

"Permanecerás en esta habitación y reflexionarás sobre lo que has hecho hasta que yo decida tu castigo. Hay un castigo para la estupidez voluntaria".

Cuffe no dijo ni pío. Aún con las botas y la ropa llenas de barro, se tiró en la cama, metiendo las manos detrás de la cabeza y mirando morosamente al techo.

Wynne salió y cerró la puerta con más fuerza de la que

pretendía. Estuvo a punto de perder la poca contención que le quedaba. Castigo. Consecuencias. Nunca se había imaginado lo frustrante que podía ser hacer que una cabezota de diez años entrara en razón y actuara de forma aceptable.

Su antigua vida le ofrecía pocas ideas sobre cómo proceder. Es cierto que, a medio camino de regreso a la Abadía, había sopesado momentáneamente la idea de enrolar a su hijo en la tripulación de un barco de guerra. Muchos chicos descarriados se convertían en hombres de valor en alta mar. Pero desechó la idea. No podía hacerlo. Las realidades de una vida así eran duras, pero lo eran especialmente para alguien de raza mixta.

Wynne simplemente no sabía cómo proceder.

Quizá había cometido un error al arrancar al niño del lugar donde había crecido y tratar de reasentarlo en una vida tan completamente ajena a él. Quizá debería haber aumentado la asignación de la abuela, insistir en que se trasladara de las montañas a una casa en el puerto jamaicano de Falmouth. Si hubiera hecho estos arreglos, quizá ella habría podido mantener a Cuffe cerca y alejado de los problemas.

Wynne se pasó una mano por el pelo, agobiado por la frustración. Fuera lo que fuese lo que se le exigía como padre, estaba fracasando en ello. Durante los ocho primeros años de vida de Cuffe, había tenido la excusa de estar en el mar. Durante los dos últimos años, se había encogido de hombros ante su responsabilidad, diciéndose a sí mismo que estaba construyendo un futuro para los dos aquí, en las Highlands. Ahora su hijo estaba aquí, y Wynne ya no tenía excusas.

De niño, Cuffe crecía seguro con su abuela, que aún vivía en la aldea Maroon de Accompong. Protegido por su aislamiento y por el escarpado Cockpit Country, por encima de Falmouth, había estado alejado de los brotes de violencia que estallaban entre los Maroons y los propietarios de las plantaciones de azúcar. Los males de la esclavitud seguían persiguiendo a las islas, y la paz era tenue, en el mejor de los casos. Pero el número de enfrentamientos iba en aumento.

La abuela de Cuffe confirmó los informes en sus cartas a Wynne. Temía que el niño, que estaba creciendo, se viera arrastrado a una situación cada vez más volátil. El conflicto abierto a gran escala parecía inminente, y ella no podía esperar mantener a Cuffe al margen.

Wynne estuvo de acuerdo. Admiraba a los Maroons y su lucha, pero no quería que su hijo se viera implicado. No había otra opción viable que traerlo aquí.

"¡Excelente!" La voz de Dermot desde el fondo del pasillo sacó a Wynne de sus pensamientos. "Al final no has ido a Dundee".

La suite de habitaciones que él y Cuffe ocuparon mientras se renovaba su casa torre, Knockburn Hall, estaba en la misma planta que sus oficinas.

"¿Tienes una hora libre? Necesito tu ayuda".

Antes de reunirse con el médico, Wynne frunció el ceño una última vez ante la puerta cerrada. No tenía sentido cerrarla. Sin duda, Cuffe podría salir por una ventana y trepar por el lateral del edificio si decidía marcharse. Castigo. Seguía sin saber qué hacer para llamar la atención de su hijo.

"Lady Josephine Pennington ha llegado", le dijo Dermot cuando Wynne se acercó. "Has hecho bien en ponerte en contacto con ella. Ella es el espíritu y la imagen de los bocetos de Barton".

Ya sabía que ella estaba aquí, pero su llegada -y cualquier sentimiento que evocara en él- era secundaria respecto al problema al que se enfrentaba con Cuffe.

"Preguntó por ti", le dijo Dermot. "Quería saber la naturaleza de tu relación con la Abadía".

"Se lo has dicho, supongo".

"No podía mentir. Le dije que eras el gobernador del hospital", respondió Dermot. "Espero que eso no te cause problemas".

"Está bien", dijo, resignado a la situación. Sabiendo que estaba aquí, seguro que Jo no se quedaría mucho tiempo.

"Bien, porque necesito tu ayuda".

Wynne miró hacia atrás por el pasillo, en dirección a sus habitaciones. Tenía que ocuparse de su hijo, pero eso podía esperar un poco.

"Barton estuvo despierto dibujando durante gran parte de la noche y estaba durmiendo cuando ella llegó", le dijo Dermot. "Así que la llevé al ala este. Ahora mismo está tomando un refrigerio con mis tíos".

Wynne imaginó que la Sra. McKendry y el Escudero estarían encantados de recibir a semejante compañía. La gente distinguida rara vez visitaba la Abadía.

El médico se detuvo junto a la puerta de su despacho. "Pero para complicar un poco las cosas, esta mañana he recibido una nota de la señora Barton. Ella y Graham visitarán hoy a nuestra paciente".

Graham Barton había causado más impresión en Wynne que la madre. El hosco tío de Charles Barton llevaba muchos años dirigiendo la finca del castillo de Tilmory, y estaba claramente acostumbrado a tomar las decisiones importantes.

"¿Y vendrán hoy?"

"Están esperando abajo mientras mis ayudantes despiertan a Barton y le preparan para recibir a sus visitantes".

"¿Se conocen los Barton y Lady Jo?" preguntó Wynne, considerando la idea de que tal vez las familias se conocieran.

"He pensado esperar. Me gustaría que se reunieran en la propia sala, junto a la cama de Barton", le dijo el médico. "La experiencia de verlos inesperadamente a todos a la vez podría conmocionarle y, posiblemente, crear en él una reacción positiva. Estuve leyendo un artículo al respecto que escribió el Dr. Ellis, de West Yorkshire, sobre...".

Mientras Dermot compartía los detalles del estudio, Wynne intentó imaginar la reacción de los Barton ante la mejoría del paciente. La última vez que la familia lo había visto fue el día que lo llevaron a la Abadía. Creían que su muerte era inminente.

"Aunque la reunión no produzca nada", concluyó Dermot, "no quiero perder la oportunidad".

Me vinieron a la mente varios argumentos que se oponían al entusiasmo del médico, el más lógico de los cuales era que Jo y los Barton se conocían. Tal conocimiento mutuo también podría explicar por qué las dos partes llegaron a la Abadía el mismo día. Pero Wynne guardó silencio al respecto, sin preocuparse de echar una manta mojada sobre el optimismo de su amigo.

"Acompañaré a la familia de Charles a la sala. Pero necesito que tú, amigo mío, vayas al ala este, arranques a lady Josephine de las garras de mis tíos y la acompañes hasta la cabecera del paciente."

Su inmediata inclinación a protestar murió antes de expresarla. No podía evitar a Jo. Se habían visto. Ella había preguntado por él. Y había decidido quedarse a ver al paciente en lugar de marcharse. Wynne ya sabía que se arrepentiría si ella se marchaba y no intercambiaban al menos unas palabras.

Su historia común estaba muerta y enterrada, se dijo a sí mismo. Ya no llevaba en su corazón el afecto, ni el sentimiento de protección, que una vez tuvo. Lo que quedaba ahora era aceptar esta oportunidad para satisfacer su curiosidad sobre su carácter. Quería saber cuánto había cambiado Jo Pennington, si es que había cambiado.

El Escudero y la Sra. McKendry resplandecían más como padres orgullosos que como tío y tía. Su entusiasmo por el hospital y su director iluminaba cada palabra que salía de sus bocas. Y también apreciaban mucho al capitán Melfort.

Sentada a la mesa de un anticuado salón con paneles de roble, Jo tomó un sorbo de té y escuchó las historias relacionadas con Wynne y el Dr. McKendry durante sus días en la marina. Los relatos iban mucho más allá de los informes y elogios que había leído en los periódicos en los primeros tiempos.

La conversación pasó del pasado al hospital y a la finca.

"La Abadía se habría arruinado de no ser por su colaboración", afirmó el terrateniente, sirviendo con una cuchara mantequilla de manzana dulce en otra gruesa rebanada de pan de avena caliente. "A excepción de la construcción por el rey Jorge del anexo norte para alojar a su ejército durante el Alzamiento, no se hizo ninguna obra en este lugar desde los tiempos de mi abuelo".

Por lo poco que había visto de la enorme estructura, parecía que se estaba llevando a cabo una gran renovación.

"Nuestro Dermot siempre supo lo que quería hacer con la Abadía -convertirla en un buen hospital- una vez que su padre hubiera muerto", dijo la señora McKendry. "Pero nunca lo habría hecho tan bien sin el capitán".

"Así es, cariño", coincidió su marido. "Fue una bendición que ambos decidieran al mismo tiempo que habían terminado de recorrer el mundo".

"Cierto". La mujer del terrateniente asintió, sirviendo más té para Jo. "Y el capitán... bueno, necesitaba encontrar un hogar adecuado para Cuffe".

¿"Cuffe"? preguntó Jo.

"Su hijo", respondió la señora McKendry, enviando una rápida mirada a su marido.

Su hijo. Una punzada de decepción se deslizó en su corazón como una aguja. Depositó suavemente la taza y el plato sobre la mesa. Claro que se casaría, se reprendió a sí misma. El tiempo se había llevado su florecimiento juvenil y la había dejado solterona. Pero no a él. El paso de los años no sólo había mejorado su aspecto, sino que le había dado la oportunidad de llenar de felicidad las páginas de su vida.

"La madre del muchacho...", empezó el Escudero.

"Se casó con ella", interrumpió su mujer. "Cuffe es el hijo y heredero del capitán".

La mente de Jo volvió al incidente de hacía poco más de una hora, cuando su carruaje tuvo que detenerse de repente en el camino que salía del pueblo. Un joven de piel oscura estaba de pie junto a Wynne, y ahora se preguntaba si sería el hijo del que habían hablado.

"La madre del muchacho murió al dar a luz en las Indias", confió la Sra. McKendry en voz baja. "Cuffe fue criado por su abuela jamaicana hasta hace sólo dos meses, y el capitán lo pagaba todo. Debió de ahorrar bastante dinero, porque de repente ya no sabía cómo controlarlo".

Tal vez porque los cotilleos habían sido la pesadilla de su propia existencia, Jo se erizó instintivamente. No tenía derecho a oír aquello. No era más que una extraña para aquella gente.

"El muchacho debe de haber heredado su salvajismo de su madre, pues el capitán Melfort es el más disciplinado de los caballeros".

"¿Qué edad dijiste que tenía Cuffe?" preguntó Jo, interrumpiendo a su anfitrión.

"Diez años".

"Antes de culpar a una madre que ya no está aquí para defenderse, o a una abuela que lo ha criado desde la infancia, debo decir que el carácter salvaje en un muchacho de su edad es bastante común. No tenemos por qué atribuirlo a la naturaleza de un padre, sobre todo de uno que ninguno de nosotros ha conocido -afirmó Jo con firmeza. "Has dicho que Cuffe sólo lleva aquí dos meses. Imagínate cómo le costaría a cualquiera adaptarse a unas expectativas sociales completamente nuevas. Y es tan joven. Todo lo que conocía, todas sus rutinas anteriores, sustituidas por costumbres y cortesías que nosotros vemos como naturales, pero que en realidad sólo lo son *para nosotros*."

Jo estaba dispuesta a continuar, a retar a la pareja a retractarse no sólo de sus palabras, sino a reconocer los prejuicios que albergaban contra el niño. Pero sus anfitriones miraban más allá de ella, hacia la puerta.

"Capitán, únete a nosotros", dijo el Escudero, poniéndose en pie. "Permíteme que te presente a nuestro invitado".

Capítulo Seis

LA TIMIDEZ que había conocido en el carácter de Jo había desaparecido. En su lugar, Wynne vio a una leona dispuesta a abalanzarse en defensa de su hijo.

La idea le calentó el corazón. A excepción de Dermot, Cuffe tenía muy pocos campeones en la Abadía. Muchos de los granjeros ignoraban al muchacho. Otros lo toleraban cortésmente por deferencia a Wynne . . al menos en su presencia. Y había algunos, como el terrateniente, su esposa y el vicario -gente de buen corazón-, que tenían las mejores intenciones, pero se las arreglaban para decir las cosas equivocadas en el momento equivocado.

Un leve rubor coloreó la mejilla de Jo cuando se levantó y se volvió hacia él. Había cambiado. Siempre le había parecido muy guapa, pero ahora tenía un atractivo que le sorprendía. La perfecta simetría de sus altos pómulos, la seguridad de su boca, las suaves curvas de sus caderas y pechos. Era una flor que había florecido, pero que había conservado en la madurez las mejores cualidades de la juventud.

Wynne contempló sus graves ojos castaños. Bajo las cejas

bien definidas y las largas pestañas, aún habitaban las sombras de la tristeza.

Cuando el Escudero empezó a hacer las presentaciones, Jo tomó la palabra.

"El capitán Melfort y yo nos conocemos".

El marido y la mujer se miraron con curiosidad mientras intercambiaban reverencias y reverencias, pero no hicieron preguntas. Tampoco se ofrecieron explicaciones.

"¿Toma el té con nosotros, capitán?" preguntó la Sra. McKendry.

"Me temo que no puedo, señora. He venido para llevarme a tu invitada y acompañarla a la sala. El médico cree que su paciente podría estar preparada para aceptar visitas". Volvió a centrar su atención en su invitada. "Eso si Lady Jo está preparada".

"Sí, así es. Por supuesto", dijo apresuradamente antes de agradecer a sus anfitriones su hospitalidad.

Wynne esperó junto a la puerta, escuchando la cadencia de su voz, observando sus movimientos y sintiendo cómo se le escapaban los años.

Su despedida había vuelto. Le debía una disculpa. Las palabras que le escribiera carecían de sentido porque nunca había tenido la oportunidad de explicarse mejor. Pero ella no estaba en casa, y su cobardía le hizo dejar la carta escrita a toda prisa.

El duelo con su hermano a la mañana siguiente había acabado con cualquier posibilidad de que se vieran hasta hoy.

Wynne pensaba que los años habían embotado el filo de su pasado, pero se equivocaba.

" ... y nuestra invitación sigue en pie, milady", decía la Sra. McKendry. "Si decides pasar la noche, o quince días, o el tiempo que desees, serás bienvenida aquí. Tenemos varias habitaciones en la Abadía que mantenemos preparadas para las familias de los pacientes cuando nos visitan."

"Eres muy amable, pero mi hermano Gregory y su esposa me esperan en Torrishbrae, en Sutherland. Esperaba volver a la carretera a media tarde".

Gregory se casó, pensó Wynne. La última vez que había visto al hermano pequeño de Jo, sólo era un poco mayor que Cuffe.

Jo evitó encontrarse con su mirada mientras se acercaba, y Wynne recordó una ocasión en la que se había apresurado a cruzar una habitación para cogerle la mano y exigirle saber qué estaba pensando.

Mientras maniobraban por los pasillos para salir del ala este y entrar en el antiguo gran salón, rompió el silencio que pesaba sobre ellos.

"Debo disculparme por haber espiado inadvertidamente", dijo. "Entré en el salón un momento antes de que se advirtiera mi presencia. Me impresionó tu conocimiento de los modales y el comportamiento de los niños, y tu sentido de la convicción al expresar tus opiniones."

Miró hacia atrás por encima del hombro. "Me temo que he desarrollado un defecto al ser demasiado brusca en este tema. Creo que mi tono era un poco estridente para la ocasión".

"No te preocupes por ellos. El Escudero y su esposa no son rencorosos", le dijo. "Son gente de buen corazón. De verdad. Al mismo tiempo, no saben cómo tratar a alguien, adulto o niño, que parezca diferente o se comporte de forma distinta a la gente a la que están acostumbrados. A diferencia de tu propia familia de mente abierta, llevan una vida provinciana aquí en las Highlands. Estoy bastante seguro de que Cuffe es la primera persona de ascendencia africana que conocen".

La mirada de Wynne se dirigió a su rostro mientras se acomodaba un mechón de pelo suelto detrás de una oreja. El rubor volvió a subir a su mejilla, y él se preguntó si la mención de su familia era la causa del mismo.

"He oído que tu hijo sólo tiene diez años", dijo, pasando junto a él cuando se detuvo en una puerta para dejarla pasar. "Con el tiempo y la paciencia suficientes -y el estímulo adecuado-, estoy segura de que se acostumbrará a su nuevo hogar".

"Es de esperar". Wynne no iba a reñirle por lo poco práctico del idealismo. Sus palabras hacían que la situación pareciera mucho más sencilla de resolver que la realidad. Casi habían llegado al anexo norte. "Pero, ¿alguna vez te has visto en la tesitura de tratar con un niño en esas circunstancias? ¿O has estado expuesta a las dificultades que pueden presentarse?".

"Lo he hecho. Pero te aseguro que no en el papel de padre. Sin embargo, me he visto envuelto en muchas situaciones familiares horribles, y he aportado todo lo necesario para ayudar."

Al ver que el lacayo se disponía a dejarles entrar en la sala, Wynne le hizo un gesto para que esperara.

"¿Dónde fue eso?"

"En un refugio al que nos referimos como la Casa de la Torre, cerca de Baronsford".

"¿Hubo alguna vez un niño totalmente a tu cargo?", preguntó.

"Nunca totalmente. Los residentes comparten las responsabilidades. Forma parte de la misión del lugar. Pero imagino que tú también debes contar con la ayuda de tutores y de cualquier número de personas que te ayuden con tu hijo."

La discusión que bullía en su interior no tenía ni rima ni razón, aparte de que Wynne quería creer que había hecho todo lo que podía hacer. Había sido paciente, persistente, generoso, y aun así había un chico en el piso de arriba que había acabado con toda su confianza y le había hecho sentirse un fracasado.

"Estoy segura de que criar y educar a un hijo que ya debe de creerse un hombre no es fácil. Los niños pueden ser criaturas complicadas", dijo con dulzura. "He llegado a creer que no hay dos iguales. Pero siempre que estés dispuesta y valores a tu hijo como el tesoro que estoy segura que es, el camino se revelará".

La bondad y la compasión, el temperamento tranquilo, el enfoque razonable. Ella siempre podía convertir la oscuridad en luz y ahuyentar cualquier nube de lluvia. Su voz le calentaba incluso ahora con su tranquila seguridad. Durante el tiempo que habían estado prometidos, nunca habían discutido. Jo conocía sus estados de ánimo, reconocía sus momentos de tristeza, leía sus pensamientos cuando estaba preocupado.

"¿Entramos?", preguntó.

Wynne la siguió, dándose cuenta de que ya disminuía el peso de enfrentarse al comportamiento de Cuffe. No necesitaba decidir un castigo definitivo. No había una única solución para arreglar lo que estaba mal. No debía cuestionar las decisiones tomadas en el pasado. Hoy era simplemente un día más en medio de muchos días más de desafíos.

La sala estaba muy concurrida, pues la mayoría de los pacientes habían regresado de las actividades que les llevaban a ellos y a los asistentes al exterior. Mientras unos pocos estaban sentados junto a las ventanas, mirando al exterior ociosamente, la mayoría participaba en una serie de pasatiempos sociales, y en las mesas se jugaba al ajedrez, a las damas y al backgammon.

Wynne observó a Jo mientras asimilaba todo aquello. Cuando un paciente llamado Fyffe -un tipo inofensivo de Nairn- bailó alrededor de ellos mientras tocaba su violín imaginario, ella le sonrió dulcemente y esperó a que se hubiera marchado bailando.

No mostró temor ni incomodidad alguna por la extrañeza del lugar.

Señaló al otro lado de la habitación.

"Ése de la cama es Charles Barton", le dijo en voz baja. "Los dos ancianos que están enfrente del doctor McKendry son su madre y su tío, su única familia viva. Viven en el castillo de Tilmory, a menos de seis kilómetros de aquí".

Jo miró al otro lado. "No reconozco a ninguno de ellos".

Dermot hizo una pausa en lo que decía cuando los vio.

Cuando Jo y Wynne empezaron a cruzar la sala, los familiares que estaban junto a la cama del paciente las miraron.

Por un momento pensó que se habían convertido en columnas de sal. Como la mujer de Lot, permanecían como estatuas, mirando a Jo con expresión de asombro. Lentamente, la boca de la señora Barton se abrió y una mirada confusa y horrorizada apareció en sus ojos. Graham sacudió la cabeza, como si quisiera librarse de una visión que no podía explicar. Como si vieran un fantasma que hubiera aparecido de repente a plena luz del día, los dos se quedaron mirando con incredulidad.

Entonces, el tío de Barton recuperó el control de sus facciones y la dureza habitual volvió a su rostro. Pero su madre tardó más en recobrar la compostura, extendió débilmente la mano y se aferró a la del anciano mientras se hundía pesadamente en una silla.

La conocían.

Las semillas de esperanza arrojadas sobre su corazón cuando Jo vio por primera vez los dibujos de Baronsford germinaron y echaron raíces, brotando y extendiendo tiernas hojas verdes. El rostro ensangrentado de la señora Barton, los dedos temblorosos que se llevaban un pañuelo a los labios, la mirada encapuchada que revoloteaba constantemente de su hijo a Jo y al anciano que estaba a su lado, cada movimiento indicaba familiaridad, reconocimiento.

Jo se obligó a respirar. Aquella mujer sentada en un manicomio en lo profundo de las Highlands, y el hombre que permanecía rígido a su lado, tenían la clave del misterio de su pasado. La mera posibilidad de que su búsqueda de toda la vida de la identidad de su madre pudiera acabar con una simple presentación de aquellas personas casi la abrumó.

La emoción la animaba mientras se acercaba a la cabecera de la paciente. Los años de especular sobre su procedencia y la interminable misión de defender a su difunta madre podrían llegar a su fin en un momento.

"Lady Josephine Pennington, te presento a la señora Barton y a Graham Barton", dijo el doctor McKendry.

Se intercambiaron las cortesías, pero los jóvenes zarcillos de esperanza y expectación se vieron inmediatamente sacudidos por la gélida mirada del anciano. La respuesta de la señora Barton no fue más cálida. Una máscara había descendido sobre sus pálidos rasgos. Y una vez terminadas las presentaciones, la mujer dirigió su mirada hacia Charles, excluyendo a todos los demás.

Un duro y apretado nudo de pánico empezó a formarse en el pecho de Jo. Aquellos esquejes de esperanza se marchitaron, su crecimiento fue detenido por el áspero viento frío de la respuesta de los Barton. Un grito silencioso surgió en su garganta. Quería que volvieran a mirarla, que le dieran alguna señal de que compartían una relación tangible, una conexión, algo duro, rápido y verdadero. En lugar de eso, se enfrentaba a un muro de pétrea indiferencia. Se habían apresurado a cubrir su involuntario momento de sorpresa y reconocimiento con un frío barniz de indiferencia y hostilidad.

Pero Jo vio a través de ellos. Se había enfrentado al rechazo toda su vida.

"Como decía antes de que Lady Josephine y el capitán Melfort se unieran a nosotros, este nuevo avance es muy prometedor", explicó el doctor McKendry. "Desde que redujimos la dosis de láudano, el señor Barton ha mostrado un claro deseo de comunicarse con nosotros, a su manera, a través de los bocetos".

Metió la mano por detrás y cogió una carpeta de una mesa cercana, presentándosela a la madre.

"Esta es toda su obra. Dibujos de la misma persona. Alguien que se parece mucho a Lady Josefina".

El médico dio una vaga explicación de cómo, a través de un conocido común, pudo identificar a Jo como posible sujeto de los dibujos antes de mantener correspondencia con ella.

Aquel conocido común al que se refería estaba de pie junto a Jo, con su abrigo gris rozando la manga de su vestido. Era cierto que llevaban años distanciados, pero en aquel momento no sintió extrañeza por la presencia de Wynne, incondicional y firme como el más viejo de los amigos. Y agradecía su compañía. Él, quizá más que nadie, comprendía la importancia de aquella conexión. No le cabía duda de que él era la razón por la que el Dr. McKendry se había puesto en contacto con ella.

"¿Es posible que ya os conozcáis?", sugirió el médico. "Si echas un vistazo a los dibujos, verás que el parecido es asombroso".

La señora Barton abrió la carpeta, hojeó descuidadamente algunos dibujos y la cerró. Su rostro no mostró nada cuando miró a su cuñado.

Jo esperó una respuesta, demasiado ansiosa para hablar, aferrada aún a sus desvanecidas esperanzas.

"Nunca lo he hecho", dijo Graham, hablando por los dos.

Jo no pudo reponerse lo suficiente como para decir nada; el nudo que tenía en la garganta se lo impedía. Sus rostros, al verla, transmitían una clara sensación de reconocimiento y luego de consternación. Pero, ¿por qué iban a negarlo ahora? Se estaban conteniendo, ocultándose tras una fachada de distanciamiento. Había alguna historia oculta que estos dos se resistían a abordar.

Conocían a su madre. Jo no tenía ninguna duda.

La señora Barton devolvió la carpeta al médico. "Estos dibujos no sugieren a ninguna persona en concreto. Podrían ser cualquiera. Son imágenes conjuradas por una mente delirante. Creo que has permitido que un ligerísimo parecido con tu amiga lady Josephine influya en tu opinión". Señaló a su hijo. "Me rompe el corazón. Pero mírale, mirando fijamente a la nada, completamente desconectado de nosotros y del mundo. Te equivocas si crees que ha mejorado, y no veo por qué has involucrado a su señoría en una tragedia familiar en la que no tiene nada que hacer."

La estaban despidiendo. Una luz había parpadeado bajo la puerta de su pasado, pero Jo no tenía fuerzas para empujarla y abrirla. Los bocetos eran significativos. Tenían que serlo. Cuando llegó, el médico le dijo que Charles Barton tenía cincuenta y seis años. Por lo poco que Jo sabía de su madre, se le habría acercado bastante en edad.

El repentino cambio de comportamiento de la Sra. Barton, la hostilidad de Graham y los bocetos de Charles eran pruebas suficientes de alguna conexión. Pero ella no encontraba la forma de desafiarlos. Sus negaciones le cerraron la puerta, dejándola fuera.

Había venido hasta aquí para nada. Viejos y familiares

sentimientos de impotencia la punzaron como un puño de hierro en las tripas. Se sentía enferma, derrotada en lo que debía de ser la última oportunidad que tendría de recuperar su identidad, de saber quién era. Las lágrimas le quemaban los ojos y amenazaban con desatarse.

La presión de una mano firme en la parte baja de la espalda despertó a Jo. Wynne estaba allí con ella, apoyándola. Respiró hondo y levantó la barbilla.

"Quizá, doctor, esté preguntando a las personas equivocadas sobre la conexión de lady Josephine", dijo Wynne antes de dirigirse a la familia. "Señora Barton, dijiste que tu hijo pasó muchos años fuera del castillo de Tilmory antes del accidente".

La anciana se acercó y ajustó la manta sobre el pecho de Charles. "Por desgracia, no sabemos nada de sus conocidos durante ese tiempo".

"Lady Josephine, quizá puedas arrojar algo de luz sobre esta situación", sugirió el Dr. McKendry.

Jo ya le había dicho al médico que no conocía el nombre, y le había dicho a Wynne que no reconocía al paciente ni a su familia. No obstante, sintiendo que se le escapaba la oportunidad, se acercó a la cabecera.

Todos los demás sonidos de la sala se desvanecieron. La gente reunida alrededor de la cama desapareció. Jo miró el rostro delicado del paciente. Su respiración era agitada y parecía estar luchando con demonios, combatiendo sombras invisibles. Sus ojos se movían inquietos mientras escrutaba el techo, huyendo de las pesadillas. Estaba convencida de que tenía secretos que revelar -secretos que implicaban a su madre-, pero él no tenía la lucidez mental necesaria para comprenderlos o transmitirlos.

Los bocetos eran distintas representaciones de la misma persona. Cada imagen representaba a la misma mujer a la misma edad. Era alguien que él conocía, alguien encerrado en su mente dañada, pero ella no sabía cómo liberar ese recuerdo.

"Charles", dijo ella suavemente, dejando a un lado la corrección. "Charles Barton".

El paciente volvió la cara hacia el sonido de su voz. Parpadeó y sus ojos se centraron en ella.

"Charles", volvió a decir.

Toda una vida de inseguridad y dudas sobre sí misma surgió como una crecida de primavera contra el frágil muro de una antigua presa. El miedo, la esperanza y la pérdida se agitaban en su interior, amenazando con atravesar las paredes aparentemente finas como el papel de su pecho.

Conóceme, rezó, cerrando los ojos. Háblame.

La mano de Charles Barton se deslizó entre las suyas y los ojos de Jo se abrieron de golpe. De sus palmas unidas emanaba calor.

"Has venido", susurró.

Capítulo Siete

HAS VENIDO. Ni más ni menos. Ésas fueron las únicas palabras de Charles Barton antes de cerrar los ojos y soltar la mano de Jo.

Fue suficiente.

Wynne sabía lo que aquellas palabras significaban para Jo. Sintió su impacto. Barton conocía a su madre. Veía a su madre en ella.

Wynne tenía claro por lo que debía estar pasando. La marea de emociones que fluía en su interior le había resultado evidente desde el momento en que entraron en la sala. La perspectiva de obtener respuestas parecía estar al alcance de la mano. Pero cuando Barton volvió a alejarse, sintió el miedo de ella a que todo aquello se quedara en nada. La posibilidad de un salvavidas le había sido lanzada y luego arrebatada.

Wynne había pensado que ella no significaba nada para él. Se había dicho a sí mismo que sólo era el deber lo que le impulsaba a hacer lo correcto y organizar su visita a la Abadía.

Pero no era cierto. Seguía preocupándose por ella.

El extraño comportamiento de la familia de Barton le

57

había cogido desprevenido y luego le había enfurecido. Su falta de cooperación en la búsqueda de Jo de una posible conexión había llevado a Wynne al límite de su paciencia. Los años se evaporaron como la niebla de la mañana, y él estaba dispuesto a luchar por ella una vez más.

En ese momento se dio cuenta de que tenía que salir de la sala.

Por mucho que le preocupara el resultado de la subsi-guiente discusión con los Barton, Wynne sabía que Dermot era totalmente capaz de manejarlos. Y estaba seguro de que a Jo le iría mejor sin un campeón furioso y no solicitado entro-metiéndose en sus asuntos.

Antes de regresar a su despacho, se detuvo a hablar con Cameron y luego bajó por el pasillo hasta la suite de habita-ciones que compartía con su hijo. Cuffe seguía tumbado en su cama, y ni siquiera volvió la cabeza cuando Wynne le indicó que se presentara ante el contable. Debía pasar con él el resto del día y mañana y pasado. Estaba confinado en casa. Nada de montar a caballo, nada de pescar, nada de vagar libremente, nada de salir. Cameron se encargaría de que se pusiera al día con sus lecciones y luego le daría más.

Y siempre que Cuffe quisiera hablar, le dijo Wynne, se pondría a su disposición.

Acomodándose en su ordenado despacho, centró su aten-ción en el trabajo. Había hecho lo que tenía que hacer inme-diatamente con su hijo. Ahora tenía que alejar cualquier pensamiento sobre Jo Pennington. Y quizá lo hubiera conse-guido si no hubiera sido porque Dermot llegó menos de una hora después.

"Los Barton se han ido", anunció.

La pregunta sobre el paradero de Jo surgió en la mente de Wynne. Se preguntó si estaría abajo con el paciente, o si habría continuado viaje a casa de su hermano sin despedirse.

"Después de que te marcharas, estuvimos a punto de entrar en guerra", dijo Dermot, cogiendo un libro de la estantería y echando un vistazo al título antes de colocarlo en una esquina del escritorio de Wynne. "La madre se empeñó en llevarse a Barton de vuelta al castillo de Tilmory. Siguió afirmando -a pesar de lo que todos presenciamos- que no se había producido ningún cambio en el estado de su hijo."

"Supongo que ganasteis esa batalla y que Barton sigue con nosotros", dijo Wynne.

"De hecho, lo hice. Graham se erigió en la voz de la razón. Dijo que está demasiado ocupado dirigiendo esa finca. No desea ser responsable del cuidado de su sobrino".

En cuestiones de herencia, las fincas ricas como el castillo de Tilmory eran a menudo objeto de investigaciones y vistas judiciales tras el fallecimiento de un laird o terrateniente. Wynne sabía por haber hablado con el vicario que, tal como estaban las cosas, Graham era el siguiente en la línea de sucesión.

"¿Y la Sra. Barton estuvo de acuerdo?"

"No tenía elección". Dermot sacó otro volumen de la estantería y estudió el lomo. "Para bien o para mal, es evidente que Graham no quiere que se proyecte ninguna sombra sobre él. Quiere que se vea que hace lo mejor. Convenció a la Sra. Barton, diciéndole que quizá unas visitas más frecuentes a la Abadía la tranquilizarían y deberían permitir que Charles se quedara."

De nuevo, Jo y su paradero pasaron al primer plano de los pensamientos de Wynne. Empeorando su impaciencia, miró con odio a su amigo, que colocaba el libro en la estantería equivocada y cogía otro volumen más.

"¿Y Lady Jo?", preguntó lo más despreocupadamente que pudo.

"Sí. Está el asunto de lady Josephine", respondió Dermot,

dándole la espalda a las estanterías. "La señora Barton se sintió bastante angustiada al verla cuando la acompañaste. Sé que no fui el único que lo vio. Seguro que tú también".

Estaba claro que la mujer mayor conocía a Jo, o a alguien de aspecto similar. Tanto si el vínculo era familiar como social, la señora Barton era una mala mentirosa. Su reacción fue demasiado repentina y pronunciada. Se habría desplomado al suelo si aquella silla no hubiera estado detrás de ella. E incluso después, tardó mucho tiempo en recuperar la compostura.

"Lo he visto".

Dermot sacó otro libro de la estantería. "Y entonces, cuando Barton dijo..."

"¿Dónde está ahora Lady Jo?"

El médico echó un vistazo. "Creo que salió a los establos para hablar con su cochero y su criado".

"¿Por qué? ¿Se va?"

"¿Te vas?" resonó Dermot vagamente, hojeando el volumen. "No. De hecho, me preguntó si podía aceptar la invitación de mi tía de pasar la noche aquí, en la Abadía. Me dijo que agradecería poder visitar a Barton sin la distracción de su familia. Y me parece una idea excelente, teniendo en cuenta lo positivamente que respondió a su voz. Habló por primera vez y, por pequeño que parezca, para mí fue un paso monumental".

Jo seguía aquí, y sintió que se le quitaba un peso de encima. Después de tanto tiempo, se habían vuelto a encontrar. Habían hablado de Cuffe. Ahora él quería tener otra oportunidad de verla. Quizá ambos pudieran cerrar con éxito una puerta al pasado.

"¿Por qué frunces el ceño como si tu barco acabara de chocar contra un banco de arena? La recuperación de nuestros pacientes debería hacerte feliz". Dermot dejó caer el libro sobre una silla. "A menos que tu expresión agria se deba a que lady Josephine se queda. ¿Desapruebas que pase la noche en la Abadía?".

"Por supuesto que no. ¿Por qué iba a hacerlo? replicó Wynne. "Éste es tu hospital. Barton es tu paciente. Si crees que su estancia aquí contribuirá a su recuperación, ¿por qué me lo pides a mí?".

Dermot puso ambas manos sobre el escritorio. Se conocían desde hacía demasiado tiempo. Los ojos grises le desafiaron a decir la verdad. "Puedo conseguir una habitación para lady Josephine en la posada del pueblo".

"Debería quedarse aquí", espetó Wynne. "En la Abadía. No tengo ninguna objeción".

El hombre más joven le estudió un momento más antes de enderezarse. Cuando volvió a la estantería, Wynne supo que no habían terminado la conversación.

"¿Qué pasa, McKendry? Di lo que piensas. Dilo antes de que todos los libros que poseo hayan sido esparcidos por aquí y por allá".

"Muy bien". Dermot pasó los dedos por un estante y lo miró por encima del hombro. "¿Cuál era la naturaleza de tu relación con lady Josefina?".

Estaba rompiendo una regla tácita que existía entre ellos desde hacía años. No se preguntaba por el pasado. Todo lo que cada uno sabía del otro había sido ofrecido, nunca solicitado.

"¿Por qué lo preguntas?"

"Porque me impresiona".

Wynne miró fijamente la espalda de su amigo. "¿Qué quieres decir con 'impresionado'? Sólo la has conocido hoy. ¿Cuánto tiempo has pasado en su compañía para formarte semejante opinión?".

"¿Estás diciendo que no es impresionante?"

"¡Claro que es impresionante!" replicó Wynne.

"¿Así que está bien que *tú* pienses que es impresionante -dijo, cogiendo otro libro-, pero no que yo lo piense?".

"Lárgate, Dermot", dijo Wynne, golpeando con fuerza el escritorio con la palma de la mano. "Deja en paz mis libros".

El médico se encaró con él. "¿Cuál era tu relación con ella? ¿Y por qué deseabas permanecer en el anonimato cuando le escribimos?".

Wynne no creía que todos los montañeses fueran tan mulos como su testarudo amigo, pero estaba seguro de que Dermot no se rendiría hasta obtener una respuesta.

"Si *quieres* saberlo, estuvimos prometidos hace dieciséis años. Yo lo rompí".

Lo había dicho. Lo había dicho. Y ahora quizá podría sacar el tema con Jo y decirle las cosas que ella debería haber oído entonces.

"Debía de ser una simple muchacha", observó Dermot con una nota de acusación.

Wynne fulminó al joven con la mirada. "Guarda tu encantadora lengua de las Highlands para ella. A Lady Jo y a mí sólo nos separa un año de edad".

Dermot abandonó su acoso a la colección de libros de Wynne y se acercó a la ventana, mirando hacia fuera. "Pareces lo bastante mayor para ser su padre".

"Yo que tú no te recomendaría que te pusieras delante de una ventana abierta".

Aunque intentaba mantener su voz frívola, el enfado afloraba bajo la superficie de la piel de Wynne.

"Así que temías que no viniera si le escribías tú mismo", conjeturó Dermot.

"No. No creí que lo hiciera".

"Y tú querías que viniera". No era una pregunta.

"Me daba igual que viniera o no", mintió Wynne. "Pensé que sería importante para ella. Y para Barton".

"¿Te arrepientes de algo?"

"¿Arrepentirme de qué?" preguntó Wynne. "¿De haberla traído aquí?

"Eso... o lo de romper vuestro compromiso".

Dermot McKendry era su amigo, un hombre en quien confiaba más que en su propio hermano. Pero estaba tentando a la suerte.

Antes de contestar, Wynne hizo una pausa, preguntándose por qué aquella conversación le resultaba tan irritante. No debería importarle lo que Dermot supiera de Jo.

"¿Y bien? ¿Te arrepientes de algo?"

Se levantó y rodeó el escritorio. Cogió un volumen extraviado y lo volvió a colocar en la estantería, donde debía estar. "*No* eres un consejero espiritual. Tú, McKendry, eres el más bajo, el más deficiente, el más gusano de los huesos de sierra con el que he tenido la desgracia de navegar".

"Así que sí tienes remordimientos".

"*¡Ninguno!*" tronó Wynne, volviendo a meter de golpe otro libro en el estuche.

"Y ahora que os habéis reencontrado", preguntó Dermot sin inmutarse, "¿algún interés renovado por ella?".

Tranquilizándose, Wynne cruzó los brazos sobre el pecho. Por la expresión de su amigo, se dio cuenta de que el bastardo escorbuto estaba disfrutando.

"Ninguna", replicó Wynne. Un pensamiento acudió a su cerebro. Uno que no quería considerar. "¿Por qué lo preguntas? ¿Piensas perseguirla tú mismo?"

"I? ¿Perseguir a lady Josephine Pennington? Considerémoslo un momento -respondió como si nunca se le hubiera ocurrido. El médico se apoyó en el marco de la ventana abierta.

Mientras Wynne le observaba atentamente, sintió frío en la boca del estómago. Era la misma sensación que sintió justo antes de que los garfios salieran disparados y aseguraran una nave enemiga. Era el momento antes de saltar con su equipo de abordaje por las bordas hacia la batalla.

"Es bastante atractiva, incluso guapa sin pretensiones". Dermot hizo una pausa, como si estuviera haciendo balance del resto de sus atributos. "Es educada, conectada y compasiva. Ya me ha dicho que aprecia la forma humana en que enfocamos nuestro trabajo aquí. Es benefactora de causas benéficas. Y es lo bastante rica como para apoyar a más de unas cuantas".

Dermot, consumido por sus planes para la Abadía, nunca había expresado interés alguno por el matrimonio hasta ahora. Seis años más joven que Wynne y guapo a su manera, era sin duda un soltero atractivo, ahora que había hecho fortuna y heredado la Abadía. Pero sólo cierto tipo de mujer renunciaría a las comodidades de un hogar normal para vivir en un asilo.

Las manos de Wynne se crisparon al darse cuenta de que Jo podría ser una mujer así.

"¿Qué vas a hacer, barrerla con tu reconocido ingenio y encanto?", preguntó, cargando su tono con toda la ironía que podía reunir. "Lady Jo sólo estará aquí una noche".

"Di lo que quieras, amigo mío. Sé que su visita esta vez es breve, pero me han dicho que muchos romances comienzan con una sola mirada. Podemos escribirnos". Se dirigió hacia la puerta. "Quizá la invite a otra visita. Incluso podría dejarte aquí para que te ocupes de todo mientras viajo al norte y la visito mientras se queda con su hermano y su cuñada."

A Wynne le gustaba Dermot McKendry, pero ya no.

"Pero quiero que sepas que nunca te transmitiría tales intenciones si pensara que tienes *alguna* objeción al respecto", dijo el canalla, haciendo una pausa al salir por la puerta. "¿Qué dices, viejo?".

Wynne era el responsable de su llegada a la Abadía. No

había llegado buscando un romance, ni un marido, sino una conexión con el pasado de su madre. Éstas eran razones suficientes para decirle a Dermot que se apartara. Pero no podía pronunciar las palabras.

"Haz lo que quieras", dijo finalmente. "Pero recuerda tratarla con la mayor deferencia. Y por Dios, más vale que tus intenciones sean honorables. No emprendas este camino ni un solo paso a menos que estés dispuesto a permanecer a su lado en la puerta de la iglesia. ¿Me entiendes?"

"Eso es todo lo que necesitaba oír". Dermot sonrió e hizo una reverencia antes de salir por la puerta.

Wynne terminó de colocar sus libros donde debían estar. La vida debería ser así de fácil de mantener en orden, pensó. Cuffe. Sus planes para los dos. Sacudió la cabeza. Nunca nada salía bien. Y ahora tendría que aceptar a Jo en el tejido de su vida cotidiana... mientras ella estuviera casada con otro.

Sus ojos se fijaron en la ventana abierta. Debería haber empujado a Dermot fuera mientras tuvo la oportunidad.

Capítulo Ocho

"No has mencionado ni una palabra sobre la cena, milady", se quejó Ana mientras pasaba un cepillo por el pelo de su ama. "Por favor, ¿era la compañía lo bastante agradable? ¿Tenían muchos invitados? No creo que esta gente del campo se entretenga como nosotros en Baronsford".

Jo sonrió. Tras toda una vida de servicio, el benigno esnobismo de la criada se debía a su orgullo por la familia Pennington. En el mundo de Anna, los lugares a los que viajaba con Jo no eran necesariamente deficientes en hospitalidad o comodidad, simplemente ningún lugar podía compararse en su mente con Baronsford.

"La comida estaba deliciosa y bien preparada, Anna", le dijo. "Y la compañía era muy agradable. Éramos doce y, aunque la mayoría eran desconocidos para mí, las conversaciones eran animadas y muy interesantes. Todos fueron amables conmigo".

"Pues yo pensaría que sí, milady", resopló la criada. "¿Un lugar tan pequeño en medio de la nada? Creo que están dando gracias a sus estrellas por tener tan buena compañía como tú".

Jo se rió. "La Abadía no es un 'lugar pequeño'. Puede que no sea tan grandioso como Baronsford, pero a mí me parece encantador. ¿Tú no?

Ana asintió a regañadientes y continuó con el cepillado. "Bueno, considerándolo todo, supongo que es suficiente, milady".

Durante la cena, se sentó entre el doctor McKendry y el vicario de la iglesia del pueblo, el hermano menor del terrateniente.

Los dos hombres y el Escudero se enzarzaron en ingeniosas bromas durante toda la comida, ridiculizando la habilidad del otro para golpear una pelota de golf, pronunciar un sermón o arreglar un padrastro. Incluso mientras escuchaba a los hombres y los esfuerzos de la señora McKendry por acallarlos, Jo sentía a menudo el peso de la mirada del capitán Melfort sobre ella. En el otro extremo de la mesa, hablaba con el señor Cameron, el contable de la Abadía. Cuffe, el hijo de Wynne, no estaba presente en la cena, pero por los retazos de conversación que pudo oír, gran parte de la charla entre los dos hombres versaba sobre el muchacho.

"Has vuelto pronto", comentó Ana. "¿Nada de actos sociales después de cenar?"

"La Sra. McKendry y yo éramos las únicas mujeres presentes. En cuanto salimos del comedor, presenté mis excusas y me retiré", explicó Jo. "Tuvimos un largo día de viaje y me gustaría levantarme temprano mañana. El médico me dijo que el Sr. Barton suele estar más alerta y activo a primera hora de la mañana."

Había pasado más de dos horas esta tarde en la sala, junto a la cama del anciano. Había hablado con él. Le había cogido la mano. Pero no hubo ninguna otra comunicación, salvo una mirada ocasional en su dirección. Era como si él supiera que ella estaba allí y se sintiera reconfortado por ello, pero no pudiera ordenar lo que fuera en su confusa mente.

El misterio de su conexión la dejaba perpleja. Ahora que le había conocido y había visto su reacción inicial ante ella, no dudaba de que las respuestas al pasado de su madre se encontrarían aquí, con este hombre y su familia.

Pretendía aceptar la hospitalidad de los McKendry sólo por una noche, pero ya sabía que le resultaría terriblemente difícil marcharse ahora. Incluso antes de bajar a cenar, había estado considerando la posibilidad de tomar una habitación en la posada del pueblo durante algunas noches más. Podría ir fácilmente a la Abadía todos los días y visitar a la paciente. Simplemente enviaría una carta a Gregory y Freya, explicándoles que tardaría en llegar. Si su familia conocía su paradero y sabía que estaba a salvo, podría quedarse el tiempo extra.

Wynne se introdujo en sus pensamientos. Se suponía que los marineros se arrugaban y envejecían con los vientos del océano y el sol, pero él no. Su rostro estaba marcado por las líneas de la responsabilidad, pero sus ojos seguían brillantes y despiertos. Aunque no sonreía con facilidad, cuando lo hacía, la habitación se iluminaba. Vestido para la cena con un abrigo azul marino y un chaleco de seda color crema, parecía más alto y ancho de hombros de lo que ella recordaba. Y tenía una manera de comportarse, una seguridad en su forma de hablar, que reflejaba años de mando.

Apartó la imagen de su mente y se centró en los sonidos de los pájaros que llegaban desde la oscuridad de la ventana abierta. Dos carriceros llamaban y respondían, pero se callaron de repente al oír el ulular de un búho lejano.

Jo no iba a decírselo a su criada, pero Wynne era otra de las razones por las que necesitaba escaparse después de cenar. Sentarse alrededor de la misma mesa era una cosa, pero socializar en un salón y mantener una conversación informal era otra muy distinta. Y nunca imaginó que su reacción hacia él sería tan fuerte. Quedarse en la Abadía, aunque sólo fuera una noche, ya era bastante difícil. El apartamento en el que se encontraba Jo estaba en la planta superior a la sala de pacientes y junto a las habitaciones que ocupaban Wynne y su hijo. Estaba demasiado cerca.

Hugh, el hermano de Jo, supuso que ella ignoraba lo que la familia había estado haciendo durante años, pero ella era muy consciente de que él y el resto habían creado un círculo protector en torno a ella. Todos los Melfort se mantuvieron al margen, excluidos de la interacción con los Pennington, incluso cuando el hermano mayor de Wynne y su esposa adquirieron una finca cerca de Baronsford.

Su mirada se detuvo en la pared de la habitación que separaba su apartamento del suyo. Sopló una suave brisa, que traía consigo el aroma del humo de los puros, las aliagas y los pinos. Las currucas volvieron a sonar y un ruiseñor se les unió. No mencionaría al capitán Melfort en ninguna carta a su familia.

"Diré esto por ellos. Aquí tienen un personal doméstico casi igual al de Baronsford", prosiguió Ana. "Aunque no la tradición familiar que tenemos nosotros, por supuesto. Apostaría a que aquí no hay ni una segunda generación de sirvientes. ¿Y no sabéis que muchos de los hombres son *marineros*, milady?".

"No lo sabía", respondió Jo.

"También me han dicho que siempre buscan más ayuda. Tendré que mencionárselo a mis primos de Aberdeen la próxima vez que escriba...".

Un golpe seco y un rugido furioso procedentes de la sala de abajo silenciaron a la criada.

Las dos se quedaron heladas, escuchando más gritos y gritos de auxilio. La cabeza de Jo se volvió hacia la ventana al oír pasos que corrían hacia la casa. El segundo golpe de un objeto pesado hizo que Jo se levantara y se pusiera la bata y el cinturón. Se precipitó hacia la puerta.

"No puedes salir, mi señora".

"Quédate aquí en la habitación, Anna. Ahora vuelvo".

"¡Pero esto es un manicomio!", gritó el criado. "¡Podría haber locos o asesinos sueltos!".

"Quédate aquí", repitió Jo, saliendo al pasillo y cerrando la puerta firmemente tras de sí.

El pasillo estaba a oscuras. Una puerta se cerró de golpe. Los gritos iban ahora acompañados de lamentos. Más gritos procedentes de una parte distante de la casa, y pasos que corrían. Rápidamente, se dirigió a la escalera y empezó a bajar.

Responder a las crisis ocasionales era una necesidad en la Casa de la Torre. Jo no era imprudente. Sabía que lo que ocurriera en la sala no era asunto suyo. Sin embargo, tras conocer a Charles Barton, no podía quedarse en su habitación sin preocuparse.

Cuando llegó a un rellano en un recodo de la escalera, sobresaltó a una figura pequeña y delgada que se ocultaba junto a la barandilla y escuchaba la confusión que había abajo. Con un grito, el chico retrocedió y Jo alargó la mano, cogiéndole del brazo antes de que retrocediera por los escalones.

"¡No era mi intención!", estalló presa del pánico. "I . . . No sabía que le haría daño".

Jo reconoció al hijo de Wynne. Se había despojado de la chaqueta de color rojizo que llevaba antes. Estaba temblando y giró la cabeza al oír el continuo alboroto en el piso de abajo.

"¿Qué ha pasado, Cuffe?", preguntó en voz baja, soltándolo. "¿Han herido a alguien?"

El chico se apartó girando y corrió junto a ella escaleras arriba, desapareciendo en la oscuridad.

Había hecho algo malo, algo que había provocado este

caos. Y lamentaba haber participado en él. Se mantuvo pegada a la pared y descendió lentamente.

Había tres hombres junto a la puerta de la sala. Uno llevaba una vela. Incluso dándole la espalda, Jo pudo ver que era Wynne. A través de la gruesa puerta se oían fuertes gritos y sonidos de objetos arrojados.

"Stevenson estaba asegurado para la noche, capitán, tan seguro como que estoy aquí de pie", se apresuró a explicar uno de los hombres. "Yo mismo vi a los muchachos abrochar las correas, como siempre. Todos sabemos lo difícil que puede resultar".

Jo bajó otro escalón.

"Sí, capitán", dijo el otro hombre. "Hace dos años que lo tenemos aquí, y todo el mundo sabe que es a quien más hay que vigilar".

"Salí aquí después de comprobar cómo estaban todos", continuó el primer hombre, pasándose una mano por el pelo. "No hace ni una hora. Estaban todos durmiendo. Me senté aquí en mi puesto, como hago siempre, noche tras noche. Quizá cerré el ojo un par de veces, pero estaba aquí".

"Y el tam de Stevenson", intervino el otro. "¿Qué os parece? ¿Cómo creéis que lo consiguió el otro? Nunca se mueve cuando está en la cama, y todos sabemos que hay que dejarlo estar".

Wynne no hacía preguntas mientras los hombres iban y venían en sus explicaciones. Jo volvió a mirar hacia la puerta. Los ruidos procedentes de la sala estaban disminuyendo.

"Creo que no ha sido un accidente, capitán. Alguien estaba haciendo travesuras ahí dentro".

"Quizá el pícaro se me escabulló. O más bien entró por una ventana".

"Creo que querían que Stevenson fuera a por Barton".

Jo no creía haber hecho ruido, pero debió de hacerlo. Wynne giró la cabeza y miró en su dirección.

"¿Quién está ahí?", preguntó, levantando la vela y acercándose a la escalera.

Sabiendo que sería una tontería huir, se quedó donde estaba. Se aferró a la parte delantera de la bata, cerrándola con fuerza contra su pecho palpitante.

Por favor, rezó en silencio. No dejes que hieran al señor Barton.

El rostro de Wynne se suavizó al reconocerlo. "No deberías estar aquí abajo".

"¿Está herido? ¿El Sr. Barton?", preguntó, incapaz de mantener el tono tembloroso. Tenía que saberlo.

"Tendrá algunos moratones, supongo. El médico le está viendo el brazo para asegurarse de que no se ha roto ningún hueso. Pero teniendo en cuenta todo, lo está haciendo bien".

"¿Qué ha pasado?"

Wynne miró a su alrededor e hizo un gesto hacia las escaleras. "Éste no es el mejor lugar para hablar. ¿Te importa si subimos?"

Jo se volvió para dar un paso, pero al hacerlo, el dobladillo de su bata la hizo tropezar. Sintió que la mano de él le agarraba el codo, estabilizándola hasta que encontró el equilibrio. Aunque se trataba de un acto reflejo inocente, su contacto hizo que se le encendiera la cara y se le acelerara el pulso. Con la mano aún en el brazo de ella, él les iluminó el camino escaleras arriba. Mientras subían, su cercanía le llenó la cabeza con el aroma del aire nocturno, el whisky, el humo y el hombre. Era la segunda vez que la tocaba después de mucho tiempo. Era el contacto de un amigo, se dijo a sí misma.

En lo alto de la escalera, se detuvo en el pasillo y se volvió hacia él.

"Dime, ¿qué ha pasado?"

Cuando sus ojos la bañaron y contemplaron su rostro, sus labios, su pelo suelto sobre los hombros, vio una fugaz expresión de recuerdo. Luego la mirada desapareció.

"Sólo tenemos un paciente en el hospital que consideramos potencialmente peligroso para sí mismo o para los demás", explicó. "El hombre se llama Stevenson. Se le atiende de cerca durante todas las horas de vigilia. Durante la guardia nocturna, está asegurado en su cama. Y tenemos asistentes que recorren la sala regularmente durante toda la noche".

Empezó a imaginar lo que ocurría en la sala, pero esperó a que Wynne se explayara.

"Stevenson se liberó de algún modo de sus ataduras y atacó a otro hombre. El resto de los pacientes de la sala dieron la alarma con sus gritos".

"Y Charles Barton fue víctima del ataque", reafirmó lo que ya había oído. "¿Pero nadie más?"

Asintió con la cabeza. "Uno o dos más intentaron intervenir, pero Stevenson dirigió su violencia contra Barton. La víctima se pondrá bien. Por suerte, el encargado de noche intervino en el tumulto y otros llegaron rápidamente para ayudar. Puedes visitar a Barton tú mismo por la mañana, si quieres".

"¿Qué era eso de un tam?"

"Stevenson está extremadamente apegado a su sombrero. Lo lleva a todas partes como un bebé. El tam se puso en la cama de Barton".

Las palabras de Cuffe volvieron a ella. Recordó la expresión angustiada y temerosa en la penumbra de la escalera.

En la Casa de la Torre, Jo había visto y hablado con muchos niños problemáticos. Muchos eran totalmente capaces de infligirse daño a sí mismos y a los demás. Pero había verdadero remordimiento en el tono de Cuffe. Y su evidente conmoción por la forma en que se habían desarrollado los acontecimientos indicaba que había mucho más que una simple travesura de un joven.

"Esos ayudantes de abajo son hombres responsables", le dijo Wynne. "Nunca hemos tenido un incidente como éste en la Abadía. Creo que no ha sido accidental. Puede haber sido intencionado. Alguien se coló en la sala, liberó a Stevenson y movió el sombrero para darle un blanco para su ira. Es difícil comprender por qué alguien haría algo así".

Jo permaneció en silencio, sin querer ofrecer nada. Ya conocía la identidad del culpable.

La mirada de Wynne se desplazó más allá de su hombro por el pasillo. Imaginó que Cuffe podría estar allí escondido entre las sombras.

"Cuando saliste antes de tu habitación, ¿viste a alguien?".

Sabía que, como padre, tenía derecho a saberlo, pero no se atrevía a pronunciar las palabras. Cuffe ya estaba sintiendo el grave significado de sus actos. Aun así, imaginó que había algo más detrás de las acciones del niño.

Abrió la boca para transmitirle lo que sabía. Tenía toda la intención de decirle al menos a Wynne que se había encontrado con Cuffe en la escalera. Pero le salieron otras palabras.

"No, no he visto a nadie".

Wynne vio un movimiento junto a la puerta de las habitaciones que él y Cuffe compartían. Tras las lecciones de la tarde con Cameron, el muchacho había sido conducido a su habitación, donde le esperaba una bandeja con la cena. No debía moverse hasta mañana por la mañana, cuando volvería con el tutor.

Por la mente de Wynne pasó fugazmente la idea de si

Cuffe podría haber tenido algo que ver con lo ocurrido abajo. Inmediatamente lo descartó. En los dos meses transcurridos desde su llegada, el niño de diez años no había mostrado ningún interés por el hospital ni por los pacientes, a pesar de las repetidas invitaciones de Dermot. Y que le engañaran para que dejara entrar a los cerdos en el jardín había sido el único daño que había causado. Wynne estaba bastante seguro de que su hijo nunca haría nada que hiriera a un inocente.

Jo se volvió y siguió la dirección de su mirada. "Esperaba conocer a tu hijo mientras estoy aquí".

Sus suaves palabras le sobresaltaron y volvieron a atraer su atención hacia ella. El rostro de Jo era tranquilo, pensativo, preocupado. Era una mujer excepcional. Wynne había puesto fin a su compromiso menos de quince días antes de su boda. Nunca había tenido la oportunidad de disculparse o explicarse, salvo en una breve nota. La había dejado sola para que se ocupara de las secuelas. Mucho después, se había casado con otra mujer y había tenido un hijo. Pero a pesar de todo, aquí estaba ella expresando su interés por conocer a Cuffe. Siempre había sido paciente y amable, pero Jo Pennington llevaba dentro una dignidad que él había sido demasiado joven para apreciar de verdad hacía tantos años.

"¿Existe la posibilidad de que nos presenten mañana, antes de que abandone la Abadía?"

"Me encargaré de los preparativos", declaró. "Me gustaría que te conociera".

Antes de irme. La idea de que Jo se marchara tan pronto no le sentaba bien. Aunque la cuestión de los dibujos y la reacción de los Barton no se habían resuelto, se había abierto una puerta. Podía seguir por su cuenta.

Admiró el rostro de Jo a la luz vacilante de la vela. Observó el suave pulso a lo largo de la pálida columna de su garganta.

Sería mejor que se fuera, se dijo a sí mismo. Todos estarían mejor. Su conversación anterior con Dermot le había dejado extrañamente inquieto, y no le gustaba esa sensación. No le gustaba tener que vigilarles mientras el joven canalla intentaba entretener a Jo durante la cena. Wynne quería que su maldita vida volviera a la normalidad.

Sin embargo, los recuerdos del pasado seguían inundándole.

Recordaba haberse sentado con ella una noche cálida en una callejuela arbolada junto a la Cascada de los Jardines de Vauxhall. El sabor de la suave piel bajo el lóbulo de su oreja mezclado con el aroma de las flores de verano. Su asombro ante su respuesta inocente, con los ojos muy abiertos, mientras ella intentaba dar sentido al deseo que flotaba en el aire entre ellos.

Ella se apartó un tirabuzón detrás de una oreja y él se esforzó por no tocar las ondas de reluciente cabello oscuro que le caían casi hasta la cintura. Había perdido la cuenta de cuántas veces, de joven, había imaginado ver el sedoso cabello de Jo esparcido por su almohada.

Un puñado de besos. Sólo una vez, a la sombra de un enrejado de rosas durante un baile, aquellos besos habían desembocado en un apasionado torbellino de caricias. Ése era el alcance de las libertades que se había tomado. No le haría el amor, aunque sabía que ella se habría entregado a él. Pero los susurros maliciosos ya habían empezado y, en aquellos momentos de galantería juvenil, no se arriesgaría a dañar aún más su reputación.

Pero al final, la había herido más profundamente que cualquier malévolo traidor.

"¿Tienes que irte tan pronto?", se oyó preguntar. "Después de todo lo que hemos visto hoy, está claro que los progresos de Charles Barton podrían mejorar drásticamente si prolongaras tu estancia".

Y no lo pedía sólo por el bien de Barton.

"He estado pensando lo mismo". Su mirada oscura se encontró con la de él. "El Dr. McKendry mencionó esta tarde el nombre de una posada en la aldea de Rayneford. Mañana enviaré allí a mi criado y haré los preparativos para quedarme unos días más".

"No hace falta que salgas de la Abadía", dijo. "Puedes quedarte aquí mismo. Si las habitaciones que ocupas ahora te convienen, puedes quedarte donde estás".

Dónde podría acompañar a ese escorbuto de huesos de sierra, pensó Wynne.

"Pero no quiero ser una molestia".

"No podrías ser nada de eso", insistió, sintiéndose ya mejor con el nuevo acuerdo. "Todos en la Abadía se beneficiarán y disfrutarán de tu compañía".

Y *eso* le incluía a él mismo.

Capítulo Nueve

MIENTRAS JO OBSERVABA a Wynne bajar las escaleras, se esforzaba por conciliar sus agitados pensamientos con un aleteo largamente olvidado en su corazón. Su preocupación por el hijo luchaba con la fiebre que le producía la presencia del padre.

Cuffe era responsable de lo que había ocurrido en la sala, y ya se arrepentía de haber ocultado la verdad a Wynne.

Era una extraña en este lugar, se reprendió interiormente. Desde luego, no era una madre. No estaba cualificada para ocultar lo que sabía y arriesgarse a un desastre mayor en el futuro. ¿Qué sabía realmente sobre las costumbres rebeldes de un niño de diez años? Muy poco. Lo que *sí* sabía era que se había dejado influir por unos ojos abatidos y un tono de pánico y remordimiento.

Sabía lo que había que hacer, se apresuró por el pasillo y llamó a una puerta. El lacayo que los había subido cuando decidieron quedarse, le dijo que esas habitaciones estaban ocupadas por el capitán y su hijo.

Nadie respondió, pero ella no se amilanó. Llamó con más fuerza.

"Cuffe. Ven a la puerta ahora mismo".

Su amiga Violet Truscott y las mujeres que trabajaban juntas en la dirección de la Casa de la Torre le dijeron que tenía una excelente voz de madre enfadada cuando decidía utilizarla.

"¡Abre esta puerta *ahora*!"

Unos ojos oscuros aparecieron cuando la puerta se abrió un poco. Un mechón de pelo le colgaba de la cara.

"No me entregaste a él", dijo Cuffe.

El temblor de su voz le dio ganas de estrechar al niño entre sus brazos, pero se contuvo.

"Un hombre podría haber muerto ahí abajo", dijo con severidad, empujando la puerta para abrirla. "El señor Barton no estaba en condiciones de defenderse. ¿Es eso lo que pretendías? ¿Bajaste allí para matarle?".

Cuffe se apuñaló las lágrimas que brotaban de sus mejillas. Sacudió la cabeza. "No, no lo sabía. No sabía que ocurriría eso. Me dijo que era una broma, para irritar a los que vigilan el pabellón por la noche. Y me dio esto para hacerlo. Pero no lo quiero".

Jo se quedó mirando las monedas en la mano abierta del chico. "¿Alguien te ha pagado para hacer esto?"

Cuffe asintió.

"¿Y te dijo que pusieras el tam en la cama del señor Barton?".

Volvió a asentir.

"El hombre que te ha metido en esto es malvado", dijo ella, poniéndole la mano en el hombro. "No fue una broma. Quería hacer daño a la gente y te *utilizó*. No lo consiguió. Pero eso no significa que no vuelva a intentarlo".

Esto era más grave de lo que ella supuso en un principio.

Jo lamentó profundamente no contar con Wynne. Era importante que Cuffe fuera a contárselo.

"Este hombre malvado podría utilizar a otra persona. O incluso hacerlo él mismo. Tenemos que detenerle", le dijo con un tono que esperaba que fuera severo. Tenía que hacerle comprender y hacer lo correcto. "Tienes que detenerle. Debes ir a ver a tu padre y decirle quién está detrás de esto".

Sacudió la cabeza. "Yo te diré su nombre y tú díselo al capitán".

"No", respondió ella con firmeza. "Hiciste mal, Cuffe. Pusiste en peligro a esos hombres de abajo. Es *tu* responsabilidad decir la verdad".

Permaneció inmóvil durante un largo rato, mirando al suelo, antes de hablar por fin. "No hablo con él".

Jo recordó la frustración que Wynne expresó sobre su hijo. Fuera cual fuese la razón que existía en la cabeza de Cuffe para que quisiera castigar a su padre, no era asunto suyo.

"No te entregué a él porque creyera que harías bien... por ti misma", dijo. "No eres un niño. Eres un joven. Apenas te conozco, pero veo a un muchacho inteligente, fuerte e independiente. Y creo que ya sabes que éste es el momento de dejar a un lado tu obstinación y actuar como debes".

"El capitán se enfadará", susurró.

"Es su derecho y su deber como padre tuyo. Esta noche han herido a un hombre", le recordó. "Ocurrirá un desastre si no haces nada".

Soltó la mano del hombro de Cuffe y le miró directamente a los ojos.

"Debes decidir si sigues el camino correcto o el equivocado. Pero confío en que sepas cuál tomar".

La barbilla de Cuffe se hundió en su pecho, pero afrontó su responsabilidad y salió de su habitación.

"Ve a buscar a tu padre y dile lo que necesita saber".

Cuando Jo retrocedió para dejarle pasar, echó un vistazo al pasillo y vio a Wynne de pie en lo alto de la escalera.

Apenas había llegado a la planta baja cuando oyó los fuertes golpes y las agudas órdenes de Jo para que abriera la puerta. Volvió sobre sus pasos y se detuvo en lo alto de la escalera, observándola mientras hablaba con Cuffe.

Y Wynne oyó cada palabra que pasaba entre ellos.

La cara de Cuffe era la viva imagen de la miseria cuando bajó por el pasillo hacia él.

"¿Cómo se llama?", preguntó bruscamente. "¿El hombre que te metió en esto?".

"Abram".

"¿Abram de las cocinas?"

Cuffe asintió.

"Espera en mi despacho", ordenó. "Me ocuparé de ti cuando vuelva".

Cabizbajo y arrastrando los pies, su hijo se dirigió directamente al despacho de Wynne. Por el pasillo, Jo dio media vuelta y desapareció en su propio despacho.

El hombre se había aprovechado de un muchacho ingenuo para cometer lo que era un intento deliberado de herir o incluso matar a Barton. Mientras Wynne bajaba apresuradamente los escalones, bullía de ira.

Conocía a ese Abram. Un hombre mayor del Inverness. Lo habían contratado hacía poco para que trabajara en las cocinas, repartiera bandejas de comida y ayudara a los celadores en lo que hiciera falta. Debido a su trabajo, Abram conocía perfectamente las peculiaridades de los pacientes de la sala.

Cuando Wynne llegó a la puerta de la sala y formuló la pregunta sobre el paradero del hombre a los asistentes, lo último que nadie había visto de él fue cuando llevó una bandeja de la cena a Cuffe.

Dermot salió cuando Wynne enviaba a dos de los hombres a buscar a Abram a las dependencias del personal, en el piso superior. Rápidamente, explicó a su amigo lo que sabía, incluido lo que había hecho Cuffe.

"Espero que no castigaras al muchacho con demasiada dureza. Le manipularon".

"No hace falta que le pongas excusas", le dijo Wynne. "Aún no le he hecho nada. Ahora mismo está esperando su castigo en mi despacho".

Se dirigió a la cocina a pesar de sus dudas de que Abram siguiera allí. Dermot se puso a su lado.

"Que Cuffe liberara a Stevenson y al mismo tiempo dirigiera el ataque contra Barton fue claramente un movimiento deliberado", dijo el médico. "Es difícil imaginar por qué haría algo así".

Los pensamientos de Wynne se volvieron inmediatamente hacia los Barton. "Y qué curioso que todo esto ocurra hoy".

"No pensarás en serio que su propia familia intentaría hacerle daño".

"Ambos vimos la reacción de Graham y de la señora Barton", replicó Wynne. "Pero tenemos que hablar con Abram. Le dijo a Cuffe que todo era una 'broma', pero eso son tonterías. Quizá guarda rencor y vio en esto una oportunidad para vengarse".

"Le contrataron más o menos al mismo tiempo que llegó Barton", dijo Dermot pensativo.

"Lo sabremos cuando pongamos las manos en el pícaro".

Sin embargo, Wynne no podía quitarse de la cabeza la reacción de los Barton ante Jo. ¿Cuál *era* exactamente su relación con la familia? Le preocupaba que ella también pudiera estar en peligro.

"No olvides que no sabemos nada de los años de Charles Barton como armador", le recordó Dermot. "Ni siquiera sabemos qué causó la explosión que acabó trayéndole aquí".

Wynne conocía muy bien el duro mundo del mar, y el lado oscuro de algunos que se ganaban la vida en él. Contrabandistas capaces de degollar a un hombre por una parte extra. Esclavistas que vilmente seguían transportando carga humana a pesar de las leyes que lo prohibían. Había luchado contra ellos y les había dado caza desde el Mediterráneo hasta la costa de África y las Indias Occidentales. Para los armadores existía una línea divisoria. A un lado, la vida honrada. Al otro, la violencia, el doble juego y la posibilidad de mayores riquezas. Si Barton optaba por hacer sus negocios entre estos últimos, sus enemigos difícilmente dejarían de verle apaleado hasta la muerte en una sala de asilo.

Cuando llegaron a las cocinas, sólo encontraron a dos jóvenes fregando los platos. El resto del personal se había retirado a dormir.

"Supongo que Abram estará ya a medio camino de Inverness", se quejó Dermot. "¿Pero cómo podemos mantener a salvo a Charles Barton si no sabemos de dónde procede el peligro?".

―――――

"Ahora debería huir", murmuró Cuffe, mirando por la ventana la luna creciente y las manchas de bosque de las montañas del oeste.

Este lugar no era su casa. Se volvió de espaldas a la ventana y frunció el ceño ante la puerta abierta. Podía haberse ido y nadie le echaría de menos.

En lugar de eso, se sentó con fuerza en el suelo y se deslizó contra la pared, apiñándose entre dos sillas.

Sólo quedaban unos centímetros de la vela que había encendido sobre el escritorio del capitán. La cera que goteaba le recordó las lágrimas en las arrugadas mejillas de su niñera cuando le empujó hacia el abogado que había venido a traerle aquí. Dijo que no tenía elección. Se estaba haciendo vieja. Pronto se moriría. Tenía que ir con su padre.

Morir. Cuffe apuñaló las lágrimas obstinadas que seguían encontrando la forma de salir. Aparecían cada vez que pensaba en ella. ¿Cuántas noches había pasado en la cama preocupado por quién cuidaría de su niñera ahora que él ya no estaba? Llevándole agua por la mañana, moviendo las pesadas ollas que colgaban sobre el fuego, trayendo leña, arreglando el tejado cuando goteaba durante las fuertes lluvias de mayo.

Él cuidaba de *ella* tanto como ella de él. Y su casita de dos habitaciones en el pueblo de Cockpit, sobre Falmouth, era su hogar. No aquel lugar con sus casas de piedra y sus guardias y lunáticos vagando por los jardines y viviendo justo debajo de él. Aquél no era su hogar.

Doce libras. Una maldita fortuna. Durante la travesía desde Jamaica, había oído decir a los hombres que trabajaban en el barco que eso era lo que costaba pagar el pasaje en clase turista. Tenía que reunir esa cantidad o intentar que le contrataran como tripulante. Incluso si conseguía encontrar un barco que zarpara hacia las Indias Occidentales, ser contratado era arriesgado. Había oído muchas historias de jamaicanos libres secuestrados y vendidos como esclavos a algún comerciante de paso. ¿Qué iba a impedir que el capitán de un barco blanco lo vendiera en alguna isla azucarera del camino?

No, estaría más seguro pagando su pasaje. Pero ¡doce libras! Tendría que trabajar durante años para ahorrar tanto dinero. Y Nanny le curtiría el pellejo si lo robara o hiciera daño a alguien para conseguirlo.

Cuffe se secó la cara con una manga y se quedó mirándose

las manos. Pero eso era exactamente lo que había hecho esta noche. Se había dejado engañar, y un hombre había resultado herido por ello.

El capitán no le creería ahora si dijera que no lo sabe.

Abram sabía que intentaba ganar dinero. El perro había estado allí la vez que hizo un trato con los granjeros. Fue él quien los separó cuando se peleaban. Fingió ser amigo de Cuffe. Incluso le dijo a Cuffe que le ayudaría a salir de la Abadía.

Mentiroso. Tramposo. Malvada, había dicho.

Aquella habitación, la sala. Nunca había estado dentro de ella hasta esta noche. Era como Abram la describía. Los hombres que el médico mantenía allí parecían bastante normales cuando Cuffe los veía fuera. Algunos hablaban un poco alto o decían cosas raras. Unos pocos no hablaban en absoluto. Uno se limitaba a sentarse y mirar los arbustos de los jardines. Pero ninguno de ellos había hecho daño a otro, que él hubiera visto. Y cuando entró en la sala esta noche, todos dormían.

Se llevó las rodillas al pecho y apoyó la cabeza. Aquí no había nadie a quien le importara. Nadie le quería. No era nada para ellos en la Abadía, pero allá en Jamaica una anciana le quería. Para Nanny, Cuffe era la luz del sol que calentaba sus viejos huesos durante el día, y la luz de la luna que le mostraba el camino cuando sus oscuros ojos se esforzaban por ver.

El hombre crece; espera al hombre, decía siempre. Un niño acabará creciendo y se convertirá en un hombre.

Cuffe nunca conoció a su madre. Nanny lo era todo para él. Para los demás sólo tenía diez años, pero para Nanny era su hombrecito. Y necesitaba volver con ella.

Por mucho que intentara cerrar los ojos, se le escapaban nuevas lágrimas. La echaba de menos. Echaba de menos sus canciones. Sus historias. Echaba de menos sus regañinas.

Cuffe sintió que el corazón se le apretaba en un puño al recordar cómo le adulaba cuando hacía las cosas bien.

Se estaba haciendo tarde. Los sonidos del piso de abajo disminuyeron hasta que la casa volvió a quedar en silencio. Por fin dejó de llorar, y se sentó a respirar los olores del campo y a escuchar a lo lejos el aullido de una familia de zorros mientras la luna cruzaba la esquina de la ventana. Por fin oyó al capitán subiendo los escalones.

Se levantó rápidamente. Había obrado mal y esperaba ser castigado. El capitán nunca le había puesto una mano encima, pero Cuffe casi deseaba que lo hiciera. No soportaba pasar otra hora más haciendo cuentas en el polvoriento despacho del señor Cameron.

El capitán se detuvo en el umbral de la puerta, y Cuffe mantuvo los ojos fijos en el oscuro suelo que había entre ellos.

Tendría que hablar con él, aunque sabía que eso significaba que su último plan de volver con Nanny estaba a punto de destruirse. Hacía semanas que Cuffe no le dirigía la palabra. Desde que había llegado a la Abadía, le había tratado deliberadamente como si no importara. Si el hombre llegaba a odiarle, si se cansaba de sus maneras hoscas, pensó que tal vez le pagaría el pasaje de vuelta a casa.

Esta mañana, en el pueblo, Cuffe pensó que había ganado. El capitán nunca se había enfadado tanto como después de apartarle del camino de los caballos del carruaje.

Pero ya no podía seguir jugando a ese juego. La invitada, lady Josefina, le ordenó que hablara con el capitán. Con su tono duro y sus maneras suaves, le recordó a Nanny. *Tu responsabilidad*, le dijo.

El silencio del capitán le puso nervioso por dentro. Era como la espesa sensación del aire antes de que estallara una tormenta de verano. Si volviera a ser un niño, correría a esconderse antes de que empezaran los relámpagos.

Las monedas que le había quitado a Abram brillaban dulcemente sobre el escritorio, junto a la vela de canalón.

"Está todo ahí". Expulsó el aliento de sus pulmones y las palabras se precipitaron tras él. Señaló las monedas. "El dinero que me pagó Abram. No creía que nadie saliera herido. Dijo que era una broma para vengarse de Robbie en la puerta por una tonta travesura en la cocina esta mañana".

El silencio seguía pesando entre ellos, y Cuffe tenía demasiado miedo para levantar la vista. No sabía si el capitán le creía o no. Apretó las manos contra los muslos para evitar que le temblaran. No quería llorar. No quería suplicar que le perdonaran.

"Sé que hice mal. Nanny siempre dice que si sigues a un tonto, eres más tonto -dijo, obligándose a echar un vistazo al hombre de la puerta. Su rostro estaba en las sombras. "Fui una tonta al creer a Abram. Me merezco cualquier castigo que decidas".

Si el capitán le hubiera golpeado con una vara, no habría sido tan doloroso como esta espera, pero Cuffe no tuvo más remedio que aguantar hasta que su silencio siguió su curso.

"Vuelve a tu habitación. Mañana te hablaré del castigo".

A Cuffe le sorprendió la nota de agotamiento en la voz del capitán, pero se sintió aliviado al ser despedido. En la puerta, cuando intentaba pasar a toda prisa junto al hombre, una gran mano se posó en su hombro. Por un momento pensó que había llegado el momento. La paliza. Se levantó y se preparó.

"Necesito que me lo prometas", dijo el capitán. "Quiero tu palabra de que permanecerás en tu habitación hasta que mande a buscarte".

Vaya, pensó Cuffe. Confiaba en su honor a pesar de lo que había hecho.

"Me quedaré allí, capitán", dijo, queriendo decir eso.

87

Capítulo Diez

Las inquietas horas de la noche se arrastraban muy lentamente sobre un terreno accidentado hacia el amanecer, y cuando los primeros rayos del sol atravesaron los campos surcados, Jo ya estaba vestida. Tenía que salir y caminar.

Al pasar a toda prisa por delante de las habitaciones de Wynne y Cuffe, volvieron a encenderse en ella las discusiones internas que la habían mantenido deambulando durante gran parte de la noche.

Había mentido al padre, pero poco después convenció al hijo para que revelara la verdad. Lo que le preocupaba era cómo percibía Wynne su intromisión. Estaba dispuesta a defender su caso si él le daba la oportunidad. Pero más allá de eso, sentía aprensión por Cuffe y se preguntaba qué había ocurrido entre los dos. Llevaba horas intentando convencerse de que nada de aquello debía importar, que estaba aquí simplemente para saber más sobre el Sr. Barton y sus bocetos. No se quedaba por Wynne ni por su hijo.

Abrochándose la chaqueta spencer y envolviéndose el chal

sobre los hombros, bajó las escaleras pensando en el ataque de la noche anterior. Charles Barton tenía un enemigo. Había oído a Cuffe mencionar el nombre de Abram. Ahora se preguntaba si aquel hombre había actuado por motivos propios o si sólo era un peldaño de una escalera sostenida por otros.

Dos asistentes sentados junto a la puerta de la sala parecían medio dormidos, pero se levantaron y se quitaron la gorra al verla pasar. Jo comprendió que no tenía sentido pedir ver a Barton. Después de lo de anoche, una visita a la sala necesitaría la aprobación del médico.

Saliendo por los jardines, Jo siguió un camino hacia el sol naciente. Los establos y una casa de carruajes se extendían más allá de las arboledas de altos castaños, y al pasar junto a las casitas de los labradores, el humo de los fuegos de leña se elevaba por encima de los tejados de paja. Intercambió saludos con una mujer que llevaba un cubo de leche y se detuvo para verla pasar. Más allá había campos abiertos y grupos de trabajadores caminaban penosamente hacia su jornada de trabajo.

Unos minutos después, Jo se detuvo en lo alto de una pequeña loma y miró hacia el sur, a través del paisaje ondulado, hacia el río Don. La niebla se levantaba de los pastos más bajos y a lo largo de dos arroyos que serpenteaban por el campo hacia el río. Aunque no podía ver el pueblo, vio numerosas casas de campo y cobertizos, así como los campos que el terrateniente y su hermano, el vicario, utilizaban como campos de golf.

Había algo en aquel lugar que le resultaba familiar, aunque sabía que nunca había estado aquí. Las Highlands eran muy distintas de los Borders, donde se encontraba Baronsford, y totalmente diferentes de Hertfordshire, donde había pasado gran parte de su infancia. Pero el aire vigorizante, el olor de las aliagas, la forma en que la luz se dispersaba en la niebla, todo ello la afectaba.

Volviendo sus pasos hacia las colinas que se elevaban hacia el norte, caminó por un sendero que seguía uno de los arroyos y llegó a una serie de estanques de peces formados por pequeñas presas. Cuando se detuvo junto a un grupo de sauces, le llamó la atención una antigua casa torre enclavada en un bosque de abetos. Se preguntó quién viviría allí, tan cerca de la antigua Abadía.

Tenía los zapatos y las faldas mojados y manchados de barro, pero Jo siguió adelante mientras las preguntas sobre su madre volvían a borrar cualquier otro pensamiento. Anoche había vuelto a hojear la carpeta de bocetos que le envió el Dr. McKendry. Su madre biológica. Una mujer a la que nunca había visto, pero que había muerto trayendo a Jo al mundo. A pesar de todo el amor con el que había sido bendecida en su vida por su madre y su padre adoptivos, sostener los dibujos en la mano seguía provocándole un profundo dolor en el pecho.

A medida que avanzaba la noche, Jo se centró en los detalles del fondo de los dibujos. La forma característica de una colina, un muro de piedra derruido, un molino. Cada uno de ellos parecía representar un lugar concreto, quizá un recuerdo específico en la mente del hombre enfermo.

Se preguntó cómo reaccionarían Graham y la Sra. Barton si ella hiciera una visita al castillo de Tilmory, y si encontraría allí esos lugares en los dibujos. Si su respuesta al verla ayer era un indicio, no la recibirían nada bien.

De repente, una bandada de gansos levantó el vuelo en un prado más allá del arroyo, con sus vientres de un blanco puro que contrastaba fuertemente con las plumas marrones de sus lomos. La causa de su vuelo no tardó en hacerse evidente, y Jo deseó inmediatamente poder escapar ella también al reconocer al hombre que caminaba hacia ella.

Wynne la vio, se detuvo y la saludó. Ella lo observó mientras cruzaba, con el largo abrigo abierto. Iba sin sombrero, y unos pantalones de piel de ante de color beige abrazaban sus musculosos muslos por encima de las botas altas. Huyó de toda idea de escapar. Durante un prolongado instante, el tiempo retrocedió. Jo sintió un cosquilleo en la piel y luchó contra el impulso de levantarse el dobladillo de la falda y correr a su encuentro.

En lugar de eso, Jo se ciñó el chal con fuerza mientras se detenía y esperaba a que él se acercara.

"Eres madrugador", dijo, después de que intercambiaran saludos.

No tan temprano como él, pensó ella, al notar la insinuación de cansancio en sus ojos. Su pelo mostraba huellas de dedos que lo rascaban. Sin embargo, a pesar de su evidente cansancio, pensó que tenía un aspecto magnífico.

"Demasiados días atrapada en aquel carruaje. Tenía que aprovechar la oportunidad que me ofrecía esta hermosa campiña", explicó ella, mirando en la dirección por la que él había venido. "Pensé en caminar en esa dirección, si crees que a la gente que vive en esa casa no le importaría que invadiera sus tierras".

Wynne miró hacia la casa-torre. "Caminaré contigo y me aseguraré de que no lo hagan".

La intención de Jo era ir en dirección contraria a la que él llevaba. No había forma de evitarlo. Wynne no le dio ninguna oportunidad de oponerse.

Independientemente de lo que dictaran las razones, su corazón dirigía sus acciones. Caminaron un rato en silencio y ella siguió recordando su pasado. La forma en que él caminaba con una mano escondida detrás de la espalda, sus zancadas ajustándose a la longitud de las de ella, su distancia cortés y, sin embargo, lo bastante cerca como para que ella sintiera de vez en cuando el roce de su abrigo. Se llenó los pulmones de aire del amanecer y se obligó a pensar en el presente y no en el pasado.

"Debo pedirte disculpas por lo de anoche", dijo finalmente. "Debería haberte dicho enseguida que había visto a tu hijo en la escalera". De todo lo que le rondaba por la cabeza, éste era el menos inquietante de sus pensamientos.

"No tienes por qué disculparte, y menos conmigo", replicó Wynne. "Soy yo quien debe expresar mi remordimiento por todo el mal que te he hecho".

"Por favor, *no*", interrumpió ella, reacia a desenterrar los viejos recuerdos.

La expresión de dolor revelaba su decepción por haber sido interrumpido. Jo sabía lo que hacía. Le estaba robando la oportunidad de confesarse, la oportunidad de ser absuelta del pasado. Pero ella no estaba preparada. No podía borrar las consecuencias de sus actos con unas pocas palabras de disculpa. Y sabía que no podía confiar en sí misma. Podría desmoronarse fácilmente ante sus ojos.

"Tengo una proposición", dijo. "Me gustaría fingir que somos dos personas cuya historia comenzó ayer. ¿Crees que podríamos hacerlo? ¿Empezar de nuevo como desconocidos? ¿O tal vez como conocidos amistosos?

"Si lo deseas, Jo".

Jo. Oír su nombre en sus labios era una contradicción con lo que ella le había pedido. La estaba desafiando. La desafiaba a recordar.

Mientras caminaban, ella se centró en el camino, pero el peso de su mirada permaneció en su rostro. No quería volver a hablar del día en que él había roto el compromiso. Aquel día y su duelo con Hugh a la mañana siguiente y todos los días posteriores fueron demasiado dolorosos. No quería volver a aquella época en la que se había convertido en un cascarón de persona con el corazón marchito y moribundo por dentro. Le dolía demasiado recordarlo.

Volvió a enterrar el dolor bajo el sedimento de los años y lo miró. "Cuéntame. ¿Pudiste encontrar al hombre que instigó el ataque?".

"No. Anoche registramos los terrenos de la Abadía. Abram estaba trabajando en las cocinas, pero sin duda ha huido".

"¿Tienes idea de por qué haría algo así?". Jo se sentía mucho más tranquila cuando nada de su enredo personal formaba parte de la conversación.

"Es difícil de decir", respondió, sacudiendo la cabeza. "Charles Barton era armador, además de terrateniente local. Como has oído decir a su madre, esa parte de su vida ha sido un misterio para ella. Es posible que tenga varios enemigos. Uno de ellos podría estar detrás del ataque de anoche".

Jo se preguntó cuánto tiempo había estado Barton fuera del castillo de Tilmory. Si fue durante ese tiempo cuando se cruzó con la mujer de sus dibujos, quizá nunca supiera más de lo que sabía ahora. A menos que mejorara.

El camino les llevó hasta un tronco que cruzaba el arroyo. Él se adelantó y alargó la mano para ayudarla.

"Quiero darte las gracias por la charla que tuviste anoche con Cuffe. Fuiste muy persuasivo. Te respondió".

Metió los dedos en su cálida mano y se subió al tronco. La sensación de sus pieles fundiéndose en una, la fuerza de su tacto... todo le resultaba tan familiar, como si nunca lo hubiera perdido. Entre ellos existía una historia que se negaba a permanecer enterrada.

"Tu hijo sabía que había hecho mal antes de verme. Su

remordimiento y las disculpas que pidió después fueron sólo suyas. Yo sólo fui la chispa".

"Me habló. Fue la primera vez".

Cuando llegaron al otro lado, él se bajó, la agarró por la cintura y la depositó suavemente en tierra firme. Los latidos de su corazón tardaron un momento en ralentizarse lo suficiente como para permitirle hablar.

"¿Qué quieres decir con 'primera vez'?"

"Anoche fue la primera vez que me hablaba desde que era muy pequeño".

Jo le miró fijamente a la cara. "Pero me he enterado por la señora McKendry de que tu mujer murió al dar a luz. ¿No os visteis Cuffe y tú mientras él crecía?".

"Mis órdenes me mantuvieron ocupado en el mar durante años", replicó, su tono indicaba su irritación por tener que dar explicaciones. "Entre la lucha contra los franceses y los americanos, hacer escala en Falmouth era muy difícil. Por supuesto, le vi un puñado de veces aquel primer año. Pero después de eso, su abuela se lo llevó a vivir a las colinas. No hace falta que te hable de mis padres. No podía confiarles el cuidado de un hijo mulato. Estaba mejor en Jamaica".

Sus padres. El pasado que quería olvidar. El baronet y su mujer. Personas intimidantes que consiguieron que Jo se sintiera pequeña y deficiente desde el primer momento en que los conoció. No podía culpar a Wynne por no llevar a su hijo con ellos. Fríos y distantes, nunca habrían hecho un trabajo adecuado criando a Cuffe. Jo no sabía nada de la esposa de Wynne, pero en aquel momento la recorrió un cálido sentimiento de empatía hacia aquella mujer.

"Me ocupé de él. Insté a la abuela de Cuffe a que lo llevara a Falmouth o a Montego Bay. Podría haber vivido muy cómodamente si hubiera decidido hacerlo. Pero su decisión fue quedarse en una aldea de las colinas, entre los Maroons. Allí se crió el muchacho".

Debido al trabajo de toda la vida de su familia adoptiva para abolir los males de la esclavitud, Jo estaba muy familiarizada con los Maroons. Eran los luchadores invictos que libraban la guerra desde el interior montañoso y boscoso de Jamaica. Una amenaza constante para los esfuerzos del gobierno por promover los intereses de los propietarios de las plantaciones, llevaban un siglo incitando a conflictos periódicos, burlando al ejército y sembrando el terror a las puertas de los esclavistas. Las comunidades Maroons de hombres y mujeres libres, que nunca desperdiciaban un disparo ni una oportunidad para inspirar la rebelión en los campos de azúcar, acogían a los esclavos fugados dispuestos a luchar por su independencia. Ni un ejército en Europa fue lo bastante fuerte para sofocar a estos guerreros. Y los Maroons siguieron frustrando a los administradores de la isla y obligándoles a negociar la paz, consiguiendo acuerdos que los sucesivos gobernadores ignorarían por su cuenta y riesgo.

"Su nombre... Cuffe. ¿Qué significa?", preguntó.

Una sonrisa se dibujó en su rostro. "Temperamental. Su nombre completo es Andrew Cuffe Melfort. Pero no responde a nada que no sea Cuffe".

"Un nombre propio de un guerrero". Ella le devolvió la sonrisa.

Se estaban acercando a la casa de la torre, y Jo pensó en la difunta esposa de Wynne. Sin duda era una guerrera. Qué diferente debía de ser de una tímida y mimada hija adoptiva de aristócratas ingleses.

El arroyo que habían estado siguiendo vertía sobre lo que quedaba de una presa ancha pero antigua, y el amplio estanque se extendía más allá de un establo en ruinas.

Jo había cambiado en muchos aspectos desde que Wynne la cortejó, pero seguía sin ser una luchadora ni una guerrera.

Cuando subieron una cuesta y bordearon el límite de un huerto cubierto de maleza, dudó en seguir adelante. Pero Wynne no dio muestras de evitar la casa.

"No queremos molestar", dijo finalmente. "Quizá sería mejor que volviéramos aquí".

"Sé que no les importa", dijo, haciéndole un gesto para que continuara. "Quisiera tu consejo sobre el castigo para Cuffe por lo que hizo anoche".

A Jo le conmovió que le pidiera su opinión sobre un asunto tan delicado y personal. "*Se* aprovecharon de él".

"Por favor, no le pongas excusas". Recogió una rama caída y frunció el ceño. "No voy a pegarle. No creo que eso sirva de nada, salvo para llamar la atención de un pícaro. Cuffe no es un granuja y ya tenemos su atención".

Era el mismo hombre compasivo que conoció una vez. Recordó las conversaciones que solían tener sobre tener un hijo algún día. Y cómo él declaraba que sería todo lo que su propio padre no logró ser. Empático. Justo.

"Quiero que aprenda una lección de la experiencia. Pero horas extra de aritmética o latín, o incluso limpiando un establo, le enseñan muy poco".

"Cuffe vive encima de la sala. ¿Por qué no implicarle de alguna manera en el cuidado de los pacientes?"

"El Dr. McKendry ha intentado eso mismo, sin éxito. Sólo quería que el muchacho le acompañara mientras hacía sus rondas por el hospital, para conocer a los pacientes." Tiró el bastón. "Cuffe no muestra ningún interés. Y no creo que obligarle mejore su relación con ellos".

Sus pensamientos se dirigieron a su infancia y a Melbury Hall, la casa de su familia en Hertfordshire. Desde antes de que ella naciera, aquel lugar había sido un refugio para hombres y mujeres liberados de las islas del azúcar. Ohenewaa El rostro enjuto de la anciana seria apareció en su mente. Querida y respetada por todos. Como sanadora, ayudó al conde a recuperarse de unas heridas que casi lo matan, y como maestra, forjó el carácter de cada uno de los niños Pennington.

"Desde que llegó a la Abadía, ¿cómo le va con sus tutores?", preguntó tímidamente, intentando decidir si Wynne se ofendería por lo que estaba a punto de preguntar. Él se lo había pedido y ella estaba dispuesta a ayudar, pero no sabía si escucharía sus sugerencias.

"Según el Sr. Cameron, mi hijo no tiene gran afición por el aprendizaje de los libros".

"¿Qué le están enseñando?"

Wynne explicó la apretada agenda que llenaba el día del joven.

"Le estás dando una educación de caballero inglés".

"Es mi hijo. Está aprendiendo las cosas que corresponden a su posición".

"Por favor, no me confundas", dijo ella, oyendo la nota de actitud defensiva que se deslizaba en su tono. "Te felicito por todo lo que estás haciendo. Le estás preparando para funcionar como un caballero en tu mundo".

"Exacto". Wynne se detuvo y se encaró con ella.

"Pero Cuffe es más que un caballero inglés, ¿no?", sugirió ella. "¿Qué reconocimiento se hace de su madre y del mundo que acaba de dejar atrás?".

Sus penetrantes ojos azules se encontraron con los suyos y ella sintió como si él intentara introducirse en sus pensamientos y leerle la mente.

"Entiendo lo que quieres decir", respondió Wynne. "Ha rechazado el nombre de Andrew".

"Y parece que rechaza la educación que le proporcionas, por muy valiosa que resulte en su futuro".

"Quiero que sobreviva. Aquí. En Escocia y en Inglaterra. No hay vida para él en su lugar de origen", argumentó. "¿Cómo le hago comprender?"

"Habla con él", dijo en voz baja. "Negocia, si es necesario".

"No estoy dispuesta a renunciar a darle lo que necesita".

"Le estás demostrando que respetas su herencia jamaicana llamándole Cuffe. Quizá puedas reflejarlo también en su programa de estudios".

Estaban a menos de un tiro de flecha de la casa torre, y Jo contempló la enorme estructura de piedra. En el lado este de la casa se estaba construyendo un añadido, aunque el edificio no había avanzado más allá de los cimientos. No había señales de vida en ninguna parte.

"¿Qué sugieres? He leído el *Crusoe* de Defoe, y no creo que aquel hombre viera nunca Jamaica ni ninguna isla al oeste de Guernsey".

Jo pensó en Phoebe y en los libros de las bibliotecas Pennington de Melbury Hall, Londres y Baronsford. "Podrías hacerle leer literatura escrita por africanos o afrodescendientes. La autobiografía de Olaudah Equiano. O la obra de Phillis Wheatley, si no tienes inconveniente en que sea una poeta estadounidense. Hay otras. Estaré encantada de recopilar una lista para ti. Al hacerlo, le demostrarás que no pretendes despojarle de una identidad a la que está muy apegado".

"El muchacho sólo tiene diez años. No quiero aburrirle".

"Lo que puede estar sintiendo ahora es peor que el aburrimiento".

"Estoy de acuerdo. Pero estoy perdido".

"Lo importante es el gesto. *Tu* gesto", dijo. "Y puede que te sorprenda en cuanto a lo avanzado que está en comprensión y madurez".

Jo comprendía su frustración. Estaba dispuesto a hacer un cambio. Su compromiso con su hijo era admirable.

"Haré los preparativos y compraré lo que me sugieras. Pero empezamos hablando de implicarle con los pacientes".

"Haz que Cuffe les lea", sugirió. "Decidid una hora al día para que vaya a la sala y lea en voz alta".

"¿Y qué leería que les mantuviera enganchados?"

"Lo que importa es lo que mantiene a Cuffe comprometido".

Jo recordó el regalo que iba a llevar a Ella, la sobrina de Gregory y Freya en Torrishbrae. Un volumen de cuentos africanos de Ohenewaa que su hermana Phoebe había recopilado a lo largo de los años y escrito para la siguiente generación de niños Pennington.

"Puedo prestarte una edición manuscrita de fábulas para que las lea mientras estoy aquí. Por desgracia, tengo que llevarme el volumen cuando parta hacia Sutherland. Son cuentos de Ohenewaa del África occidental".

Wynne nunca la había conocido, pero Jo había hablado muchas veces de la sabia mujer durante sus tiempos juntos. Sus ojos azules bañaron su rostro y ella supo que la recordaba.

Había vuelto a apoderarse de ella. La atracción, los recuerdos. Estaban demasiado cerca, la brisa hacía que el abrigo de él bailara con el vestido de ella. Él rozó el dorso de su mano con la de ella en lo que podría haber sido un gesto silencioso de gratitud por la oferta. El calor la inundó. Su corazón se aceleró, su mente se relajó en el pasado y recordó lo a menudo que él se llevaba los dedos a los labios, le daba la vuelta a la mano y le besaba la palma. Las mariposas bailaban en su vientre con sólo pensarlo.

Se volvió hacia la casa, con la esperanza de romper el hechizo.

"¿Vive alguien aquí?" preguntó Jo, dejando escapar una

respiración agitada. Centró su atención en la mampostería gris y marrón y en las ventanas sin cristales. Sin embargo, el tejado de pizarra parecía intacto, y los cimientos de la ampliación duplicarían el tamaño de la casa.

"Nadie por el momento".

"Parece mucho más nuevo que la Abadía".

"Es más antiguo, en realidad", respondió, volviendo la mirada hacia la estructura. "Knockburn Hall era un pabellón de caza de uno de los antiguos reyes Stewart. Cedió el terreno a unos monjes, pero conservó para sí el uso de la casa torre. Ha estado aquí durante años, pero hace poco la compraron. El propietario tiene intención de mudarse cuando se termine la nueva construcción".

Wynne le ofreció el brazo a Jo y ella lo cogió.

Se acercaron y Jo comentó las preciosas torrecillas y cómo estaba situada la casa, orientada al sur. "Está tan protegida de los vientos con el bosque y las colinas detrás y los prados abiertos delante".

"Creo que el añadido tendrá muchas ventanas y un jardín adosado que se extenderá en esta dirección para aprovechar las vistas".

"Sabes mucho sobre los planes", observó ella con suspicacia.

"Debería hacerlo. Knockburn Hall es mi casa. O lo será cuando esté terminada".

No debería haberse sorprendido. Las dependencias de la Abadía eran un reducto de los McKendry. Wynne no querría criar a su hijo en casa de otros.

"¿Quieres ver el interior?"

Se colocaron hombro con hombro. La mano libre de él apretó los dedos de ella en el brazo de él. Una oleada de anhelo surgió dentro de su cuerpo.

Se imaginó a los dos solos en la casa. Los antiguos suelos

de roble. El sol de la mañana entrando por las ventanas. Hubo un tiempo en que soñó con un momento así, un momento para ellos dos. Solos. Pero ese tiempo ya había pasado. Era demasiado tarde.

Se separó de él y se ciñó el chal con más fuerza. "No, debería volver. Pensaba desayunar con el Dr. McKendry. Quiero convencerle de que me permita pasar el día en la sala".

Él se inclinó y ella se alejó a toda prisa, volviendo sobre sus pasos hacia el sendero. El dolor de su corazón la perseguía a cada paso. Si tan sólo pudiera dar media vuelta, entrar en la casa, fingir que acababan de conocerse.

Sólo cuando llegó al arroyo miró por encima del hombro.

Wynne seguía de pie donde lo había dejado, viéndola alejarse.

Capítulo Once

"¿Yo? ¿Leyendo en voz alta en la sala?". El rostro de Cuffe registró una curiosa mezcla de horror e incredulidad al oír el anuncio de Wynne.

"Te dije que te informaría de tu castigo cuando llegara el momento", le dijo a su hijo. "Durante una hora cada tarde, a partir de hoy, leerás a los pacientes ese libro".

Al encontrar a Cuffe sobre una roca plana en la zona cubierta de hierba fuera de las perreras, Wynne esperó mientras su hijo consideraba la pena. El muchacho había estado leyendo con un cachorro recién destetado dormido en su regazo.

"Quizá sería mejor que empezáramos mañana, capitán. Estoy seguro de haber oído al vicario decir algo sobre trabajar en sábado".

"Hablaba teóricamente".

"Mencionó puertas bostezantes y un pozo de fuego".

"Estoy dispuesto a arriesgarme. Arriba, muchacho. El tiempo y la marea no esperan a nadie".

Había caído una lluvia constante durante los dos últimos

días, pero el sol se había abierto paso a media mañana. Durante ese tiempo, Wynne se había sentido silenciosamente impresionado por la influencia de la presencia de Jo en la vida de la Abadía. Y eso incluía su sugerencia sobre cómo facilitar a Cuffe su nueva responsabilidad.

Cuando regresó a la Abadía tras su paseo a Knockburn Hall, ella le había estado esperando con el libro de fábulas africanas. Cuando se lo dio a Cuffe y le explicó de qué se trataba, el niño se había interesado inmediatamente por él. Ayer, Wynne mencionó el volumen a Cameron, y el librero dijo que el niño de diez años pasaba cada rato libre que tenía leyéndolo, y que Jo se había pasado por allí para hablar de las historias y contarle cómo habían llegado a estar en el libro. Al ver lo mucho que la colección atraía a Cuffe, Wynne tenía intención de hablar con ella sobre la posibilidad de hacer una copia.

Cuffe cerró el libro y lo abrazó contra su pecho. "¿De qué serviría? No entenderán lo que estoy leyendo".

"¿Cómo lo sabes?"

El encogimiento de hombros le resultó familiar, pero Cuffe se puso en pie y llevó al cachorro que se retorcía de vuelta a las perreras. Un momento después caminaban codo con codo hacia el anexo de la Abadía.

Jo también había estado ofreciendo a aquel perro adulador de McKendry ideas sobre la sala. No podía pasar junto a Dermot sin oírle cantar sus alabanzas. Cuando se acercaban a la puerta del anexo, Wynne se dio cuenta de que se habría unido si no le molestara tanto que el médico la cortejara.

Desde la mañana del paseo de Wynne con Jo, el canalla la había estado pastoreando como a una vaca premiada. Allá donde iba, el graznador de huesos de sierra estaba a su lado. Cuando quiso reunirse con el vicario del pueblo para preguntarle qué podía saber de la familia Barton y su historia,

Dermot se había ofrecido voluntario como un terrateniente de nariz mojada en su primer viaje por mar. Cuando ella quiso sacar a Charles fuera durante una hora al sol de media mañana, el médico había cambiado su horario para sentarse a su lado. En la cena, se aseguraba de que ella se sentara en su extremo de la mesa. Fuesen cuales fuesen las reglas que aún existían sobre el cortejo, el villano rastrillo las ignoraba todas.

Todo esto no debería haber significado nada para él, pero Wynne estaba muy molesto igualmente.

Cuando Cuffe y él entraron en la sala, se detuvieron junto a la puerta. El nivel de ruido era alto, pues todos los pacientes seguían dentro. Algunos deambulaban sin rumbo fijo, mientras que otros permanecían de pie junto a las ventanas. Unos pocos estaban sentados a la mesa, pero no había cartas ni cajas de dados, ya que era domingo.

La atención de Wynne se fijó en Charles Barton, que estaba sentado junto a Jo mientras ella le leía.

La delicada barbilla de Jo se levantaba después de cada pasaje, y miraba al paciente como si quisiera asegurarle que ella estaba allí. Su mundo se centraba únicamente en el afortunado.

Wynne recordó lo que le dijo la mañana de su paseo. *Empezar de nuevo como desconocidos.* Fingir que acababan de conocerse. Sin historia.

Acceder a sus deseos significaba que Wynne no tendría oportunidad de pronunciar las palabras que le liberarían de la carga que llevaba encima. Además, acceder significaba que él no tendría más poder sobre ella que Dermot.

Se preguntó si ella sabía cuánto le atormentaba preguntándole tal cosa.

En ese momento giró la cabeza en su dirección y sonrió. Wynne no fue el único que se sintió afectado por el reconocimiento de su llegada. Cuffe levantó el libro para que ella lo viera.

Dermot también se percató de su llegada, abandonó a un asistente con el que estaba hablando y cruzó la sala hacia Jo. Estaba claro que no soportaba la idea de que un competidor compitiera por su atención. Wynne se hartó interiormente cuando el chacal inclinó solícitamente la cabeza sobre la suya, sonriendo ante cualquier cosa que dijera.

"Esto es una tontería", se quejó Cuffe. "Aquí a nadie le interesa escuchar estos cuentos. Nadie me escuchará siquiera a mí".

Wynne señaló una larga mesa. La única persona que ocupaba una silla era un paciente llamado McDonnell. Herrero de unos treinta años, se había hecho una herida en la cabeza con un caballo que estaba herrando. El hombre asimilaba las instrucciones, pero era incapaz de encadenar las palabras en una frase. Su incapacidad para comunicarse y su dificultad para controlar sus miembros le frustraban gravemente y le dejaban desdichado.

"Ven conmigo. El Sr. McDonnell apreciará las historias".

Los pies del joven arrastraban mientras Wynne le guiaba, pero él le siguió, cumpliendo la promesa que había hecho.

En la mesa, Wynne habló con McDonnell y presentó a Cuffe, pero aparte de un pequeño espasmo que hizo saltar un músculo de su mejilla, el paciente no respondió.

"No me subiré a una mesa ni a una silla", susurró la niña de diez años. "Y no gritaré. No me importa si me oyen o no".

"Siempre que McDonnell y yo podamos oírte", le dijo, ajustando algunas de las sillas para que estuvieran orientadas hacia el lugar donde le había dicho a Cuffe que se pusiera de pie. Dejándole hacer, Wynne se sentó junto al paciente.

"Y cumplirás la hora".

"Te avisaré cuando acabe tu hora", aseguró a su hijo.

"¿Y si estoy en medio de una historia?"

"Lo acabarás".

El muchacho negó con la cabeza. "Pero algunos cuentos son cortos. No sería justo que...".

"Cuffe", le advirtió, cortándole el paso. "Empieza ahora".

Frunció el ceño, se movió de un pie a otro y luego abrió el libro, lo hojeó, encontró una página de su agrado y empezó.

Wynne estaba aquí para acompañar a su hijo en la tarea más que para escuchar la historia, pero la postura de Cuffe cambió en cuanto empezó. Se animó, se llenó de energía con el texto.

"Por qué el Sol y la Luna viven en el cielo", leyó. "Hace muchos años, el Sol y el Agua eran grandes amigos, y ambos vivían juntos en la Tierra. El Sol solía visitar al Agua, pero el Agua nunca le devolvía las visitas".

Cuffe hizo una pausa y miró a Wynne y al paciente, para ver si tenía su atención.

"Al final, el Sol preguntó al Agua por qué nunca venía a verle a su casa. El Agua respondió que la casa del Sol no era lo bastante grande, y que si venía con su familia, echaría al Sol".

Cuffe no mostró ninguna vacilación ni dificultad con la lectura. Para sorpresa de Wynne, era más que competente. Hablaba con voz clara y sin ninguna timidez. La abuela del chico había enseñado a Cuffe a leer y escribir en Jamaica, pero Wynne nunca había imaginado que se le daría tan bien.

Cautivado por el esfuerzo, observó y escuchó la historia mientras su hijo leía dramáticamente, hablando con varias voces para representar a los personajes.

"Sí, pasa, amigo mío", dijo Cuffe con voz aguda para el Sol.

Wynne oyó lo que parecía una risita del hombre que estaba sentado a su lado y se dio cuenta de que McDonnell estaba enfrascado en la lectura.

"Cuando el Agua estuvo a la altura de la parte superior de

la cabeza de un hombre, el Agua dijo al Sol...". Cuffe hizo una pausa cuando otro paciente tomó asiento. "¿Quieres que vengan más de mi familia?".

McDonnell negó con la cabeza en respuesta para el Sun.

"Sí", respondió Cuffe con rotundidad. "Pues el Sol no conocía nada mejor. Así que el Agua entró a raudales, hasta que el Sol y la Luna, su esposa, tuvieron que encaramarse a lo alto del tejado".

Varios pacientes más se les unieron y Wynne vio que otro había salido por la ventana y estaba lo bastante cerca como para oír. Alguien hizo un ruido detrás de él y fue silenciado mientras Cuffe continuaba.

"El Agua desbordó muy pronto la parte superior del tejado, y el Sol y la Luna se vieron obligados a subir al cielo, donde han permanecido desde entonces".

Inmediatamente resonaron palabras de elogio y "¡Escuchad, escuchad!" entre los pacientes reunidos. Cuffe levantó la vista, con una sonrisa en la comisura de los labios. Wynne asintió con la cabeza y vio que el chico miraba a alguien que estaba detrás de él. Levantó la vista y vio a Jo. Inmediatamente se puso en pie.

"La lectura de Cuffe fue maravillosa", susurró. "Debes de estar orgulloso".

"Gracias", dijo él, encontrándose con sus brillantes ojos marrones. "Te estoy agradecido por...".

"Vuelve a empezar", interrumpió ella. "¿Puedo acompañarte?"

"Por supuesto". Sólo quedaban dos asientos en la mesa y, mientras le tendía la silla, vio que Dermot se acercaba. Wynne miró a su alrededor, a todas las sillas ocupadas, y envió al médico una fingida mirada de simpatía antes de sentarse junto a ella en la última silla.

"'El chacal listo se queda fuera'", dijo Cuffe, anunciando el título de la siguiente historia.

Capítulo Doce

CUANDO JO RECIBIÓ la invitación del Dr. McKendry para viajar a las Highlands, nunca imaginó que su estancia en la Abadía desembocaría en una amistad con el doctor. Conversaban con facilidad, compartiendo opiniones e ideas, pero su relación terminó ahí. Aunque él fingía perseguirla cuando estaban en presencia de otros, no existía ninguna chispa de atracción. Eran amigos y sólo amigos. Pero ella empezaba a sentir que los demás no veían su relación de la misma manera.

Durante la cena del martes por la noche, Jo se retorció ante la discusión entre el terrateniente y la señora McKendry sobre las virtudes del matrimonio. Sus opiniones fueron secundadas por el vicario, que continuó ensalzando las buenas cualidades del doctor. Mientras hablaban, los tres enviaban continuamente a Jo miradas cómplices y cargadas de significado. Evidentemente, lo único que quedaba por decidir era la fecha y la lectura de las amonestaciones.

Habría descartado el tema por considerarlo acorde con la naturaleza bromista de la familia, pero la actitud feroz de

Wynne al otro lado de la mesa le dijo que él también se había tragado la idea equivocada.

No debería haber importado. Podría haberlo ignorado y dejar que la conversación siguiera su delirante camino hasta que siguiera su curso y se disipara en la nada. Sin embargo, que su nombre se viera envuelto en rumores nunca le sentó bien. Jo tenía en gran estima a la doctora, pero quería que los que estaban alrededor de la mesa supieran que no existía ningún entendimiento entre ellas.

"Doctor -dijo durante una pausa momentánea-, espero estar aquí el tiempo suficiente para conocer a esa joven excepcional por la que tu familia está tan entusiasmada".

McKendry iba a hablar, pero ella le cortó.

"Me imagino sus virtudes". Se detuvo sólo un instante, sintiendo los ojos de la compañía sobre ella. "Aparte de su belleza, la imagino como una joven en la flor primaveral de la vida. Un hombre de su edad y posición querría sin duda una compañera que compartiera su deseo de tener una casa llena de niños". Al contrario que una solterona que llega a una edad superior a la edad fértil, pensó. Era un hecho de la vida que había aceptado. "También creo que debe de ser una muchacha de buena familia, pues estoy segura de que el aislamiento de los inviernos de las Highlands podría resultar agotador para alguien que no fuera tan cordial como los McKendry".

Jo levantó su copa de vino. "Si me permites el atrevimiento... Por los McKendrys. *Slàinte mhath ... Slàinte mhòr*".

Risas y comentarios sorprendidos siguieron inmediatamente a su homenaje a la familia y a sus vínculos jacobitas. Esperaba que sus palabras dejaran zanjado el tema del matrimonio y recondujeran la conversación, pero el médico levantó la copa en su dirección.

"La dama a la que he echado el ojo es realmente hermosa. En cuanto a la edad, que esté en la primavera o en el otoño de la vida o en cualquier punto intermedio, me es indiferente. No busco herederos, Dama Josefina. Estoy comprometido con este hospital. Mi tiempo lo consumen los pacientes que necesitan mis cuidados y mi atención".

"Escucha, escucha", empezó el vicario. "El trabajo de un hombre es..."

Dermot interrumpió a su tío y continuó. "Las cualidades de inteligencia y empatía hacia los demás de mi futura esposa no tienen parangón. En todos mis viajes, nunca he conocido a otra dama como ella".

En lugar de sentirse halagada por los cumplidos que le dirigían, Jo se sintió avergonzada y desconcertada. La familia de Dermot, sin embargo, tras recibir todo el aliento que necesitaba, no hizo más que redoblar sus esfuerzos por encontrar pareja.

La conclusión de la cena no podía llegar lo bastante pronto.

Más tarde, mientras las mujeres esperaban a que los hombres se reunieran con ellas en el salón, Jo permaneció junto a las ventanas contemplando los jardines. No se atrevía a reunirse con la señora McKendry y sus invitados por miedo a ser víctima de preguntas tontas sobre su compromiso fantasma.

Ridículo, pensó, contemplando los arbustos y setos a la luz mortecina. Pero no tenía sentido regañar al Dr. McKendry por nada de aquello. Todo lo que decía era inocuo; sólo en la percepción de los oyentes sus palabras adquirían un significado específico. Además, se iría al final de la semana.

Jo llevaba ya seis días aquí. Había enviado otra carta al sur, a Baronsford, y otra al norte, a Torrishbrae, y había prometido a su familia que continuaría su viaje dentro de unos días. Le dolía que el Sr. Barton no hubiera mejorado desde el primer día. La miraba fijamente. Dibujó. Le cogió la mano. Aún así, en el fondo de su corazón, sentía una conexión entre ellos. O se la imaginaba.

El viaje de Jo al pueblo y su conversación con el vicario no habían aportado ninguna información. No existía ningún registro de la historia de la familia Barton en la iglesia de Rayneford. El castillo de Tilmory estaba a seis kilómetros, pero la finca tenía un pequeño pueblo y una iglesia propia donde se registraban los nacimientos, las defunciones y los matrimonios. Sin embargo, por mucho que lo deseara, no tenía derecho a ir allí e indagar en los asuntos privados de la familia.

Los hombres entraron en el salón justo cuando Jo divisó la inconfundible figura del capitán Melfort fuera, en los jardines.

Su deseo de hablar con él superó cualquier preocupación por la cortesía hacia los demás. Como no quería hacer una gran salida, susurró una excusa inventada a toda prisa a la Sra. McKendry y escapó.

Saliendo a toda prisa hacia los jardines, Jo lo vio por un largo callejón de altos aligustres. Medio corrió, medio caminó para alcanzarle.

Debió de oírla, porque al doblar una esquina chocó contra su ancho pecho. Sus manos la atraparon, estabilizándola.

"¿Qué haces aquí fuera?"

"Necesitaba hablar contigo".

Su rostro estaba preocupado pero tranquilo, y a ella le sorprendió la similitud de esta situación con otra ocurrida mucho tiempo atrás. De repente, Jo se dio cuenta de que le tocaba los brazos. A pesar de las largas mangas de su vestido, sentía un hormigueo donde él la sujetaba. El calor de sus manos atravesaba el terciopelo como si fuera una gasa, acariciando la piel que había debajo.

Estaban demasiado cerca. Con poco esfuerzo, podía

atraerla hacia él en la luz mortecina, apretarla contra su pecho.

De repente, quiso que ocurriera. Quería acercar sus labios a los de él y descubrir si el sabor y la textura de su boca eran como los recordaba. Quería sentir su cuerpo moverse contra el suyo. Quería oír el rumor del deseo en su garganta.

Su rostro se calentó y enrojeció al darse cuenta de que, independientemente de lo que dijera o de cómo actuara, seguía bajo el hechizo de aquel hombre. Y lo deseaba.

"¿De qué necesitas hablarme?"

Tal vez fuera su imaginación, pero los dedos de él trazaron un lento e íntimo recorrido a lo largo de los brazos de ella antes de que sus manos bajaran a los costados.

Retrocedió un paso y se sintió aliviada al encontrar un banco de piedra cerca de ellos. Se sentó, desconfiando de sus rodillas. Se llevó las palmas de las manos a la mejilla para enfriar el ardor.

"¿Te encuentras mal?", preguntó acercándose. "¿Debo pedir ayuda? ¿Llamo a Dermot?

"¡Por el amor de Dios! ¿Tú también no?", me regañó. "No necesito ver al doctor McKendry. Estoy perfectamente. Sólo intento recuperar el aliento de tanto correr detrás de ti".

"No hace falta que corras detrás de mí", respondió con suavidad. "Estoy aquí".

Jo lo miró. Una sonrisa socarrona se dibujó en sus labios, transmitiendo un significado más profundo tras sus palabras.

"¿Pero qué necesitas decir que requiera una conversación privada?"

"Quería contarte lo que ha pasado esta tarde con Cuffe".

Su actitud se endureció. "¿Hubo algún problema? ¿Se fue antes de tiempo? Recibí una comunicación sobre un cliente potencial a la que debía responder inmediatamente. De lo contrario, habría estado allí para su lectura".

"No ocurrió nada desagradable", dijo rápidamente. "Estaba a punto de cantarle las cuarenta".

Dejó escapar un suspiro de alivio y se sentó a su lado. Aunque estaba a una distancia respetable, seguía estando demasiado cerca para resultar cómodo. Podía sentir el calor de su cuerpo irradiando a través del aire nocturno.

"Entonces dímelo", dijo en voz baja, mientras sus ojos volvían a atrapar los de ella en su hechizo. "Me gusta oír cosas buenas; sólo que últimamente no estoy acostumbrada a oírlas".

Los recuerdos volvieron a parpadear y ella recordó un banco en un jardín, el brazo de él alrededor de su cintura. En la dulce oscuridad de aquella noche de verano, Wynne la atrajo hacia su regazo y la besó mientras el tiempo dejaba de existir.

Un destello de diversión brilló en sus ojos, y Jo temió que él también estuviera pensando en aquel momento.

Apartó la mirada de su rostro e introdujo aire fresco en sus pulmones. "Veamos. Cuffe llegó a la hora acordada y, como antes, se quedó junto a la mesa. Hoy esperaban cuatro pacientes".

"¿Cuatro?" preguntó Wynne, evidentemente encantado.

Jo los nombró y continuó. "Leyó tres cuentos con el mismo estilo dramático. En un momento dado hizo que toda la sala guardara silencio y esperara a oír el final del cuento".

"Me alegro mucho", respondió. "No sé si Cuffe te lo ha mencionado, pero desde que le diste tu permiso, ha estado pasando parte de su tiempo con Cameron transcribiendo los cuentos para él en un cuaderno. Y está haciendo grandes progresos".

"Él me lo dijo". Sonrió. "Pero tengo más cosas que contar".

"¿Más?"

Mientras Jo ordenaba sus pensamientos antes de contarle a Wynne lo que había sucedido, recordó el cálido rubor de felicidad que la recorrió aquella tarde al imaginarse formando parte del futuro de Cuffe. Pero era un pensamiento estúpido.

"Cuando terminó de leer, el Sr. McDonnell se acercó con un montón de cartas en la mano".

"¿McDonnell, el herrero? Apenas puede hablar".

"No estaba lo bastante cerca para oír lo que decían ni cómo se comunicaba el hombre con él, pero los dos se acercaron a una mesa. Durante un buen rato, estuvieron sentados uno junto al otro mientras Cuffe leía en voz baja cada carta".

"McDonnell tiene una madre demasiado mayor para viajar a la Abadía", dijo Wynne. "Sabía que recibe cartas, pero nunca pensé que pudiera no leerlas".

Esta mañana, mientras estaba sentada con Charles Barton, Jo no perdía de vista a los dos de la mesa. Le impresionó la paciencia de Cuffe con el señor McDonnell.

"Tu hijo estuvo allí mucho más tiempo del que necesitabas que se quedara", dijo, satisfecha de poder tranquilizar a Wynne.

Esperó a que ella dijera algo más, pero había llegado al final de su relato.

"Gracias por venir".

Se abrió una ventana en el salón y las melodías de un pianoforte flotaron en el aire nocturno. Era hora de irse, pero ella se quedó.

"¿Por qué tenías que contarme todo esto esta noche?"

Si tan sólo fuera lo bastante fuerte para expresar la verdad de lo que había en su corazón. La negación en el comedor no era por el bien de los McKendry, sino por el de Wynne. Si se quedaba aquí, estaba echando más leña al fuego que se estaba formando entre ellos.

"Pensé que querrías saberlo".

Se inclinó sobre sus rodillas. Su rostro se acercó. Su intensa mirada azul atrapó y sostuvo la de ella. "Podrías haberlo mencionado cuando entrábamos a cenar".

"No me correspondería a mí compartir públicamente algo sobre tu hijo", le recordó. "No conocía a los invitados de los McKendry. Además, la historia debería ser tuya para compartirla".

Una mentira, en parte.

"Te vi defenderles públicamente a él y a *su madre* cuando pensabas que el Escudero y su mujer estaban siendo injustos. Tampoco los conocías".

"Eso sí que no era exactamente lo mismo". Ella le fulminó con la mirada. "¿Qué intenta decir, capitán Melfort?".

Él enredó sus dedos en los de ella. Ella contempló la danza, olvidándose de respirar hasta que él retiró la mano.

"Digo que tenías un motivo oculto para venir a por mí esta noche".

Él la retaba a decir la verdad, pero ella era una cobarde. Jo le deseaba y, sin embargo, tenía demasiado miedo para actuar, incluso escondida con él aquí, en un laberinto de privet. Había empezado un juego peligroso, pero era una aficionada. No sabía cómo terminarlo.

Jo renunció a su plan a medio formar, salvajemente impulsivo, y se volvió hacia las ventanas iluminadas por las velas del salón. Era hora de irse y se puso en pie. Él la siguió de inmediato.

"La señora McKendry se estará preguntando qué me ha pasado", mintió. "Debería darle las buenas noches, capitán".

"Todavía no".

Su corazón se estremeció de alarma cuando él dio un paso hacia ella. Sabía la verdad. La había descubierto. Podría haber contado la historia de Cuffe mañana o la próxima vez que lo viera.

Su altura y su fuerza le daban una ventaja abrumadora, pero no era a Wynne a quien Jo temía. Era a sí misma. Tenía un motivo oculto.

"Cuffe lleva aquí más de dos meses", dijo. "Y a pesar de que se lo he pedido en numerosas ocasiones, ni una sola vez ha venido conmigo a ver lo que estoy planeando para Knockburn Hall. Ha accedido a ir mañana".

"Me alegro mucho de oírlo", respondió ella con alegría, mientras se reprendía por imaginar una relación romántica en el jardín, mientras él sólo quería hablarle de una excursión con su hijo.

"Pero tiene una condición".

"¿Una condición?", preguntó ella, atreviéndose a mirarle a los ojos.

"Tú".

"¿Yo?"

"En realidad, los dos queremos que vengas –dijo él, levantándole la barbilla cuando ella intentó apartar la mirada. No conseguía encontrar el equilibrio en aquella conversación. Lo único que sabía era que su corazón estaba a punto de atravesar la pared de su pecho.

"¿No crees que ésta podría ser la ocasión perfecta para que padre e hijo compartieran un paseo juntos? No deberías estropearlo trayendo a un desconocido...".

"Te quiero allí", dijo él, deteniéndola.

Jo sabía que era su última oportunidad de retirarse a un refugio seguro de respetabilidad. No podía hacerlo. Su corazón no permitiría más negaciones. Ahora no. Esperando y deseando, su mirada se posó en los labios de él.

Bajó lentamente la cabeza hasta que sus labios rozaron los de ella, y se abrió la compuerta de los recuerdos. Su beso era cálido y sutil, tan suave como el de la primera vez, pero la conmovió de un modo totalmente inesperado.

El contacto de sus bocas despertó sentimientos que Jo había creído que nunca volvería a experimentar. El palpitar de su corazón, el calor acumulado en su vientre, la fiebre abrasadora de su piel.

Y ella les dio la bienvenida. Quería más.

Como si leyera su mente, Wynne volvió a inclinarse hacia delante y rozó con los labios la piel sensible de su frente, su mejilla, su barbilla. Se estaba burlando de ella, empujándola a romper las restricciones que la ataban, a ceder a los impulsos que parecían tan naturales en aquel momento, a devolverle el beso.

La perdición de Jo llegó cuando la punta de su dedo le acarició el borde de la oreja y bajó lentamente por su garganta hasta el escote del vestido.

Ella le besó.

Incluso cuando sus labios se apretaron contra los de él, intentó engañarse pensando que un beso sería suficiente. Era precipitado, indulgente, un intento de saciar una sed que, en el fondo, sabía que nunca quedaría satisfecha. Pero antes de que pudiera apartarse de él, sintió su mano acariciándole la nuca. Y entonces la besó con tal pasión que Jo se sintió invadida por un deseo que se derretía.

La pizca de control a la que se había aferrado se desmoronó. Le rodeó el cuello con las manos y le enredó los dedos en el pelo. Le mordió el labio inferior, desafiando *su* control, deseando que le mostrara más.

Él gimió mientras profundizaba el beso y su lengua le acariciaba la comisura de los labios. Los labios de ella se abrieron ante su avance, y fue consciente del calor palpitante que emanaba de su vientre. Oyó un sonido de satisfacción en el fondo de su garganta cuando su boca se volvió más exigente.

Jo no podía acercarse lo suficiente a él. Le rodeó el cuello con los brazos, y su cuerpo se apretó contra el de él hasta que no quedó ni un soplo de aire entre ellos. Estaba corriendo una carrera y detenerse no era una opción.

Las manos de Wynne se deslizaron por su espalda y sobre la curva de su trasero, presionándola contra su excitación. Debería haberse asustado. En algún lugar de su mente sonaba una alarma amortiguada. Pero no tuvo miedo. El acoplamiento de sus bocas la estremeció. El tacto de sus hábiles manos al acariciar los lados de sus pechos hizo que Jo se preguntara si la tomaría aquí, en la oscuridad de este jardín.

Y entonces se le ocurrió que preguntarse se había convertido de algún modo en esperar.

Una puerta se abrió y se cerró en algún lugar a lo lejos, y ella jadeó. Apretando una mano contra su pecho, retrocedió, horrorizada por sus actos, estremecida por lo que estaba a punto de hacer y respirando con dificultad.

El paso de los años no significaba nada. Su pasión seguía ardiendo, lo bastante como para consumirlos. La inocencia de la juventud había desaparecido, sustituida por una tormenta de necesidad.

"Wynne, no puedo hacerlo". Le temblaba la voz. "No deberíamos".

"Lo siento". Su respiración entrecortada coincidía con la de ella. Se pasó una mano frustrada por el pelo y miró en la dirección del sonido.

"I . . . tengo que irme". Ella intentó retroceder, pero él le cogió la mano.

Jo se moría de hambre y él era su sustento. Se moría de sed y Wynne era el único que podía saciarla.

"Ven con nosotros mañana".

Su corazón traicionero ya lo había decidido.

"Lo haré", susurró ella.

Capítulo Trece

Wynne no estaba seguro de si se trataba de querer hacer lo honorable o si era el demonio que llevaba dentro.

Al encontrar a Dermot en su despacho, se asomó a la puerta. El lugar tenía cada día más pilas de libros y diarios y trozos de papel. Era evidente que el médico había renunciado a sentarse mientras trabajaba, porque su silla, como todas las de la sala, estaba apilada con más volúmenes y libros de contabilidad y material médico de los que Wynne podía siquiera empezar a identificar.

"Si alguna vez tenemos un incendio, podrán ver tu oficina ardiendo en Edimburgo".

Dermot estaba de pie en el escritorio junto a la ventana, escribiendo en un cuaderno. Gruñó en señal de reconocimiento.

Wynne no intentó entrar. No había ningún camino discernible a través del desorden del suelo. "Por supuesto, tú también arderás en llamas. Te recordaremos como la Juana de Arco de la profesión médica".

Otro sonido procedía de la zona de la ventana.

"Saldré esta mañana, Joan. Sólo quería que lo supieras".

Otro gruñido.

"Ya le he dicho a la señora McKendry que no nos espere de vuelta antes del mediodía".

"¿Nosotros?" La cabeza del médico se levantó de su trabajo, con ojos curiosos. "¿Quién va contigo?

"¿No te preocupas por mí?" Wynne frunció el ceño. "¿No preguntas adónde voy o el motivo?".

"Puedes irte a la mierda. Si te tragara un monstruo del lago, nadie te echaría de menos", declaró Dermot antes de que una media sonrisa se dibujara en su rostro. "¿Desde cuándo te has convertido en una flor tan delicada? Espera, tampoco me interesa tener una respuesta a eso".

Se preguntó si su rival sabía por qué Jo había abandonado a sus invitados a cenar temprano la noche anterior y adónde había ido. Wynne lo sabía, y ése fue un beso que nunca olvidaría.

"Muy bien. Nos vamos".

"¿*Quién* va contigo?" Dermot repitió la pregunta. "¿Y qué tiene que ver Juana de Arco con todo esto?".

"Voy a llevar a Cuffe y a lady Jo a Knockburn Hall".

El médico tiró el bolígrafo y buscó el camino hacia la puerta. "Espera a que coja mi sombrero. Ahora voy".

"Quédate donde estás", replicó Wynne. "Con sombrero o sin él, no estás invitado".

"Pero insisto".

"Puedes insistir todo lo que quieras. Tú no..."

Dermot pasó por encima de una barricada de revistas médicas y cayó sobre un montículo más pequeño de periódicos que inmediatamente salieron disparados bajo sus pies.

Por instinto, Wynne estuvo a punto de lanzarse a ayudar, pero ya era demasiado tarde. Dermot aterrizó en el suelo en una posición muy incómoda entre la avalancha de libros y papeles caídos.

"Maldita sea. Ayudadme a levantarme. Creo que me he hecho un esguince".

"No me sorprendería que lo hicieras". Wynne cruzó los brazos sobre el pecho y se apoyó en la jamba de la puerta. "Pero al no pertenecer a la profesión médica, no lo sabría".

"Definitivamente he roto la costura de mis pantalones, te lo aseguro".

"Eso parece bastante grave. De hecho, es el último clavo en el ataúd. No vas a venir".

"Mira aquí", espetó Dermot, plantando las manos en el suelo y mirando a toda la habitación. "¿Has olvidado nuestra conversación?

"Tenemos muchos, doctor. Afortunadamente para ti, no recuerdo la mayoría". Cuando empezó a salir del despacho, Wynne hizo una pausa, decidiendo que su rival necesitaba una aclaración. "Pero sí recuerdo la conversación a la que te refieres. Y para enmendar las observaciones finales de esa conversación, *no* estarás con ella a la puerta de la iglesia. Eso, si es que puedes volver a ponerte en pie".

La cara de Dermot era la viva imagen de la sorpresa mientras buscaba una respuesta.

"Pero mientras estemos fuera, intenta hacer algo útil por este hospital con el que estás tan comprometido". Wynne cerró la puerta y echó a andar hacia las escaleras cuando el sonido de otro golpe y una maldición ahogada llegaron desde el despacho.

Hace seis días, cuando el Highlander expresó sus intenciones, Wynne no sabía lo que pensaba de Jo. Desde luego, no podía explicar a otra persona lo que ella significaba para él. Pero viéndola, hablando con ella, conociéndola en los últimos días y, sobre todo, después del beso que se dieron anoche en el jardín, se encontraba mucho mejor. Aún no sabía qué les depararía el futuro, pero no iba a dejar que la presionaran para casarse con el canalla de su amigo.

Dieciséis años atrás, había hecho un mal trabajo al romper su compromiso con Jo. Imperdonablemente mal. A Wynne no le importaba lo más mínimo la filiación de ella, pero no tuvo más remedio que hacerlo. Seguía creyendo que la protegía de un trato abominable a manos de su familia y de una horrible infelicidad durante sus largos periodos de ausencia. Con la guerra en curso y sus deberes navales, no habría podido darle la vida que se merecía.

Sus vidas eran distintas ahora, pero mientras salía de casa, Wynne se preguntó qué le motivaba. ¿Eran las acciones de Dermot o un despertar en sí mismo lo que le impulsaba? Era hermosa, culta y rica, una mujer que cualquier hombre desearía. Pero para él, ella era Jo. Tal como la había conocido. No importaba si se conocían desde hacía seis días o dieciséis años. Algo se había reavivado entre ellos. Todos sus ayeres y sus hoyes eran uno. Pero creía que no podrían seguir adelante hasta que ella le permitiera explicarle el pasado y le perdonara.

Su oferta inicial, fingir que acababan de conocerse, ya no le convenía.

Wynne admiraba a la mujer en que se había convertido. Se sentía tan atraído por ella como la abeja por la flor. Y si su reacción en el jardín era una prueba, ella tampoco era inmune a él.

Su beso había desatado en él un fuego casi imposible de contener. Si no hubiera sido por el portazo de una puerta y la amenaza de que alguien se les echara encima, podrían haber ido demasiado lejos. Y eso estaba mal, porque aún no habían dejado atrás el pasado. Tomar a Jo en un jardín o en su cama sin ofrecerle un futuro no era lo que él había pretendido hacer.

Afortunadamente, la razón y la respetabilidad levantaron sus severas y prohibitivas cabezas, y ella no pudo alejarse de él lo bastante rápido. A pesar de todo lo que ella había dicho, él sintió que el pasado seguía firmemente encajado entre ellos. El fracaso de su oferta de matrimonio. La familia de ella. Su propia familia. Su duelo con el hermano de ella, Hugh.

Jo había cambiado y él también, se dio cuenta Wynne. Hasta que ella llegó, creía conocerse a sí mismo y saber cuál sería su futuro. Ahora no estaba seguro de lo que quería exactamente. En los últimos días, un dolor en lo más profundo de sus entrañas había empezado a roerle, y cada vez era peor. Como si fuera un toro joven en primavera, le afligían los impulsos del deseo, y no se detendría en su persecución. ¿Pero con qué fin?

Necesitaba conquistarla, pero no volvería a hacerle daño.

Cuffe y Jo le esperaban junto a los estanques de peces. Cuando Wynne se acercó, su atención se desvió hacia los dos. Su hijo hablaba con ella con tanta confianza. Se encontraba directamente con la mirada de Jo, algo que aún hacía raramente cuando hablaba con Wynne.

Por su parte, Jo resplandeció con el agua espumosa a sus espaldas. El entusiasmo iluminó su rostro ante lo que fuera que el muchacho le estaba transmitiendo.

La imagen era perfecta. Una visión de armonía. Los dos estaban más a gusto el uno con el otro que cualquiera de los dos con Wynne.

Su relación con Cuffe había mejorado diez veces sólo en esta última semana, pero la decisión del muchacho de hablar no le hizo sentirse como un padre de confianza. El muchacho seguía quejándose y cuestionando su autoridad y negociando lo que Wynne decía que había que hacer. No le cabía duda de que su hijo seguía deseando volver a Jamaica, el lugar que consideraba su verdadero hogar.

La conversación se detuvo cuando notaron que se acercaba. Sin inmutarse, Wynne les preguntó de qué les parecía interesante hablar en una mañana tan bonita.

"Cuffe me dijo que entre anoche y esta mañana temprano había terminado de copiar las historias de Ohenewaa en un volumen propio -respondió Jo mientras se dirigían a Knockburn Hall.

Un recordatorio más de su fracaso como padre. Había perdido tantos peldaños en la escalera de la paternidad. Anoche, en lugar de un "buenas noches" dicho apresuradamente desde la puerta, podría haber entrado en la habitación de Cuffe y haber hablado con él. Podría haber oído ya de labios de su hijo este logro.

Demasiado tarde ya, pensó, y aún así se deshizo en elogios mientras caminaban.

Cuffe aminoró la marcha cuando llegaron al segundo estanque de peces. Un muchacho de las cocinas pescaba con red en los bajíos. Tirando de los sedales, el joven cerró la red en torno a su captura y sacó una docena de truchas de buen tamaño destinadas a la mesa de la Abadía. Wynne se dio cuenta de que era uno de los muchachos con los que su hijo se había peleado, y se sintió aliviado al ver que no había hostilidad abierta entre ellos.

"Ahora que he terminado de leerlos todos", dijo Cuffe, dirigiéndose sólo a Jo mientras continuaban, "no puedo decidir cuál de los cuentos es mi favorito".

"La historia del Rayo y el Trueno era una que me gustaba especialmente cuando era pequeña", respondió.

Desde una zona pantanosa en el extremo superior del estanque, el sonido de mil ranas llenó el aire, haciendo que Cuffe mirara en esa dirección.

"'Ser desterrado al cielo'", dijo mientras seguían caminando. "Las historias tienen mucho de destierro".

"Son cuentos que la gente se contaba para explicarse la naturaleza y, al mismo tiempo, mantener la atención de los más pequeños".

"Casi todos ellos enseñan una lección", señaló. "Y se aprenden dolorosamente".

"También es cierto en la vida, ¿no?", preguntó. "Pero algunos de los cuentos son edificantes y bastante divertidos".

Wynne decidió aventurarse en la conversación.

"¿Y tu abuela, Cuffe?", preguntó. "Seguro que tenía historias que te contaba cuando crecías".

El viejo encogimiento de hombros había vuelto, pero Wynne no iba a dejarse amilanar tan fácilmente.

"¿Cómo eran esas historias?"

Cuffe cogió un palo, golpeándolo contra el suelo mientras caminaban, y Wynne y Jo intercambiaron una mirada por encima de la cabeza del muchacho.

"¿Cómo se compararon?" preguntó Jo. "¿Alguna de las lecciones de las historias de Ohenewaa eran similares a las de tu niñera?".

"Ella siempre decía que sus cuentos eran sobre la sabiduría", respondió con una sonrisa. "'¿Ahora eres más listo?', decía después de un cuento. El viejo Hige está fuera esta noche. Mejor quédate en casa'".

"¿Qué es Ol' Hige?" preguntó Wynne.

Cuffe le ignoró y arrastró su bastón por el suelo.

"La vieja Hige es una bruja", dijo Jo a Wynne. "Se quita la piel y vuela de noche. A veces se convierte en búho".

"¿Cómo lo sabías?" preguntó Cuffe, levantando la vista con admiración.

Se encogió de hombros y sonrió. "Adelante, cuéntale a tu padre lo que hace Ol' Hige".

Demasiado entusiasmado con la historia para recordar que estaba intentando no ser amable con Wynne, Cuffe desgranó su explicación. "Chupa el aliento de la gente mientras duerme. Le gustan especialmente los bebés".

"¿Cómo te proteges?" preguntó Wynne. "¿Se la puede matar?"

Cuffe miró primero a Jo, pero cuando ella se encogió de hombros, decidió continuar.

"Muda de piel cuando vuela. Y entonces es cuando puedes vencerla". Habló como si se tratara de información que todo el mundo conocía. "Si encuentras su piel, ponle sal y pimienta. Entonces no podrá ponérsela porque se quemará. Así es como muere".

Wynne sonrió y miró a Jo. "¿Habías oído esto antes?"

"Una versión del mismo. He oído historias de Ol' Hige con distintos nombres. En los cuentos de Ohenewaa, se llamaba Sukuyan, y no viajaba como un búho, sino como una bola de luz, buscando sangre que chupar".

"Pero tu hermana no lo puso en el libro", dijo Cuffe, tendiendo una mano para ayudar a Jo a sortear un lugar bajo y húmedo del sendero.

"Creo que Phoebe estaba demasiado asustada para escribirlo en un papel". Jo sonrió. "Incluso de adulta, pasa la mayor parte del tiempo viviendo en su imaginación. No me sorprendería que por la noche siguiera tumbada mirando por la ventana y esperando que el Viejo Hige se abalanzara sobre ella y le robara el aliento o la sangre".

Llegaron al tronco que atravesaba el arroyo y Cuffe lo cruzó corriendo antes de volver rápidamente a coger a Jo de la mano mientras cruzaba.

Mientras emprendían de nuevo el camino, Wynne intentó que su hijo siguiera hablando. "Quizá deberías añadir a esta colección las historias que te contó tu niñera. O quizá podrías hacer un libro aparte".

El asentimiento de Jo le dijo que había hecho una buena sugerencia, así que se sorprendió cuando los ojos de su hijo se entristecieron.

"No los oí lo suficiente como para conservarlos en la memoria", dijo en voz baja antes de volverse hacia Jo. "Pudiste escuchar a Ohenewaa durante años y años".

"No, no lo era, aunque ojalá hubiera podido. Perdimos a Ohenewaa cuando mi hermana Phoebe -la que puso los cuentos por escrito- era más joven que tú ahora".

"¿Cómo los recordaba?"

"Anotaba lo que podía y lo adornaba a medida que escribía. Los que lees son relatos de relatos".

"¿Así que no son exactamente como las has oído?"

Jo negó con la cabeza. "No, pero todos nos sentimos muy aliviados de que lo hiciera, porque ahora una mujer a la que amábamos permanecerá en nuestras mentes y corazones para siempre. Y la próxima generación de niños Pennington también la conocerá".

Cuffe pareció satisfecho con la respuesta, pero no dijo nada de la sugerencia de Wynne sobre escribir las historias de Nanny.

Caminaron en silencio durante un rato hasta que los muros de piedra de Knockburn Hall estuvieron a la vista. Cuando pasaban junto al huerto, Cuffe tomó la palabra.

"¿Cómo la perdiste?"

Jo miró a Wynne por encima de la cabeza del muchacho antes de contestar. "Ohenewaa murió de viejo".

"¿En Escocia?"

Ella asintió. "Sí, está enterrada en un cementerio de nuestra casa en las Fronteras".

Cuffe se detuvo, mirándola. "¿Por qué? ¿No quería volver a su casa?".

Cuando Jo vaciló, Wynne supo que la acosaban sus recuerdos de la anciana. Había oído muchas historias sobre ella. En todo lo que importaba, Ohenewaa había sido miembro de la familia Pennington.

"Ella eligió el lugar al que deseaba llamar hogar", dijo finalmente Jo. "Ohenewaa era una mujer libre desde antes de que yo naciera. Originaria de África occidental, sufrió la brutalidad de los esclavistas en las Indias Occidentales y vino a vivir con nosotros cuando fue libre. Podía haber ido a donde quisiera, y protegió esa libertad con ferocidad. Pero eligió quedarse con nosotros. Decidió vivir el resto de su vida donde estaban mi madre y sus hijos, formar parte de nuestras vidas. La queríamos y ella nos quería".

Cuffe se encogió de hombros y dibujó un dibujo en la hierba con su bastón antes de volver a encontrarse con la mirada de Jo.

"¿Pero qué pasa con su otra familia, la gente que dejó atrás en África o en las islas? ¿No crees que la echaban de menos? ¿No la necesitaban también?"

El niño de diez años no esperó respuesta, sino que se dio la vuelta y se alejó de ellos.

Wynne vio la preocupación en el rostro de Jo mientras Cuffe se dirigía hacia el enorme edificio.

"Sigue luchando", susurró, tocándole la mano.

"Lo sé". Sonrió tristemente y enlazó su brazo con el de él. "Pero tiene razón. Mis hermanos y yo, mis padres, mi abuela antes de que muriera -todos los que conocimos a Ohenewaa- nos sentíamos muy afortunados de tenerla en nuestras vidas, pero sólo pensábamos en nosotros mismos."

Wynne no podía decir nada para consolar a Jo. No tenía respuestas, ni sabiduría que compartir. Sentía la misma impotencia que llevaba meses experimentando ante la infelicidad y la ira de su hijo. No había más opciones para Cuffe que la vida que le estaba ofreciendo. Jamaica no era un lugar seguro para él. Pero decir las palabras o argumentarlas no era suficiente.

Las paredes de la casa brillaban al sol de la mañana. A Wynne se le ocurrió que podría haberse mudado aquí antes con Cuffe. Podría haber instalado las ventanas y comprado los muebles, y eso habría bastado. Pero se había aplazado, inventando excusas, diciéndose a sí mismo que estaba esperando a que terminaran la ampliación. Todo mentira. No vivían aquí porque ninguno de los dos estaba preparado. ¿Cómo iba a trasladar a su hijo de la Abadía -tan defectuosa como era la vivienda- a un cascarón que no tenía corazón?

Mientras pensaba en ello, vio a su hijo dirigirse directamente a la puerta, empujarla y desaparecer dentro.

Hubo un tiempo en que su vida giraba en torno a mantener a sus seres queridos bajo control, protegidos, a salvo. Eso había guiado sus decisiones sobre la vida con Jo. Sobre quién criaría a su hijo. ¿Pero qué consiguió con eso? No se sentía más lleno que la casa vacía que se avecinaba.

Mientras subían la última cuesta hasta la puerta, Cuffe reapareció. Sin dedicarles ni siquiera una mirada, rodeó la casa por un lateral hasta llegar a una zona verde que caía hasta un estanque. Allí se tumbó, abrazó las rodillas contra el pecho y miró a través del agua hacia las turbias profundidades del bosque de las Highlands.

El aire de tristeza y derrota de Wynne era palpable para Jo mientras permanecía junto a él ante la puerta de Knockburn Hall. No dijo nada, pero siguió mirando a su hijo, sentado solo en la loma.

Ella comprendía sus sentimientos. Cuffe formaba una pequeña figura desolada, sentado a la densa sombra de los castaños, con la cabeza apoyada en las rodillas. Había tirado el tam en alguna parte y estaba arrancando matojos de la larga hierba.

Wynne se despertó y respiró hondo antes de volver su atención hacia ella.

"Ya estamos aquí", dijo en voz baja. "Será mejor que entremos. ¿Te gustaría ver el interior de la casa?".

Ella negó con la cabeza y le puso una mano en el brazo. "Ve a verle. Habla con él".

"Cuffe no quiere hablar conmigo. Ya sabe que no le daré lo que quiere. No puedo enviarle de vuelta".

Estaba envejeciendo ante sus ojos, unas líneas de preocupación arrugaban su ceño.

"Entonces, ve a sentarte con él", sugirió, señalando al niño. "Necesita saber que comprendes su dolor".

"¿Con qué fin?"

Podía oír al comandante naval al pronunciar aquellas palabras. Se sentía frustrado. Sabía que lo que funcionaba con algunos hombres, inculcar la obediencia a sus hijos, no era la forma de actuar de Wynne. Su propio padre, aunque brusco y malhumorado, era un hombre cariñoso con ideas muy distintas sobre cuál debía ser el papel de un padre.

"Simplemente, déjale hablar de la vida que dejó atrás. Sedúcele para que te cuente con sus propias palabras lo que le duele", dijo ella. "Quizá aprendas a mejorar las cosas para él y para ti".

Suavemente y sin previo aviso, le levantó la barbilla y le dio un casto beso en los labios. La mirada de ternura de sus ojos la dejó sin aliento.

Mientras él caminaba hacia su hijo, Jo permaneció donde

estaba, con la esperanza de que pudieran derribar los muros que los separaban.

Wynne llegó hasta Cuffe y ambos intercambiaron unas palabras. Por sus gestos, parecía que estaba pidiendo permiso para reunirse con su hijo. Sintió que el mundo se detenía. Finalmente, vio que se encogía ligeramente de hombros, y dejó escapar un suspiro de alivio mientras él se sentaba en la hierba.

Como no quería invadir su intimidad, entró en la casa.

Como en tantas casas torre, unas escaleras de piedra recorrían los muros exteriores, y ella subió a un rellano y, a través de una puerta arqueada, entró en un gran salón con una cavernosa chimenea en el otro extremo.

Un medallón de piedra tallada sobre la chimenea representaba a dos unicornios sosteniendo un escudo con el león rampante de los Stewart, y Jo se encontró con la mirada perdida. Por mucho que intentara concentrarse en el trabajo de la piedra o en el plano del edificio, su mente volvía continuamente a la conversación que habían mantenido de camino hacia aquí y a la que estaba teniendo lugar ahora.

No recordaba ninguna pregunta sobre su infancia que la sacudiera como lo había hecho la de Cuffe. Durante todos los años que Ohenewaa había formado parte de su vida, rara vez se había imaginado la vida de la anciana fuera del mundo en el que vivían. Hertfordshire, Londres y Baronsford constituían todo el universo de Jo hasta que había crecido. Era donde vivían, donde pertenecían. No recordaba haber preguntado nunca a Ohenewaa si tenía otra familia, gente que la esperaba y esperaba que algún día regresara, como decía Cuffe. Tras su muerte, Jo no recordaba ninguna conversación sobre dónde debía ser enterrada, sólo que su madre quería que Ohenewaa fuera enterrada con la familia. Jo no sabía si sus padres adoptivos preguntaron alguna vez por los deseos de la anciana.

Jo intentó deshacerse de estos pensamientos y se dirigió de nuevo a las escaleras. El olor a piedra y a fuegos antiguos llenó sus sentidos mientras subía al siguiente nivel, y pensó en todas las personas que había conocido que habían perdido a sus familias y sus hogares por actos de violencia. Los africanos liberados y los isleños con los que había vivido en Melbury Hall, que habían presenciado crímenes atroces contra ellos. Las mujeres y niños escoceses, rechazados por la sociedad, que encontraron refugio en la residencia que estableció en la casa torre cerca de Baronsford. Incluso su cuñada Grace, que había presenciado el asesinato de su padre a manos de unos asesinos, se escondió desesperada en una caja que era enviada a un destino desconocido. Todos ellos quedaron irrevocablemente separados de su pasado, con la mínima posibilidad de sobrevivir al presente, enfrentados a un mundo en el que el futuro era oscuro y sombrío.

En el piso superior, Jo entró en un largo pasillo, iluminado por una abertura de obra en la piedra del fondo. Las puertas conducían a lo que ella supuso que eran dormitorios. Mientras entraba y salía de las habitaciones, pensó en su propia madre biológica. Había hablado con sirvientes y granjeros de la época de su nacimiento. Todo el mundo tenía una historia, incluso la gente altiva como lady Nithsdale, y Jo las había grabado en su memoria.

Ninguno de ellos añadió gran cosa a lo que Jo oyó de su madre adoptiva: las palabras de una anciana y unas pocas expresiones de una moribunda de ojos salvajes cuyos únicos temores eran por su hijo recién nacido.

Lo único que dijo la pobre criatura fue que se llamaba Jo...
No sé si era una niña hada o simplemente la expulsaron a causa del niño que se hinchaba en ella...

Reconocía que no tenía ningún hombre al que fuera a ver, ni marido que la abandonara. Al menos, nunca mencionó a ningún...

Aterrorizada... mantenía aquella tela escocesa cubierta de barro como una mortaja.

"Aquellas pobres gentes, expulsadas de sus hogares en los claros de las Highlands, habían sido despojadas de todo", le dijo la madre de Jo. "Y lo que les esperaba al final de su viaje no parecía ser más que más miseria, si es que no morían en el propio camino. Les arrancaron de sus parientes, de su tierra y de sus hogares. Y aun así, se sentían orgullosos. Jo murió con su pequeña hija envuelta en tartán en un brazo, mientras su otra mano aferraba la mía. Tú eras su hija".

Jo se secó las lágrimas de la cara y miró por una ventanita al padre y al hijo que estaban sentados en la loma. Su vida también era una historia de desplazamiento. Sin la mujer que la acogió en su casa y la crió, seguramente ella también habría muerto en una zanja fangosa de un camino a ninguna parte.

Pero a alguien, en algún lugar, pertenecía la madre biológica de Jo. Tenía que haber gente que se preocupara por ella, que la quisiera, que se preocupara temerosamente por lo que había sido de ella.

Quizá, pensó, aún vivía un hombre que se preocupaba por ella. Un hombre que años después, a pesar de tener la mente muy dañada, seguía esbozando sin cesar a la mujer que había perdido.

Mientras observaba a Wynne y Cuffe sentados juntos, unos rayos de sol se derramaban sobre la casa-torre e iluminaban la zona cubierta de hierba que los rodeaba. Los hombros del niño temblaban mientras su padre hablaba con firmeza. Entonces Wynne rodeó a su hijo con un brazo y lo acercó.

Una sola lágrima resbaló por la mejilla de Jo. Amaba a

Wynne. Y nunca había dejado de quererle. Jamás. Ni a lo largo de todos los años en que la esperanza había desaparecido.

Cuando Wynne se acercó por primera vez a su hijo, pensó que no hablarían en absoluto. Pero Jo tenía razón. Cuffe quería hablar con él, con alguien, y en cuanto empezó, las compuertas se abrieron de golpe.

Sólo tenía que preguntar por Jamaica, por el pueblo de los bosques montañosos que había sobre Falmouth. Sobre la casa en la que Cuffe vivía con su abuela. No necesitaba decir nada más, pues su hijo hablaba de Nanny hasta que la nostalgia y la pena casi lo ahogaban.

Los árboles, la hierba, el estanque, el cabello oscuro que descansaba contra el hombro de Wynne se volvieron borrosos mientras éste luchaba contra la cruda emoción que las palabras y las lágrimas de su hijo desataron en él. Esperó, dejando que la tranquilidad del bosque y el agua calmaran los sollozos de Cuffe antes de hablar.

"Quieres estar con ella, lo sé. Sientes que tu lugar es ayudar a tu abuela". Wynne forzó las palabras a través de la opresión que sentía en la garganta. "Pero la última carta de Nanny antes de que enviara a buscarte me convenció de que su única esperanza, su mayor plegaria, era que vinieras a vivir aquí".

"¿Pero por qué?"

"Porque estaba preocupada por ti".

"¡Pero estoy preocupado por *ella*!", gritó.

"Tu niñera vio que se avecinaban más problemas en la isla y temió que te vieras envuelto en ellos".

"Me mantendré al margen. No haré nada que la preocupe".

"Nanny ha vivido problemas antes. Sabe cómo los jóvenes y los niños se ven envueltos en ellos, lo quieran o no. Es la naturaleza de la guerra, y dijo que se avecinaba una guerra entre los Maroons y los dueños de las plantaciones". Wynne frotó la espalda de su hijo. "Nanny me dijo que se moriría si te cogían las autoridades o te hacían daño por acompañarnos".

"Si me dejas volver, te juro que no haré ninguna de esas cosas". Cuffe se apartó y volvió sus ojos suplicantes hacia él. "Me quedaré cerca de ella, te lo prometo. Ni siquiera saldré de la aldea".

Sabía que su hijo era maduro mucho más allá de su edad. Cuffe había crecido oyendo hablar o presenciando con sus propios ojos la crueldad de los terratenientes. La injusticia le llevaría inevitablemente a resistir.

Habían pasado más de siete años desde que se declaró ilegal la trata de esclavos, pero poco había cambiado en las islas. Wynne era militar y creía en la lucha de los Maroons. Él también había visto los males de la esclavitud de primera mano. Demasiados en Inglaterra se beneficiaban de la explotación de seres humanos, y demasiados hacían la vista gorda.

Más que los abolicionistas tibios y los idealistas del Parlamento, los Maroons eran la fuerza más fuerte que se oponía al mal de la esclavitud en Jamaica. En las islas del azúcar se les conocía como los Hijos de la Niebla. Y se les temía. Surgidos de la nada, atacaban a un comerciante de esclavos, liberaban un cargamento de esclavos con destino a una plantación y luego desaparecían. Cuando llegaban las represalias, todo el mundo era arrastrado a la batalla: todos los hombres, mujeres y niños. Y esto era lo que más temía la abuela de Cuffe.

Wynne respetaba la lucha, pero no podía permitir que su hijo participara en ella a su edad.

"No lo digo bien", dijo, buscando las palabras que pudieran ayudar a Cuffe a comprender. "La decisión de traerte a Escocia fue para darte un hogar seguro, pero eso no es todo. Tenerte aquí tiene que ver tanto con tu niñera como conmigo. Se trata de ser abuela y padre. Se trata de preocuparte tanto que morirías antes de permitir que hicieran daño a tu hijo".

Volvió a tirar de Cuffe hacia él y, para su alivio, el muchacho lo permitió. Wynne no había sido el padre que debería haber sido, pero ahora lo compensaría.

"Hasta que crezcas -le dijo-, tu lugar está conmigo. Pero te prometo esto: te enseñaré todo lo que necesitas saber para sobrevivir en el mundo en el que elijas vivir. Aprenderás a pensar, a montar y a luchar. Entrenarás tu mente y tu cuerpo. Te harás fuerte y agudo y pensarás con claridad. Serás un líder en el que los hombres puedan confiar. Y cuando estés preparado, cuando tengas edad suficiente, podrás elegir dónde quieres estar".

Wynne sabía que ésa no era la respuesta que Cuffe esperaba.

"Sé que echas de menos a tu abuela", dijo suavemente. "Puedes escribirle. Sé que ella te responderá".

"Pero el tiempo intermedio es lento", dijo Cuffe, alejándose de nuevo. "Si no la veo, temo olvidarla".

"Nunca. Nanny te crió. Ella te hizo el muchacho bueno y fuerte que eres. Mientras vivas, ella formará parte de lo que eres y de todo lo que hagas".

Cuffe estiró las piernas hacia delante y se quedó mirando la hilera de árboles que había más allá del estanque. Sus lágrimas se habían secado y los sollozos se habían apaciguado, pero su pena aún se reflejaba en su rostro.

Jo le dijo que escuchara y hablara con su hijo. Había escuchado y también había hablado. Esperaba que Cuffe supiera que comprendía el dolor de su hijo.

Habían dado un gran salto adelante en muy poco tiempo,

pero sabía que ese momento no era más que un paso en un largo camino.

"Gran parte de la vida requiere tomar decisiones difíciles", dijo Wynne en voz baja. "Tienes muchas por delante".

Se sorprendió cuando la mirada de Cuffe giró hacia él.

"¿Qué decisiones difíciles has tomado?"

"Demasiados para contarlos".

"¿Fue una elección difícil traerme aquí?"

Wynne apartó el mechón de pelo para ver los despiertos ojos castaños de su hijo. "No. No ha sido nada difícil".

"Dime una decisión difícil que hayas tomado. Una que haya cambiado tu vida".

La mirada de Wynne se desvió hacia el edificio de piedra que tenían detrás. "Rompí mi compromiso con lady Jo hace dieciséis años".

Cuffe se giró para mirar hacia la casa. "¿Tú y Lady Jo? ¿Por qué habéis hecho eso? ¿Qué te pasa? ¿Cómo has podido dejarla marchar?"

Wynne no podía estar en desacuerdo. *¿Qué le pasaba?*

"La dejé porque temía por ella", respondió finalmente. "La dejé marchar porque no podía protegerla".

Capítulo Catorce

EL JUEVES por la mañana Jo aún no había informado a sus anfitriones de su difícil decisión de partir dentro de dos días hacia Torrishbrae. Sólo había pensado detenerse brevemente de paso. Pero al mirar a los pacientes que disfrutaban del sol primaveral y se afanaban alrededor del estanque más cercano a los edificios de la Abadía, Jo casi podía sentir los lazos invisibles que ya se habían formado.

Sentada sobre una manta a sotavento de una gran roca, miró a Charles Barton. Los moratones del ataque de la semana pasada se estaban desvaneciendo y, afortunadamente, no había efectos duraderos. Dibujaba furiosamente a su lado. Su tarea consistía en colocar cada dibujo en la pila que crecía bajo la roca que utilizaban para asegurar las hojas de papel contra la brisa. El Sr. Fyffe bailaba a su lado, serrando su violín imaginario, y el Sr. Stevenson estaba sentado tranquilamente junto a un montón de narcisos, con un ayudante a cada lado. Una docena de hombres más estaban esparcidos por el borde del estanque, con las cañas de pescar en la mano.

Las peculiaridades del comportamiento de los pacientes

del anexo le resultaban cada vez menos extrañas. Jo se sorprendía de lo rápido que se llegaba a aceptar sus rarezas y su diferencia. Mientras los observaba, un grito atrajo su mirada hacia el otro lado del estanque, cuando un paciente pescó una trucha, que revoloteó y centelleó sobre la hierba a la luz del sol, para deleite de todos.

Hamish, el encargado de la granja, la saludó mientras él y un ayudante pasaban, inspeccionando las orillas del estanque mientras se dirigía hacia la pequeña presa. Normalmente, Cuffe le habría acompañado en semejante ocasión, pero esta mañana estaba ocupado con su padre.

Su compañera interrumpió sus pensamientos, entregándole otro dibujo, que ella cogió obedientemente.

El terrateniente y su esposa no cejaban en su empeño de presionar el caso matrimonial de su sobrino, pero Jo intuía que el doctor McKendry se lo pasaba demasiado bien representando el papel de pretendiente rechazado cuando tenía público. El aire de exageración de su sufrimiento le recordaba a Jo las representaciones cómicas del teatro de Drury Lane. Aun así, la calidez y hospitalidad de su familia sólo eran superadas por sus involuntarias meteduras de pata sociales y su afición a los cotilleos locales.

Jo se había encariñado con ellos, sin duda, pero más que con ninguno de los otros, le resultaba casi insoportable pensar en dejar a Wynne y a Cuffe. Sin embargo, necesitaban tiempo para ellos mismos.

La conversación de padre e hijo que habían compartido en Knockburn Hall había marcado un nuevo capítulo para ambos. Anoche, Cuffe incluso decidió unirse a la familia para cenar. Y ahora, esta mañana, habían cabalgado juntos hasta el pueblo para asistir al mercado de los jueves.

Jo se alegró de que hubieran ido solos. Ambos le habían pedido que los acompañara, pero por mucho que quisiera ir, no podía. Al no ir, les estaba dando a los dos la oportunidad de construir su relación. Aquellos momentos juntos eran cruciales para ellos, y no quería entrometerse.

El dolor que la carcomía cuando pensaba en marcharse había vuelto. El breve tiempo que Wynne y ella habían pasado juntas había reavivado en su interior la chispa que nunca había muerto. Pero quizá no tenía por qué ser una despedida permanente. Se sentía mejor pensando que nada iba a impedir que volviera a parar aquí dentro de un mes o así, cuando regresara a Baronsford.

Dos veces al día había estado sentada con Charles Barton, buscando cualquier pista que pudiera tener sobre su madre, pero no se había revelado nada más. Sin embargo, no se daba por vencida. Sólo le quedaba esperar que siguiera mejorando para cuando ella regresara.

Y cuando se trataba de Wynne, no iba a interpretar su comportamiento hacia ella como algo más que amistad. El momentáneo arrebato de pasión que compartieron en el jardín no fue más que un impulso fugaz por parte de ambos. Menos mal que él no había vuelto a insinuarse, porque ella no confiaba en su propio corazón. Sin embargo, tal vez cuando ella se fuera, la distancia y un mes de separación les permitirían tener una perspectiva más' clara de la realidad de su situación.

Estaba sumida en estas meditaciones cuando Charles Barton intentó entregarle otro dibujo. Sin previo aviso, el papel salió volando con la brisa y se dirigió hacia el agua. Jo se levantó de un salto, hizo señas a un empleado cercano y corrió tras el dibujo. Lo persiguió y agarró el papel en lo alto del terraplén antes de que saliera volando por la superficie reluciente.

Al mirar este último dibujo, Jo se asombró al ver que, por primera vez, la representación no era de una joven parecida a ella. Era la propia Jo. La trenza prendida en la nuca, las líneas alrededor de la boca sonriente que indicaban su edad, el estilo de la ropa. Charles había dibujado el vestido, la chaqueta spencer y el chal que llevaba hoy. Incluso se distinguía en su mano el gorro de terciopelo y encaje a juego que en ese momento estaba sobre la manta.

La esperanza ablandó el puño cerrado de decepción que había llegado a aceptar. Se volvió y descubrió que el hombre mayor la observaba.

"Me ves", dijo sonriendo. "*Me* estás dibujando".

Tal vez fuera su imaginación, pero habría jurado que vio un leve asentimiento y comprensión en sus ojos.

Estaba respondiendo. ¿Podría ser que la niebla en la que se había perdido se estuviera disipando?

De repente, el violinista bailarín salió de la nada y rozó sin querer el hombro de Jo al pasar girando.

Sus brazos agitados no sirvieron de nada, pues se deslizó hacia atrás. Era demasiado tarde. Su talón se enganchó en algo y retrocedió hacia el espacio. Cayó al agua como un árbol derribado y se hundió bajo la superficie. La frialdad del estanque la sorprendió y tragó saliva. Jo era una buena nadadora, pero no necesitaba tanta destreza. Cuando consiguió poner las piernas debajo y levantarse, el agua apenas le llegaba al pecho. No habría tenido problemas para salir del estanque si no fuera porque dos hombres saltaron tras ella.

Los gritos salvajes del hombre más cercano la aturdieron.

"Jo... Jo... salva a Jo". gritó Charles Barton, agitando los brazos con desesperación. Justo detrás de él, Hamish estaba metido hasta la cintura y gritaba a los ayudantes que trajeran mantas y ayuda.

"Salva a Jo", gritó Barton, atravesando el agua para llegar hasta ella.

La había visto. La estaba llamando por su nombre.

"Estoy aquí", dijo, apartándose el pelo y la hierba de la cara y cogiendo la mano del hombre. "No ha pasado nada. Estoy contigo. Aquí mismo, contigo".

Hamish agarró al hombre mayor por detrás y trató de dirigirlo hacia otros ayudantes que se apresuraban a socorrerlo.

Barton luchó contra él y gritó con voz angustiada. "No... ¡Jo! Garloch!"

Le persiguió, sin querer dejarle marchar. Le partía el corazón verle tan alterado.

Hamish y un ayudante arrastraron a Charles hacia una orilla más gradual para ayudarle a salir del agua. Mientras tanto, el anciano seguía gritando y ella luchaba por llegar hasta él. Jo estaba a punto de salir ella misma del estanque cuando apareció Wynne, chapoteando en el agua y envolviéndole los hombros con una manta.

A lo lejos, Jo aún podía oír a Charles Barton gritando las mismas palabras una y otra vez.

"¡Garloch! Garloch!"

"El capitán Melfort está paseándose por el vestíbulo como un oso, milady", dijo Ana, sin intentar ocultar su alegría mientras trenzaba apresuradamente el pelo mojado de Jo. "El hombre puede echar la puerta abajo si no nos damos prisa. Y el médico también está ahí fuera, argumentando que debería verte *él* primero, siendo él el médico y todo eso".

Ambos tendrían que esperar, pensó Jo. Ella estaba perfectamente. Un chapuzón rápido en un estanque de peces en el mes de mayo no era peor que nadar en las frías aguas del río Tweed, y llevaba haciéndolo desde niña. Estaba hecha de una pasta más dura de lo que aquellos dos creían.

Seca y vestida y de nuevo presentable, salió de su habitación unos minutos después y encontró a los dos hombres que seguían patrullando por el pasillo. El doctor McKendry fue el primero en llegar hasta ella.

"Estás terriblemente pálida, milady. Esto ha sido un shock. Sin duda deberías estar en cama. Lo último que queremos es que esto se convierta en una fiebre cerebral. Permitidme que..."

"¿Fiebre cerebral? Ahora *estoy* seguro de que la facultad de medicina de Edimburgo no te enseñó nada sobre el tratamiento de seres humanos", ladró Wynne, apartándolo de su camino. "Puedes dejar a lady Jo en mis manos. Tiene buen aspecto. Pero creo que una de esas peludas vacas rojas que vagan por ahí puede necesitarte".

"Ser gobernador del hospital difícilmente te convierte en un experto médico".

"¿Y qué clase de pericia te permite saltar de un chapuzón en un estanque de peces a la fiebre cerebral? ¿Has hablado siquiera con la paciente para preguntarle cómo está?".

"Ahí está", cacareó Dermot. "Admites que es una paciente. En cuyo caso Lady Josephine está bajo mi cuidado".

La puerta que había detrás de ella se abrió y Anna apareció con los brazos llenos de la ropa mojada de Jo. Al ver la reunión en el pasillo, cambió rápidamente de idea y desapareció de nuevo en el interior.

"Si me lo permiten, caballeros", dijo Jo, aprovechando la momentánea pausa en las discusiones de los hombres para intervenir. "Me encuentro perfectamente, doctor, y le aseguro que no necesito tratamiento médico. Pero, lo que es mucho más importante, estoy preocupada por el señor Barton. ¿Cómo se encuentra?"

Wynne se colocó junto a Jo y miró a Dermot, como si exigiera una respuesta en su nombre.

"Aparte de su frenética preocupación por ti, parece haber

superado bastante bien el incidente. Hamish lo llevó de vuelta a la sala y se quedó con él hasta que se tranquilizó. Mientras yo subía, uno de los celadores estaba ayudando a Barton a ponerse ropa seca".

La puerta que había detrás de ella se abrió un poco y su criada se asomó. Antes de que Jo pudiera decirle que era seguro pasar, volvió a asomar la cabeza y cerró de nuevo la puerta.

"¿Hay algún lugar más adecuado donde podamos hablar?", preguntó.

El cambio en el boceto de Charles Barton esta mañana. La forma en que había saltado al estanque cuando había creído que ella se ahogaba. Y la palabra que había gritado. Tenía varias preguntas para el médico, pero aquél no era el lugar para formularlas.

"Por supuesto". Dermot hizo un gesto hacia el pasillo. "Podemos ir a mi despacho".

El murmullo de Wynne indicaba que no le parecía una buena idea, pero se mantuvo cerca mientras seguían al médico. Al llegar a la puerta, Jo observó al joven corretear por el despacho, intentando despejar algo de espacio en el suelo para que ella pudiera caminar. Parecía como si hubiera pasado una tempestad. Encontrar una silla libre de paquetes, libros y pilas de papeles sería un asunto completamente distinto.

La voz de Wynne por encima de su hombro era una curiosa mezcla de burla y triunfo. "No te preocupes por esta escena de caos. Ven conmigo".

Cuando le cogió la mano, Jo permitió que la guiara por el pasillo, dando por sentado que el médico la seguiría.

El despacho de Wynne era la personificación de la pulcritud y el orden. No pudo evitar sonreír ante el contraste. Todo tenía un lugar definido en su zona de trabajo. El escritorio, las sillas y las estanterías parecían estar exactamente donde debían estar. En un rincón había un globo terráqueo con un mapa del mundo enmarcado en la pared. Sobre su escritorio, un colorido grabado representaba la batalla de Trafalgar, en la que estaba claro que los franceses estaban siendo duramente derrotados.

Jo estaba impresionada, pero no sorprendida. Conocía a Wynne lo suficiente como para ver que el orden de aquella habitación reflejaba su personalidad. Le gustaba planificar. Disfrutaba con el orden. Sólo se sentía satisfecho cuando las piezas de un puzzle se alineaban y cumplían sus expectativas. Incluso de joven, le desanimaban los imprevistos. Recordó que le decía que la clave de un barco bien ordenado dependía de la disciplina y el entrenamiento. El mar era a menudo imprevisible, por lo que el deber de un oficial al mando era controlar lo que podía manteniendo a sus hombres y su equipo en plena forma.

Jo pensó en su relación con Cuffe. Su hijo ya le estaba enseñando algunas lecciones sobre la imprevisibilidad de un niño en crecimiento y la importancia de la flexibilidad.

Wynne le ofreció sentarse cerca del escritorio, pero ella miró hacia el pasillo.

"¿Qué le ha pasado al médico?", preguntó. "¿No iba a reunirse con nosotros aquí?".

"Probablemente ya se habrá olvidado de que estábamos allí. Imagino que ahora mismo está en su despacho, con un libro bajo el brazo mientras lee otro que ha recogido del suelo". Dirigió una mirada de dolor hacia la puerta. "Y cuando haya terminado con el pasaje que le haya llamado la atención, verá su cuaderno de bitácora o su libro de contabilidad en un rincón, debajo de una resma de papel, y recordará que pretendía buscar un artículo en una revista relacionado con la melancolía, la frenología o algo parecido. Y luego, por supuesto, podría encontrar un paquete de cartas que tenía intención de pedirme que contestara hace un mes o así. Ese hombre es incapaz de mantener el orden".

Jo pensó en su hermana pequeña, Millie, y en su obsesión por crear orden. El Dr. McKendry supondría un valioso reto para su talento.

Wynne se detuvo cuando Jo se sentó en la silla que le habían ofrecido.

"Te ruego que no digas que te lo he contado, pero a pesar de mis quejas, sé que ese hombre es el mejor médico que puedas encontrar. Muchos marineros le deben la vida a McKendry".

"¿No crees que se unirá a nosotros?" preguntó Jo.

"Sólo bromeaba a medias. No tardará en bajar, te lo aseguro".

Eran amigos raros, pensó, pero sin duda complementaban los puntos fuertes del otro.

"¿Cómo te ha ido esta mañana el viaje al pueblo con Cuffe?", preguntó.

La arruga de su ceño desapareció cuando Wynne se acomodó en una silla. Su rostro reflejaba satisfacción. Jo ya sabía que aquella mirada significaba que estaba satisfecho con su hijo.

"Hace poco, el vicario le habló a Cuffe de una anciana viuda que vive en las afueras del pueblo. Tenía intención de comprar algunas cosas para llevárselas". Sus ojos azules se encontraron con los de ella al otro lado de la habitación. "Es un buen muchacho".

En su mente vio al padre y al hijo sentados juntos junto al estanque de Knockburn Hall. Lo había sabido entonces y lo sabía ahora. Con el compromiso de Wynne, su relación florecería.

El Dr. McKendry irrumpió en la habitación con un

paquete que arrojó sobre el escritorio de Wynne. Acercó una silla a Jo y se tumbó en ella.

"Me alivia encontraros aquí, milady -dijo con una nota de disculpa que no coincidía con el brillo travieso de sus ojos-. "Temía que este villano se hubiera fugado con vos".

"Puedes suspender la búsqueda, McKendry", respondió Wynne. "El único peligro que corría era el de alguna criatura salvaje que vivía en ese páramo que tú llamas oficina".

Ignorando a su amigo, Dermot se centró únicamente en ella. "¿Estás segura de que te encuentras lo bastante bien como para levantarte?".

"Te aseguro que sí", le dijo Jo.

"¿Qué es esto? preguntó Wynne, levantando el paquete.

"Inexplicablemente -respondió el médico-, de algún modo se extravió en mi despacho. No estoy seguro de cuándo llegó, pero va dirigida a ti".

Wynne envió a Jo una mirada conspiradora e inspeccionó el paquete antes de dejarlo a un lado. "Sí. Unas pelotas de golf que envié desde St. Andrews como regalo para el Escudero . . hace unos seis meses".

"Pero me alegra ver que no estás peor por tu aventura de esta mañana", le dijo Dermot.

Al salir del estanque de peces, Jo había estado demasiado agitada por el bienestar de Charles Barton como para preocuparse por sí misma. Wynne había estado allí para apoyarla, ordenando inmediatamente a los demás que se ocuparan de llevar al paciente a la sala y de informar al doctor McKendry. Mientras acompañaba a Jo de vuelta a la casa, había murmurado palabras de seguridad y se había quedado con ella hasta que Anna se había hecho cargo.

"Sobre esa aventura", dijo Wynne, llamando la atención de su amigo, "las acciones de Fyffe...".

"Fueron completamente involuntarias", intervino Jo. "Fue

un accidente y en gran parte culpa mía. Estaba demasiado cerca del borde y no presté atención".

"Fyffe es exuberante, pero inofensivo", reconoció el médico. "Por eso no le asignamos un asistente específicamente para vigilarle. Sin embargo, teniendo en cuenta los acontecimientos de hoy, tendremos que estar más atentos".

"Por supuesto, debes hacer lo que creas mejor, pero él apenas era una amenaza", afirmó Jo, transmitiéndoles exactamente lo sucedido y pasando a contarles el boceto que llevaba en la mano cuando cayó al estanque.

A la doctora le interesó especialmente su observación sobre el cambio de Charles Barton.

"Sin duda, el señor Barton ya está acostumbrado a tu compañía. Y bastante gente se ha estado dirigiendo a ti como Lady Josephine o Lady Jo en su presencia. Es posible que tu nombre se le haya quedado grabado", reflexionó Dermot. "Pero el cambio de dibujarte a ti en lugar de lo que él guarda en su memoria es muy emocionante. Cada vez más, la cortina que separa lo recordado de lo real parece estar cayendo".

"¿Pero qué es Garloch?", preguntó ella, pensando en las palabras que él gritaba. "Barton no paraba de decir 'Garloch'".

¿"Garloch"? repitió Wynne, mirando al médico. "¿No es ése el nombre de un pueblo al norte de aquí?".

Dermot asintió. "Sí, a unas tres horas en carruaje si hace buen tiempo. El lugar no es ni la mitad de grande que Rayneford. Creo que la mayoría de las granjas se han dedicado a la cría de ovejas. No he estado allí desde que era muchacho. Lo atraviesa un bonito río en el que mis tíos solían pescar antes de que les diera la fiebre del golf. Aparte de eso, no sé mucho del lugar. Puedo preguntar al vicario o al terrateniente; quizá sepan más".

"Pero, ¿por qué gritaría el Sr. Barton ese nombre?".

El médico se encogió de hombros. "Difícil de decir. Garloch está bastante lejos del castillo de Tilmory".

"¿Dices que está a unas tres horas al norte de aquí?".

"Efectivamente", respondió Dermot. "¿Piensas ir allí?"

Jo decidió que había llegado el momento de comunicarles su decisión de partir. "Como decís que esta aldea está en la dirección en la que viajo, haré una parada allí el sábado mientras reanudo mi viaje a Torrishbrae".

La protesta del médico fue inmediata y pronunciada, pero Jo se fijó en la expresión cada vez más sombría de Wynne. Le sostuvo la mirada. Ella imaginó las preguntas que le rondaban por la cabeza. Se levantó bruscamente y se acercó a la ventana.

"Pero no puedes irte ahora mismo", exclamó Dermot. "Te necesitamos aquí. El progreso del señor Barton depende claramente de tu presencia".

El médico siguió protestando. Observando el perfil de Wynne, vio cómo apretaba la mandíbula.

"Mi familia me espera en Sutherland", dijo en tono razonable, sus palabras dirigidas a Wynne. "Y creo que aquí ya he hecho todo lo que podía".

"Apenas. Por fin hemos roto su silencio. Y una semana más de retraso en tu partida podría suponer una diferencia sustancial en el estado del señor Barton". Dermot se volvió hacia el capitán como si se diera cuenta de su silencio por primera vez. "Háblale, Melfort. Háblale de razones. Se te dan bien esas cosas. ¿No quieres que lady Josephine se quede?".

La miró por encima del hombro. Sus penetrantes ojos azules revelaron sus deseos antes de que las palabras salieran de sus labios. "Sí, quiero".

"Ahí lo tienes", anunció el médico como si eso fuera todo lo que esperaba.

Jo sacudió la cabeza, aún pensando que era más prudente poner distancia entre ellos. Iban demasiado deprisa.

Wynne se apartó de la ventana y se unió a la conversación. "Esa aldea no está en tu camino. Aún tendréis que viajar hacia la costa para ir al norte, a Sutherland. Pero si te quedas, iré contigo a Garloch y regresaré aquí. Esto te dará la oportunidad de investigar y ver qué conexión existe entre Barton y la aldea".

La oferta de Wynne de llevarla tenía su mérito. Una inglesa desconocida que se detuviera en una aldea apartada de las Highlands tenía menos sentido que el hecho de que él viajara con ella, teniendo en cuenta su conexión con la Abadía y los McKendry.

"¿Pero qué haremos una vez lleguemos allí?", le preguntó. "Ni siquiera sabemos si hay una taberna o una posada donde podamos preguntar por el señor Barton".

"Casi todos los pueblos de las Highlands tienen una iglesia". Wynne miró a Dermot, que le confirmó con la cabeza. "Eso nos dará un lugar por donde empezar. Podemos preguntar al vicario qué sabe. Quizá incluso nos dé una carta de presentación".

"Odio pensar que dejas tus deberes aquí", insistió ella, con el pulso acelerado ante la idea de quedarse a solas con él durante un día entero.

"Tiene toda la razón", convino Dermot. "Yo me ocuparé de esto. Puedo hacer que mi tío escriba una carta y acompañar a lady Josephine a Garloch".

A Jo le pareció muy interesante la respuesta del capitán, pues primero le envió una mirada interrogante, como buscando su aprobación, y ella asintió.

"Mi querido McKendry. Hace poco, durante una cena, te oí afirmar elocuentemente tu compromiso con este hospital. Sobre tu devoción a los pacientes que necesitan tus cuidados y atención. Lady Josephine nunca permitiría que sacrificaras tu valioso tiempo". Wynne volvió a dirigir su atención a Jo. "Resulta que el sábado estoy libre, milady. Podemos partir al amanecer y planear el regreso antes del anochecer, si te parece bien".

Jo aceptó la oferta, un tanto asombrada por la facilidad con que la habían convencido para prolongar su estancia una vez más. Tendría que enviar otra serie de cartas a su familia, informarles de sus planes e intentar evitar cualquier referencia al capitán Melfort.

Capítulo Quince

EL VIERNES POR LA NOCHE, Wynne se detuvo en la habitación de Cuffe para preguntarle si quería acompañarles en su excursión de la mañana.

"¿Qué espera encontrar en Garloch?"

La astucia de Cuffe no dejaba de sorprenderle. De hecho, cuanto más tiempo pasaba Wynne con él, más se daba cuenta de lo avanzado que estaba el muchacho para sus diez años.

"Espera descubrir quién es. Es posible que alguien de ese pueblo pueda explicar el vínculo entre su madre y el Sr. Barton".

"¿Por qué importa?"

"Porque aún necesita saber de dónde viene. Le importa mucho, aunque se haya criado en una familia que la quiere profundamente". Wynne recordó el miedo de su hijo a olvidar a su abuela. "Tú y yo sabemos de dónde venimos y quiénes son nuestros padres. Ese conocimiento nos ancla de alguna manera. Nos da un vínculo con cierto lugar y ciertas personas. Lady Jo se alegraría mucho de tener una parte de lo que tú y yo tenemos".

"Es una buena persona", dijo Cuffe. "Veo lo disgustada que se pone a veces cuando está sentada con el Sr. Barton y él no responde. Ella siempre lo intenta, siempre hace preguntas. Pero él está en su propio mundo".

Se sentó con las piernas cruzadas en la cama, estudiando a Wynne en silencio. En los últimos días, las dificultades de los demás se habían ido introduciendo en la vida del muchacho. Había empezado a ayudar a McDonnell con sus cartas, leyéndoselas al herrero al principio. Pero ahora contestaba a la madre en nombre del hombre, y eso no era tarea fácil. Además, el vicario le dijo a Wynne que su hijo había estado preguntando por otras personas necesitadas en el pueblo y sus alrededores. Parecía especialmente interesado en ayudar a las ancianas y a las madres jóvenes que no tenían comida suficiente para alimentar a sus familias.

"Vosotros dos solos deberíais ir a Garloch, capitán", dijo finalmente Cuffe. "Y tal vez, mientras estéis allí, puedas convencerla para que se quede en la Abadía. Creo que sería bueno para ella y para ti. Para todos nosotros".

A la mañana siguiente, mientras guardaba su espada junto con sus pistolas bajo el asiento del carruaje, Wynne seguía pensando en los ánimos de su hijo para perseguir a Jo.

No había duda, ni en su mente ni en su corazón, de que la deseaba. Había soñado con ella miles de veces. Desde su llegada, la buscaba continuamente o vigilaba su paradero en todo momento. Ella había vuelto a su vida, y su efecto sobre él era más fuerte que dieciséis años atrás.

Su sangre palpitaba cada vez que recordaba cuando volvía a caballo de la aldea con Cuffe y se encontraba con el pandemónium en el estanque de los peces. Cuando oyó gritar su nombre con tanta angustia junto con las desgarradoras súplicas para salvarla, él mismo se había vuelto loco hasta que la vio erguida y vadeando el agua.

Más tarde, su anuncio de que se marchaba causó estragos en la mente de Wynne. Le asaltó el temor de haberla encontrado sólo para volver a perderla. Temía que, una vez que regresara a los brazos protectores de su familia, su relación con ella se rompiera para siempre.

Como viudo a su edad, con riqueza y un lugar en la sociedad, Wynne probablemente podría haberse casado de nuevo. Pero nunca había estado dispuesto a dar ese paso. Nunca se plantearía un matrimonio absurdo. No deseaba una novia infantil, independientemente de su dote o de su posición. Sus miras siempre habían estado más altas. Su devoción por su hijo le dictaba que eligiera a una mujer de mente fuerte y corazón bondadoso.

En la lista de mujeres que deseaba, Jo Pennington ocupaba el primer y único lugar.

Dejando al cochero y al mozo con su carruaje y cuatro personas, Wynne volvió a subir la media docena de escalones que conducían al anexo norte.

Jo era la mujer adecuada para él, pero temía que una proposición en aquel momento sólo provocaría su rechazo. Podía dar a conocer lo que sentía por ella; podía revelar el verdadero funcionamiento de su corazón, pero su futuro estaba en manos de ella. Ya se había alejado de ella cuando eran jóvenes. Esta vez, dependía de Jo si debían intentarlo de nuevo. Lo único que podía hacer era estar aquí. Ella tenía que decidir si un futuro con él merecía una segunda oportunidad.

Al llegar al final de la escalera, vio que Jo bajaba sola.

"¿No traes a tu criada?", preguntó después de que intercambiaran saludos.

"Como sabéis, señor, ya he pasado la treintena", respondió ella con ligereza. "Tengo poca necesidad de preocuparme por una reputación dañada".

"Vuestro valor os honra, Lady Jo", dijo con fingida seriedad mientras la conducía al patio.

"¿Y tú, capitán? ¿Estás preocupado?"

Wynne fingió resignarse al destino mientras la subía al carruaje. "En más de una ocasión, el doctor McKendry ha dicho que soy una flor delicada en asuntos de mi propia reputación. Pero en su caso, milady, haré una excepción e intentaré aguantar".

Al subir y sentarse frente a ella, admiró la sonrisa que se dibujaba en los labios de Jo. Era una mujer que parecía preparada para cualquier situación. El sombrero de terciopelo negro y el vestido verde oscuro que llevaba bajo la capa eran tan bonitos como sensatos, pensó.

A pesar de lo temprano que era, estaba fresca y preparada para la aventura. Hoy era un regalo inesperado. Los dos solos en la carretera.

Los sirvientes subieron arriba, y se oyó al cochero llamar a su cuatro en mano: "Camina, camina". Mientras el carruaje avanzaba, Wynne vio a Jo mirando por la ventanilla hacia la Abadía.

"Por favor, no me digas que ese pretendiente lunático tuyo corre detrás de nosotros en camisón".

"No me tomes el pelo", la regañó, aunque la reprimenda no llegó a sus profundos ojos castaños. "El doctor no está enamorado. Al menos no por mí. Y *no* es mi pretendiente".

"Pues ha dominado la mirada lastimera", le dijo. "Siento contar anécdotas extraescolares, pero anoche, después de que vosotras, señoras, abandonarais el comedor, el muy pícaro intentó por todos los medios que el vicario *le* diera la carta de presentación. Su actuación habría eclipsado al mismísimo Garrick".

"¿Pero pudiste conseguir la carta?"

"Felizmente, aún tengo la capacidad de burlar a McKendry". Wynne se palpó el bolsillo con la carta. "Le prometí al vicario que le llevaría un juego nuevo de palos de golf Denholm la próxima vez que volviera de Edimburgo".

"No lo hiciste", jadeó ella. "No necesitas hacer tal cosa. Me ocuparé de ello. Haré los preparativos para que te hagan los palos en cuanto vuelva. Siento mucho molestarte...".

"Todo esto fue de buen humor", dijo en voz baja. "El vicario no espera ninguna recompensa".

Sus mejillas enrojecieron bellamente y sus ojos brillaron con reproche mientras le daba una palmada en la rodilla y sonreía. El tiempo volvió a retroceder para él. A menudo había actuado exactamente así cada vez que él se burlaba de ella o la ponía nerviosa. Wynne recordaba cómo entonces la subía a su regazo y la besaba, suplicándole perdón.

Tuvo la tentación de hacerlo ahora. Era la primera vez que estaban realmente solos desde su beso en el jardín.

Su piel sonrojada coincidía con el color del sol naciente, y se inclinó hacia la ventana. Se preguntó si ella también estaría recordando aquellos momentos pasados.

Mientras estaba distraída, Wynne estudió su perfil. La forma de su rostro, desde los pómulos altos hasta la plenitud de sus labios. Era más hermosa de lo que su memoria le recordaba. Su mirada se dirigió a los rizos oscuros que escapaban del sombrero de terciopelo y bajó hasta el vestido, deteniéndose momentáneamente en sus pechos. Había sentido su plenitud cuando los había rozado con los dedos en el jardín.

Los dos estaban próximos en edad, pero no en experiencia, estaba seguro. Él había estado casado. Y durante los años anteriores y posteriores a su difunta esposa Fiba, había tenido relaciones con mujeres. La mirada de Wynne volvió a recorrer su cuerpo, su rostro, sus labios entreabiertos, y se preguntó si era posible que siguiera siendo tan inocente como lo había sido años atrás. A él le daba lo mismo. La apasionada respuesta de ella a su beso despertaba el deseo en sus entrañas incluso ahora. Ella había querido más, igual que él.

Se removió en el asiento, repentinamente incómodo con la dirección de sus pensamientos y la reacción de su cuerpo. Necesitaba poner su atención en otra cosa y rápidamente encontró un tema más potente que cualquier otro para frenar la respuesta licenciosa de su cuerpo.

"Tu hermano", dijo. "Vizconde Greysteil, Lord Juez del Tribunal Comisarial de Edimburgo. ¿Sabe que sirvo como gobernador en la Abadía?".

Sus ojos oscuros abandonaron la vista de las ondulantes colinas y se volvieron hacia él. "El Dr. McKendry no te mencionó cuando se comunicó conmigo por primera vez".

"Actuaba por recomendación mía. Pero desde tu llegada, has enviado varias cartas a Baronsford, ¿no es así?". Ladeó una ceja, esperando una respuesta.

"¿Te importa que mi hermano lo sepa?"

Wynne palmeó el asiento. "Siempre viajo con un par de pistolas, así que estoy preparado, por si decide perseguirte hasta aquí. Greysteil me falló el corazón la primera vez. Si tiene una segunda oportunidad, quizá no se sienta tan generoso".

Estaba bromeando, pero los ojos de Jo se nublaron al recordarlo. "Creía que no íbamos a hablar del pasado".

"Eso era antes", dijo en voz baja. "Ahora me parece inevitable".

Frunció las cejas y volvió a mirar por la ventana.

"No le culpé entonces. No le culpo ahora. Estaba defendiendo tu honor. Si yo hubiera tenido una hermana como tú, habría hecho lo mismo".

Siguió sentada en silencio, pero Wynne sabía que él no

disponía de días, semanas o meses para perseguirla. Ella podría decidir mañana abandonar la Abadía, y a él sólo le quedarían recuerdos y remordimientos. Ésta era su oportunidad de hablar.

"Mi manera de romper nuestro compromiso estuvo mal hecha. Dejándote una carta en lugar de reunirme contigo y decírtelo en persona-"

"¿Sabías que Hugh perdió a su mujer y a su hijo durante la guerra de la Península?", interrumpió ella, con voz grave. Estaba forzando un cambio de tema. "Murieron de fiebre de campamento".

Wynne lo sabía. Su cuñada no sólo le enviaba noticias de Jo. También le informaba regularmente de los éxitos y derrotas de Greysteil.

"Sufrió terriblemente. Toda la familia lloró su muerte durante años". Sus palabras estaban marcadas por la tristeza. Su referencia al pasado despertó algo más que la tragedia de su propia separación.

"Este último año, sin embargo, llegó a su vida otra oportunidad de ser feliz. Se ha vuelto a casar, y él y su mujer tienen ahora una hija pequeña".

Estudiando la mirada suplicante de Jo, asintió y aceptó su ruego de que cesara en su intento de hablar de su ruptura, al menos por ahora. No estaba preparada para que se reabriera la herida de su pasado. Al mismo tiempo, sabía que ninguno de los dos podría repararse por completo hasta que la cicatriz hubiera sanado.

"¿Es cierto", preguntó en su lugar, "que su nueva esposa llegó a Baronsford en un cajón?".

El alivio se reflejó en sus ojos y en la sonrisa que de pronto adornó sus labios. "¿Quiénes son tus espías, capitán Melfort? ¿Cómo puedes saberlo?"

"Mi hermano John y su esposa compraron Highfield Hall,

cerca de Baronsford, no hace mucho", explicó. "No se encuentran entre el círculo de amigos de los Pennington, justificadamente, pero hay muy pocas noticias tuyas y de tu familia que no me lleguen a través de sus cartas".

"Entonces, ¿también debes saber lo del matrimonio de Gregory?".

"Eso debe de ser bastante reciente, pues yo no lo había oído. Sólo me enteré cuando les dijiste al Escudero y a la señora McKendry que tu hermano menor vive ahora en Sutherland."

Quizá no lo mencionara en *sus* cartas. Su cuñada conocía bien la historia entre los Melfort y los Pennington. Comprendía por qué eran la única familia de aquella parte de las Fronteras que no estaba invitada a los bailes de verano y Navidad de Baronsford. Sin embargo, su decepción por haber sido excluida de las celebraciones más públicas de la boda del vizconde en el pueblo de Melrose se reflejaba claramente en su carta. No sería muy amable tocarle las narices también por esta boda.

El carruaje seguía rodando, ascendiendo hacia las colinas sobre el valle del río Don, y Jo parecía ensimismada en sus pensamientos mientras contemplaba los escarpados bosques y la campiña cubierta de tojos. Sin dejar de pensar en su hermano John y en su esposa, Wynne reflexionaba ahora sobre sus repetidas invitaciones a llevar a Cuffe al sur, a High-field Hall. Querían que conociera al resto de su familia. Tenían un hijo de doce años, más o menos, y una hija de nueve. Hace quince días, nunca se habría planteado seria-mente reunirlos a todos. Ahora se sentía bastante optimista al respecto.

Y todo por culpa de la mujer sentada frente a él.

"Si me permites la pregunta, Jo, ¿cómo están tus padres?". Durante el tiempo en que habían pensado que Wynne pronto se uniría a su familia, el conde y la condesa sólo le habían mostrado amabilidad.

Sus ojos se iluminaron de placer. "Mi padre finge ser duro de oído para llamar más la atención, pero mi madre es una maestra en el juego. Sus discusiones y su afecto mutuo siguen siendo una gran fuente de entretenimiento para la familia."

De joven, Wynne había considerado a los Pennington el modelo de familia feliz. Tan diferentes de los Melfort.

Su voz era solícita cuando continuó. "Sé que han pasado años desde que perdiste a tus propios padres, pero sentí mucho enterarme de su fallecimiento".

Inclinó la cabeza en señal de reconocimiento, pero lo único que sentía en su corazón por el viejo baronet y su esposa era lástima.

"Llevaba varios años distanciada de ellos cuando murieron. Él se fue primero, mi madre un año después. Suena duro que yo lo diga, lo sé, pero fueron personas solitarias y amargadas hasta el final".

No le presionó más, pero Wynne sintió que merecía saber la verdad sobre ellos.

"Eres muy amable al mencionarlos, pero debías saber que estaban en nuestra contra. Al principio fue menos; despreciar a tu familia tiene sus peligros. Pero su oposición no hizo sino empeorar, en privado, a medida que las conversaciones se volvían más venenosas".

Recordaba con tanta claridad las discusiones, las amenazas, el tormento diario de repetir cualquier cotilleo malintencionado que hubiera circulado en uno u otro círculo social. La dote de Jo había sido tentadora, pero habían cambiado de opinión ante las habladurías sobre su pasado.

Wynne estudió a Jo en silencio. Había sido demasiado generosa para quejarse entonces de sus sutiles desaires, y era demasiado educada para reconocer ahora lo que ambas sabían que era la verdad.

"Después de recuperarme de mi herida y hacerme a la mar, mi hermano se enamoró de la hija de un ministro de Cornualles. Era una joven sin importancia social y con muy poca dote. Como puedes imaginar, su desaprobación fue feroz. Amenazaron con despojarle de su herencia, pero John era mucho más fuerte que yo. Rechazó sus intentos de intimidarle y se puso en evidencia. Se casó con la mujer a la que aún ama".

"Me alegro de que Sir John haya encontrado la felicidad".

Wynne asintió. "Dos hijos vivaces y una buena vida".

Mirándola fijamente, se preguntó cómo se habría sentido ella al enterarse de que él se había casado y tenía un hijo. Ella no quería hablar del pasado, pero ésos eran los acontecimientos que habían conducido la vida de ambos a ese lugar. Y se le estaba acabando el tiempo para contarle las cosas que necesitaba compartir.

"Tras la muerte de mi padre, mi madre me escribió y me dijo que mi matrimonio con Fiba, la madre de Cuffe, había sido la causa de su fallecimiento".

"Oh, no", murmuró ella, tocándole la rodilla.

Se encogió de hombros. "En aquel momento sus palabras me hirieron, pero ya me habían quemado antes. No me arrepentía de haberme casado con Fiba. Mi plan había sido dejar la marina y establecerme en Jamaica. No creía que volvería nunca a Inglaterra. En mi mente habían dejado de existir hacía mucho tiempo".

"Lo siento".

Wynne comprendió lo sentidas que eran las palabras de Jo. Había pasado toda su vida en busca de sus verdaderos padres. Había celebrado el día en que por fin pudo volver la espalda a los suyos, libre y sin ataduras.

"Todavía tengo a mi hermano", le dijo. "Y nuestra amistad me produce un gran placer".

"Por favor, acepta mis sinceras disculpas", dijo. "Mi familia y yo hemos tratado injustamente a tu hermano y a su esposa. Puedes estar segura de que la visitaré y le presentaré a Grace, mi cuñada, cuando regrese a Baronsford."

Wynne la observó atentamente. El rubor floreciendo en sus mejillas, los ojos oscuros nadando de compasión, la bondad que él sabía que impregnaba el tejido mismo de su existencia.

Había mencionado a la madre de Cuffe por su nombre. Había admitido que se alejó fácilmente de su familia para casarse con ella, aunque sólo unos años antes había sido demasiado débil para enfrentarse a Jo y dejarla participar en cualquier decisión relativa a su futuro. Le había robado una vida. Le había quitado la voz. Había hecho lo que creía mejor sin pensar en cómo afectaría su elección a la vida de ella.

Y, sin embargo, se disculpaba *con él*.

"No podía protegerte", dijo, pronunciando las palabras en su corazón. "Me iba a la guerra. Nunca me importaron los viles cotilleos. Nada de eso. Pero sabía lo monstruosos que se comportarían mis padres contigo. Al casarme contigo, te arrojaría a una guarida de leones".

"Por favor, Wynne. No..."

"Debemos hacerlo", interrumpió él, viendo cómo una sola lágrima escapaba por el rabillo del ojo brillante de ella y se deslizaba por su mejilla.

"Te mantenías distante y alejada de las mentiras mientras yo quería hacer pedazos a cualquiera que dijera una palabra incorrecta sobre ti. Eras amable e indulgente mientras yo me ensañaba interiormente con aquellas víboras sonrientes que no eran lo bastante dignas de abrocharse tu zapatilla. Pero yo tampoco era digna. Me sentía impotente, Jo. Era impotente para protegerte de la tristeza que tan valientemente ocultabas ante cada agresión".

"Wynne, para", susurró. "Te ruego que..."

"No puedo. Debes escucharme". Más que ninguna otra cosa, deseaba cruzarse y sentarse a su lado. Tomarla en sus brazos y pedirle perdón. Pero no podía. No cuando había más cosas que decir.

"Mi juventud, mi orgullo, mi suposición de que no serías capaz de sobrevivir a menos que yo estuviera allí para actuar como tu protector me llevaron al acto egoísta de alejarme. Decidí por los dos que estarías mucho mejor sin mí, sin nuestro matrimonio. Y lo hice mal. Pero no puedo culpar a mi familia. La culpa es mía. Al final, sólo pensaba en mí. Como si yo fuera la perjudicada por todo lo ocurrido. La forma en que te dejé, Jo, fue equivocada e hiriente. Sé que te causé más dolor del que merecías".

Desde el día en que llegó a la Abadía, Jo pensó que se le rompería el corazón si hablaban de su pasado. Pero se había equivocado. Dos corazones estaban en juego.

Cuando hablaba, cada palabra estaba impregnada de emoción. Su frustración por la situación a la que se habían enfrentado seguía tan viva en él. Ella lo vio en la postura de sus hombros, en el giro de su cabeza, en la mirada escrutadora que volvía constantemente a su rostro. Él había cargado con la culpa durante tantos años, y ella sabía que no podía permitir que eso continuara.

"Había dos jóvenes implicados, Wynne. Dos -repitió, forzando las palabras para superar el nudo que tenía en la garganta. Hizo una pausa, hizo acopio de fuerzas y se dispuso a continuar.

Su mano buscó la de ella y sus dedos se entrelazaron. Él

siempre sabía cuándo ella le necesitaba. Ya fuera en un salón de baile, cuando un rumor malicioso la destrozaba, o en la sala de un manicomio, cuando se enfrentaba a la hostilidad de la familia Barton.

"A lo largo de los años", dijo, "he examinado detenidamente mis propias acciones y mi propio carácter. A los ojos de mi familia, yo era la persona herida, la abandonada, la víctima. Pero a medida que he escudriñado en mi alma, me he dado cuenta de que fui la gran responsable de poner fin a nuestro compromiso."

Wynne empezó a negar su afirmación, pero esta vez Jo le hizo callar.

"Era tímida, me avergonzaba de mi pasado. Y permití que los rumores, las insinuaciones y las calumnias me afectaran. Me retiré en vez de desafiar a la gente odiosa que propagaba el veneno". Se encontró con sus ojos preocupados. "Mi excusa fue que no tenía una base firme en la que apoyarme. Yo misma no sabía lo que era verdad, así que ¿cómo podía luchar contra las mentiras?".

Mucho después de su ruptura, Jo siguió evitando la confrontación con los rumorólogos. En su mente, siempre encontraba la forma de atenuar el insulto, retroceder y refugiarse en el silencio. Ahora le dolía saber que había obligado a los hombres de su familia a ser mucho más protectores. Hasta el día de hoy, nadie se atrevía a susurrar una palabra sobre ella en presencia de Hugh, Gregory o sus padres. Pero cuando ellos no estaban presentes, el comportamiento de muchos otros de sus conocidos era muy diferente.

"Sé que en mi vacilación a la hora de luchar contra los insidiosos murmuradores tan frecuentes entre los ton, te impedí defender mi honor y hablar en mi favor. Yo misma no fui lo bastante fuerte y también te dejé indefensa". Dijo la verdad que le había costado años ver. "Ahora sé que nunca podrías quedarte al margen y permitirlo. Te pedí que fueras algo que no podías ser. Al hacerlo, te alejé".

Sus manos estaban calientes cuando se cerraron alrededor de sus dedos helados.

"Puedes decir todo lo que quieras, pero la culpa sigue siendo mía", dijo. "Era joven e impaciente. Estaba casi loco con pensamientos sobre la guerra y la muerte, y no podía pensar más allá del mañana. Cuando llegaron las órdenes de que pronto zarparía, me entró el pánico. Mis deberes no me traerían de vuelta hasta dentro de algún tiempo, eso lo sabía. ¿Qué pasaría si nos casáramos y descubriera después de mi partida que estaba embarazada? Desde luego, no confiaba en que mis padres te trataran como debían. ¿Y qué pasaría si yo muriera en el mar? Tenía más preguntas e inseguridades de las que podía transmitir".

"Los dos éramos muy jóvenes".

"Pero en lugar de darte voz en lo que debía ser nuestra decisión, elegí por los dos. Decidí que nuestro matrimonio sería un desastre".

Y sin embargo, pensó Jo, ella lo habría hecho funcionar, incluso en su ausencia. Le quería y lo que no estaba dispuesta a hacer por sí misma, lo habría hecho por él. Pero no tenía sentido decir nada de eso ahora.

"Quería que todo fuera ideal", continuó Wynne. "En la temeridad de mi juventud, pensé que si no podía hacer las cosas perfectas, no podría someterte a lo que estaba segura sería una dura realidad. Tardé años en darme cuenta de que el ideal es un objetivo, pero no alcanzarlo no siempre es un desastre. Para ser sincera, sigo luchando con ello cuando se trata de Cuffe y su vida aquí en Escocia. Tuve que aprender de nuevo quién era mi hijo. Necesitaba recordar a su madre y lo que ella habría querido para él".

Volvió a sentarse.

Jo mantuvo los ojos fijos en su rostro. Las disculpas de Wynne habían sido en nombre de un joven que le había proclamado su amor y luego vaciló. Desde entonces, otra mujer le había ayudado a convertirse en alguien mejor. Lo que ella veía ahora era un hombre firmemente dueño de su propio destino.

"¿Me hablarás de Fiba?"

Se removió en el asiento. Un momento de inquietud oscureció su expresión.

"Perdóname. No pido entrometerme en tu vida. No debería haber..."

"No. *Deberías* saberlo", le dijo, relajándose. "Cuando nos conocimos, Fiba había estado casada con un oficial de la marina inglesa, pero acababa de enviudar. Estaba tomando el mando del *Carnatic*, que en aquel momento se estaba acondicionando para el servicio".

La mirada de Wynne se dirigió a la ventana, y Jo casi sintió la oleada de recuerdos que se abalanzaban sobre él. Cuffe era un niño extremadamente guapo, y sólo podía imaginar lo impresionante que debía de ser su madre.

"Procedía de una familia Maroon y, a pesar de formar parte de la sociedad inglesa durante su matrimonio, mantuvo su lealtad a su pueblo".

Jo sabía que el número de los que estaban como Fiba en Jamaica era sólo una fracción de las multitudes esclavizadas allí.

"Cuffe surge de su naturaleza luchadora con honestidad. Después de que Fiba y yo nos involucráramos, me di cuenta de que tenía otra vida distinta de la que vivía abiertamente. Cerré los ojos ante lo que veía. Transmitía a los Maroons que vivían en el Cockpit información sobre los comerciantes y los propietarios de las plantaciones".

"Era tan valiente", dijo con admiración. Qué diferente

había sido su vida de la de Fiba. Qué insignificantes eran sus aspiraciones para una campeona como la madre de Cuffe. "Comprendo que se apartara de su familia para casarse con una mujer tan especial".

Sus intensos ojos azules encontraron y sostuvieron su mirada.

"El matrimonio no formaba parte de nuestro plan. Ninguno de los dos lo quería ni lo necesitaba. Fiba era económicamente independiente tras la muerte de su primer marido, y apreciaba sus nuevas libertades. Y mis obligaciones rara vez me traían de vuelta a Jamaica. Para ser sincero, me costó mucho convencerla de que se casara conmigo después de enterarnos de que estaba embarazada".

Jo no esperaba menos de él. Su sentido del honor nunca había cambiado con los años. En su relación de hace tanto tiempo, nunca se había aprovechado de Jo.

"¿Llevar a tu hijo no influyó en que se casara contigo?"

"La negativa de Fiba no tenía que ver conmigo. Por primera vez en su vida, había podido ayudar a su pueblo. Casarse con otro oficial inglés sólo complicaba las cosas. En cuanto a nuestro hijo, pensaba criarlo ella misma, y argumentaba que en la isla había un gran número de niños mestizos."

Qué triste que Cuffe perdiera a una madre tan fuerte antes de tener la oportunidad de conocerla.

"¿Cómo la convenciste finalmente?"

"Le hablé de ti".

"¿Sobre mí?", preguntó ella, confusa.

"Le hablé de una niña que creció buscando respuestas. Sobre una joven que no podía comprender el valor de sus propias cualidades y carácter simplemente por las preguntas sobre sus orígenes. Le dije que no quería que un hijo mío sufriera como tú habías sufrido".

Jo pensó en todo lo que había dicho sobre Fiba. Una rival.

Una mujer que debería desagradarle, quizá incluso odiarla. Se había casado con el único hombre al que Jo había amado. Debería envidiar a Fiba por la multitud de días que había tenido que pasar con él. Tenía tantas razones para sentir la más profunda antipatía hacia ella. Y, sin embargo, no podía. Habían amado al mismo hombre, y lo que Jo sentía en cambio no era más que parentesco.

Capítulo Dieciséis

GARLOCH TENÍA MÁS que ofrecer de lo que el vicario había sugerido.

La áspera carretera de las Highlands que habían seguido descendía hacia un pueblo del valle, protegido de los vientos del norte por una escarpada cresta montañosa. Un camino de carruajes, sin duda construido por el ejército para trasladar tropas durante el levantamiento jacobita, seguía la orilla de un largo y estrecho lago que se extendía hacia el oeste, y una serie de tiendas, casas de campo y una venerable posada se agrupaban en torno a la cruz del mercado, en el centro del pueblo. En este extremo del pueblo confluía un segundo río, que caía en cascada desde las elevaciones más altas y fluía bajo un puente de piedra que parecía bastante nuevo. La pequeña iglesia de piedra, objeto de su viaje, estaba situada en una cañada sombreada y repleta de flores, bajo la confluencia de las aguas.

Dirigiéndose directamente a la iglesia, Wynne se bajó para hablar con un anciano inclinado sobre una parcela bien cuidada en el kirkyard.

"Ése sería el Sr. Kealy", dijo el aldeano en respuesta a su pregunta sobre el sacerdote. "No está aquí más que una vez cada quince días, pero estás de suerte, señor. El joven ha llegado para el oficio de mañana".

Tras unas cuantas preguntas más, Wynne pudo averiguar que Kealy era el coadjutor que dividía su tiempo viajando entre dos iglesias de la zona, pues el rector de la parroquia grande se mantenía en una sola iglesia de un pueblo lejano.

"Si te apetece estirar las piernas por el sendero del río o tomar un refresco en la posada, no tardará en volver. Estará visitando a uno de los feligreses", sugirió el anciano.

Wynne transmitió esta información a Jo mientras la ayudaba a salir del carruaje. Admiró su perfil mientras ella levantaba el rostro hacia el cielo y cerraba los ojos, inspirando profundamente.

Se habían dicho muchas cosas entre ellos. Por fin le permitió hablar del pasado y le preguntó por su esposa, pero sus preguntas no acababan ahí. Entre otras cosas, quería saber si Fiba había tenido la oportunidad de retener a Cuffe y cuánto tiempo había vivido después de traerlo al mundo.

Tres días, le dijo. Había vivido tres días después de dar a luz.

Que un niño perdiera a su madre al nacer era algo muy personal para Jo, y a Wynne no se le escapaba. Era la razón por la que había venido a las Highlands. Su viaje a Garloch se basaba en largas probabilidades; los gritos incoherentes de Charles Barton difícilmente podían considerarse definitivos. Pero ella no iba a dejar piedra sin remover en su búsqueda. Aquí, en este pueblo, creía que encontraría respuestas sobre su propia madre.

"¿Te apetece ir a la posada, o vamos andando?", le preguntó cuando ella volvió hacia él sus hermosos ojos castaños.

"Caminemos", respondió ella, enlazando su brazo con el de él. Siguiendo el muro de piedra que bordeaba el kirkyard, se dirigieron hacia el río. El camino estaba muy transitado, y pasaron junto a pinares y casas de campo. Campos verdes salpicados de ovejas y adornados con flores amarillas se extendían por praderas onduladas a ambos lados del río bordeado de bosques.

El sol brillaba, y Wynne se preguntó si ella sabía lo mucho que él apreciaba el regalo que le había hecho. Se había quitado un peso de encima ahora que había tenido la oportunidad de explicar sus actos y disculparse por ellos. La absolución de Jo era más de lo que jamás había esperado.

"Sé que éste es un día monumental para ti", le dijo cuando se detuvieron en una perspectiva sobre un recodo del río. "Crees que aquí encontrarás una llave que desbloqueará el pasado. Pero independientemente de adónde te lleve el día, espero que sepas que estoy aquí contigo. Y no me refiero sólo a esta aldea o al día de hoy. Me refiero a cualquier cosa que necesites, siempre que me llames, sea como sea que me permitas ayudar".

Wynne no quería que perdurara ningún malentendido respecto a sus intenciones. No quería perder a Jo. Al mismo tiempo, comprendió que ella tenía muchas cosas en la cabeza. Le cogió la mano y la miró a los ojos.

"Jo, hay mucho más que quiero decir".

Inesperadamente, lo rodeó con los brazos y apretó la cara contra su corazón. Los brazos de Wynne se cerraron en torno a ella y la abrazó. ¡Cuántas veces lo había hecho en su juventud! Cuando estaban solos y ella estaba agitada o disgustada, se volvía de repente y le abrazaba así. Abrazarle, aunque sólo fuera un instante, parecía tranquilizarla y asegurarle que él estaba con ella.

"Lo siento", murmuró ella, soltándolo rápidamente como hacía siempre.

Pero Wynne no estaba dispuesto a soltarla. Sus brazos permanecieron a su alrededor, manteniéndola contra él.

"No lo estoy", respondió él, sonriendo a su cara respingona. "¿Todavía te hace sentir mejor?".

"Mucho mejor. Gracias". Sus ojos brillaban con lágrimas no derramadas. "He puesto tantas esperanzas en encontrar una respuesta. Y ahora, cuando la posibilidad de conocer la verdad se hace más fuerte, me siento tan insegura. Ya no se trata simplemente de saber. ¿Qué ocurre si no me gusta la respuesta?".

"¿Importa?", preguntó. "Aprendas lo que aprendas hoy, mañana o el año que viene, no cambiará lo que eres. Y no cambiará nada para los que te quieren".

Jo sonrió y asintió.

"Todos debemos hacer lo que sabemos que es correcto", continuó. "Recorrer el camino que debemos. Decir incluso las palabras que deberíamos haber dicho hace mucho tiempo. Lo estás haciendo. Estás persiguiendo una respuesta que significa algo importante para ti. Pero si no encuentras nada al final de este viaje, no habrás perdido nada en la búsqueda".

Le levantó la barbilla y le secó una lágrima de la mejilla.

"Ahora estás más cerca que nunca, Jo".

"Lo sé", aceptó ella, aparentando estar satisfecha.

Al volver sobre sus pasos, acababan de llegar al muro de piedra del kirkyard cuando un joven delgado vestido con traje oscuro y chaleco bajó a toda prisa por el sendero hacia ellos.

El coadjutor les saludó y se presentó. El anciano con el que habían hablado antes le había informado de que le esperaban unos desconocidos.

Wynne entregó al señor Kealy la carta de presentación

que le había proporcionado el tío de Dermot, y el coadjutor escudriñó rápidamente el contenido.

"Será un placer ayudarla en todo lo que pueda, milady", dijo, dirigiendo sus palabras a Jo mientras echaba un vistazo a un reloj de bolsillo. "Desgraciadamente, ahora sólo dispongo de unos minutos. Tengo un compromiso previo que debo cumplir, pero podré ayudarte una vez haya cumplido con esa obligación."

"Por supuesto. Pero ¿podrías decirnos si tienes registros que puedan ayudarnos?", preguntó.

"Así es. Y yo he sido especialmente diligente durante mi mandato aquí". Kealy hizo una pausa y miró a Wynne. "Debo decir, sin embargo, que no siempre ha sido así. Por desgracia, sé de un coadjutor que en los últimos años ha sido... bueno, menos devoto, digamos".

Wynne y Jo intercambiaron una mirada cuando el joven les indicó que le siguieran por el camino hacia la iglesia.

El coadjutor se volvió de nuevo hacia ella. "¿Qué es exactamente lo que esperáis encontrar, mi señora?".

"Me gustaría empezar buscando el nombre de un caballero que pueda tener alguna relación con Garloch. También puedo facilitarte la edad del caballero, si te sirve de ayuda".

Al pasar por una puerta del cementerio, a Wynne le llamó la atención el desmesurado número de tumbas.

"Guardamos los registros de nacimientos, bautizos, matrimonios y entierros en una caja de seguridad con dos cerraduras", les dijo Kealy. "Todos los de la parroquia están allí. Desde que cambió la ley hace seis años, utilizamos los registros oficiales de la Imprenta del Rey, y una vez al año envío un duplicado de nuestros registros a la oficina de Aberdeen."

"¿Y de cuándo datan esos registros?" le preguntó Wynne.

"Bueno, a excepción de mi predecesor, los coadjutores y rectores han llevado registros excepcionales que se remontan a los años anteriores a la Unión. Así que, más de un siglo, diría yo".

El joven se detuvo y miró pensativo las tumbas que les rodeaban. Muchos de los marcadores de piedra más antiguos y cercanos a la iglesia se habían caído o estaban torcidos.

"Pero, por supuesto, hay que descontar los daños causados por la gran inundación. Y no se sabe con qué precisión se llevaron los registros inmediatamente después de ella".

"¿La gran inundación?" preguntó Jo.

"No el diluvio de Noé, milady, sino una versión terrible del mismo que asoló Garloch, según dicen los amigos. Fue mucho antes de mi época, pero los feligreses aún hablan de ello. El patio de la iglesia quedó inundado. Aquí puedes ver los daños en las piedras. El agua llegó incluso a la iglesia, y la sacristía quedó muy dañada. En realidad, tenemos suerte de que la caja de registros no se perdiera del todo".

"¿Cuándo fue la inundación?" Wynne tomó la mano de Jo entre las suyas, recordando la agitación de Charles Barton por el ahogamiento de Jo.

"Déjame ver". El coadjutor miró al cielo unos instantes, como si intentara recordar el año. "Me avergüenza decir que no puedo decírtelo, pero...".

"¿Tienes un año aproximado?" insistió Jo.

El joven miró más allá de las tumbas más antiguas.

"Por aquí, por favor". Les hizo un gesto para que le siguieran. "Murieron bastantes en aquella inundación. Y no sólo aldeanos, según tengo entendido. Gente inocente que pasaba por allí fue sorprendida y arrastrada. Muchos fueron enterrados en esa sección de allí".

Wynne puso una mano en la espalda de Jo, instándola a seguir al coadjutor.

Kealy se arrodilló junto a una de las primeras tumbas a las que llegaron y apartó las hojas viejas y los escombros.

Wynne leyó la inscripción en voz alta. "Aquí yace el cuerpo de John Campfield. Partió de esta vida el 4 de mayo de 1781".

El coadjutor pasó a la siguiente tumba. "La misma fecha. Mayo de 1781. Ése debió de ser el mes y el año de la inundación. Estoy bastante seguro de ello".

Wynne se volvió hacia Jo, cuyo rostro había adquirido un tono ceniciento. Ambos conocían bien el significado de la fecha.

En mayo de 1781, a su madre se le habría acercado la hora. Un mes más tarde, en las Fronteras, muy al sur, dio a luz a su hija en el barro, debajo de un carro.

Jo arrastró los dedos por el brazo de Wynne, y él comprendió, entablando inmediatamente una conversación con su guía.

Sentimientos que acompañan a los perdidos y encontrados. Una oleada temerosa de emociones. El latido del corazón de Jo resonó en un espacio hueco tallado en su pecho. Se alejó. Necesitaba respirar, hacer las paces con la información que había recibido. Aún no había una conexión segura. Nada más firme que los gritos de Charles Barton.

Jo pasó junto a una tumba tras otra, algunas con nombres y edades, otras adornadas con antiguos símbolos celtas y cruces. Algunas estaban talladas con formas desgastadas que su mirada acuosa no podía enfocar. Los nombres de las piedras no significaban nada para ella.

Levantó la vista hacia el pueblo, más allá del río, y se preguntó si su madre habría vivido aquí. Tal vez estos nombres lo significaban todo para ella. Una amiga de la infancia. Una niñera. Una empleada de la sombrerería. O tal vez sólo era una viajera de paso. Se dio la vuelta para ver al coadjutor alejarse a toda prisa y a Wynne acercarse a ella a grandes zancadas a través de la hierba.

¿Dónde estaría ella hoy sin él?

"Kealy está seguro de que no encontraremos ningún registro de Charles Barton en los libros. Por la información que nos dieron cuando llegó a la Abadía, sé que nació en el castillo de Tilmory", le dijo. "El coadjutor afirma que tienen su propia parroquia e iglesia. Aun así, le pregunté si podíamos echar un vistazo a lo que tuviera de los libros mayores".

"La coincidencia es chocante", dijo. "La fecha".

Wynne asintió. "Ha accedido a que busquemos en los registros de nacimientos, bautizos y matrimonios". Le ofreció el brazo mientras caminaban. "Si procedía de aquí, ¿cuántas personas crees que encontraremos con el nombre de Josephine?".

"Pero no sabemos si nació en Garloch". Respiró hondo, intentando mantener la calma.

"Estamos aquí. Debemos buscar todas las posibilidades".

Tenía razón. Jo se estaba dejando llevar por los nervios. Esta iglesia. Ésta podría haber sido la iglesia de su madre.

"Dijiste que lady Millicent siempre hablaba de ella como si fuera bastante joven", prosiguió. "Le di al coadjutor una horquilla de unos seis años más o menos que nos gustaría examinar".

Levantó la vista, sintiendo admiración por él y gratitud por que estuviera aquí. "¿Cuándo podremos buscar en los registros?"

"El Sr. Kealy ha prometido que para cuando vayamos a la posada y comamos algo, habrá concluido sus asuntos y estará listo para que prosigamos".

"¿Están los registros aquí, en la iglesia?", preguntó.

"No, me dijo que, desde la inundación, los libros se guardan en la rectoría, colina arriba, lejos del río".

177

Siguió su mirada hasta una pequeña casita de piedra. El lugar parecía ordenado pero desocupado, y recordó que el coadjutor sólo venía dos veces al mes. La iglesia parecía mejor cuidada.

Después de que sir John Melfort comprara Highfield Hall, Jo se había preguntado a menudo si se encontraría con Wynne en la iglesia de Melrose Village. Nunca iba sin pensar en ello. El mismo temor la atormentaba en las reuniones sociales con sus vecinos. En su imaginación, él estaba felizmente casado y se horrorizaría al verla. El incidente sería terriblemente doloroso y le desgarraría el corazón una y otra vez.

Qué equivocada estaba.

"No sabes lo agradecida que estoy por ti", dijo sin un ápice de vergüenza. "Eres atento, considerado, fiable y sabio. En resumen, eres indispensable, capitán Melfort".

Sonrió, pasando un pulgar acariciando la mano de ella antes de llevarse la palma a los labios. "La última es la que más me gusta. Me complace mucho pensar que me consideras necesaria en tu vida".

Pero era mucho más.

"¿Qué estás diciendo?", se atrevió a preguntar.

"Te pregunto si -una vez que hayamos regresado a la Abadía- puedo tener el honor de llamarte y darte a conocer mis intenciones".

Estudió la sonrisa que se dibujaba en su atractivo rostro. "Déjame ver. Hemos conversado en privado muchas veces, hemos estado solos en una habitación, hemos viajado sin compañía en carruaje, nos hemos llamado por nuestros nombres de pila, nos hemos correspondido e intercambiado regalos, hemos bailado más de dos sets en cualquier velada..."

"Y tocado íntimamente, si me permites el atrevimiento de recordarlo". Bajó la cabeza y rozó sus labios con los de ella, haciendo que la respiración de Jo se entrecortara, antes de enderezarse de nuevo.

"Eres muy audaz, capitán".

Inclinó la cabeza. "Me inclino ante vuestra reprimenda, mi señora".

"Y recuerdo que hemos intercambiado muchas sonrisas y suspiros".

"Y se ruboriza", dijo acariciándole la mejilla. "Dime, sin embargo, que te sientes inclinada a aceptar mi propuesta".

Jo se sintió como si hubiera entrado en un sueño. Wynne la deseaba.

Dieciséis años atrás, su felicidad con él se había visto destruida a causa de sus orígenes desconocidos. Hoy, aquí en Garloch, donde tal vez descubriera la verdad sobre su madre, también se le daba una segunda oportunidad de ser feliz.

"Así lo deseo, capitán", dijo ella, rodeándole con los brazos. "Pero, por favor, no me escribas pidiendo permiso a mis padres para visitarte y presentarte tus respetos. Antes tengo que dar muchas explicaciones".

Capítulo Diecisiete

Jo y Wynne volvieron de la posada y se encontraron la puerta de la rectoría abierta y al señor Kealy encendiendo un pequeño fuego, a pesar del calor que hacía. Ninguno de los dos hizo mucho por disminuir el olor húmedo y sofocante de la casita, pero los esfuerzos del coadjutor en su favor fueron muy apreciados.

Tras sentarlos en una mesa junto a una ventana soleada, desapareció en otra habitación y volvió al poco rato, cargado con una gran caja de madera. Jo observó cada uno de sus pasos, estudió las pálidas manos del coadjutor cuando empezó a sacar los viejos libros de registro de la parroquia. El corazón se le subió a la garganta.

"Los registros más recientes están mucho mejor organizados", les dijo. "Ahora utilizamos un sistema superior con páginas pautadas".

"¿Son los años de los que hablamos aquí, Sr. Kealy?" preguntó Wynne.

"Por supuesto, capitán", respondió el joven, sacando los libros que contenían los años anteriores y comprobando las fechas de entrada hasta que encontró los dos volúmenes pertinentes. "Aquí están".

Abrió una y la dejó sobre la mesa, dándole la otra a Wynne.

"Sin apellido. ¿Sólo Josefina, dices?"

La dificultad de la búsqueda se hizo patente de inmediato. Los volúmenes que contenían los años que rodearon el nacimiento de su madre se habían empapado durante la inundación, y no parecía que nadie los hubiera abierto en décadas. El olor a moho surgía de las rígidas páginas, muchas de las cuales estaban pegadas entre sí. A pesar del extremo cuidado del coadjutor, los bordes del papel se agrietaban y desmenuzaban al manipularlos. Los daños causados por el agua habían hecho que la tinta de las páginas se borrara y corriera. Páginas enteras eran ilegibles. El registro que revisaba Wynne no estaba en mejores condiciones.

Jo empezó a sentirse mareada mientras intentaba leer las entradas junto con ellos. Le habían encomendado la tarea de anotar cualquier información relevante, pero aún no había aparecido nada.

"¿Hay copias de esto?" preguntó Wynne.

"Muy probablemente no", les dijo Kealy. "Aunque creo que, hasta ahora, el procedimiento consistía en hacer copiar los registros de cada año y enviarlos a las oficinas del obispo en Aberdeen. Sí, estoy seguro de ello".

"¿Y de quién era ese trabajo?" preguntó Jo esperanzada.

"El secretario parroquial, creo. Pero viendo el estado de estos registros y la letra desordenada, tengo que pensar que andaban tan escasos de ayuda cualificada como nosotros ahora." Sacudió la cabeza. "No me sorprendería que muy pocos de los registros de esta época fueran copiados y enviados al obispo".

Varias veces fueron interrumpidos por feligreses que

acudían a la puerta con problemas que requerían la atención del coadjutor. En tres ocasiones distintas, les dejó solos para seguir leyendo las entradas. Jo se imaginaba que el Sr. Kealy tenía que realizar todas las tareas del rector, y por un sueldo mísero. Ya se había dado cuenta de que no podía permitirse una criada.

A medida que avanzaba la tarde, Jo se sintió fortalecida por la presencia de Wynne y su atención hacia ella. Su conversación anterior, su oferta de matrimonio y el tiempo que pasaron juntos en la posada le habían proporcionado una nueva vida y una nueva esperanza.

Mientras paseaban por el pueblo antes de ir a la rectoría, él le habló de las palabras de ánimo de Cuffe para conquistarla. Ella, a su vez, sugirió que quizá podrían volver los tres a las Fronteras. Mientras hablaba con su familia, Wynne podría presentar a Cuffe a su hermano, a su mujer y a sus hijos. Esperaba que pudieran arreglar suficientemente las desavenencias entre los Melfort y los Pennington. Aunque no lo mencionó, la perspectiva de que Hugh y Wynne se vieran cara a cara le hizo palpitar el corazón.

Antes de sentarse a buscar en los registros, Jo no había imaginado que hubieran nacido y bautizado tantos niños durante los seis años que duró su búsqueda. Cuando planteó la pregunta, el Sr. Kealy le explicó que, como el pueblo estaba en la carretera de diligencias, muchas familias seguían pasando rezagadas por Garloch debido a la tragedia continua de las despoblaciones que se producían sobre todo más al norte. Por esta razón, el número de nombres que figuraban en los libros era mucho mayor de lo que cabría esperar.

Otro problema que ralentizaba la búsqueda era que, en ocasiones, dos o más niños eran bautizados juntos, y sus datos se introducían al mismo tiempo. Wynne compartió una entrada en la que se mencionaba a los hijos mayores de una familia junto a los más pequeños.

Pasó algún tiempo antes de que el coadjutor se detuviera, señalando con el dedo una página.

"¡Por fin!", exclamó. "Josefina. ¿Lo ves? Esta entrada es difícil de leer porque la tinta está borrosa y descolorida, pero estoy seguro de ello. Josephine Young".

Por un momento Jo perdió la capacidad de respirar. A diferencia de María, Isabel y Margarita, Josefina no era un nombre común.

Casi inmediatamente, Wynne señaló a una segunda Josefina.

"El nombre mencionado en este volumen se refiere a una niña nacida en 1764", le dijo. "Josephine Sellar".

Con el corazón acelerado y la mente agitada por todas las posibilidades, copió en su papel lo que pudo leer en ambos registros.

El nombre del niño. Nacimiento legal o natural. Fecha del bautismo. Nombre y profesión del padre. Nombres de los testigos y del ministro que realizó el bautismo. El nombre de la madre era ilegible en una de las dos entradas.

"Ah, aquí hay una Josephine que conozco", dijo poco después el coadjutor, mostrándole con entusiasmo otra mención. "Había olvidado que el nombre de pila de la señora Clark es Josephine".

"¿Vive en el pueblo?" preguntó Jo.

"Sí, dirige la biblioteca circulante. Deberías pasarte a verla. Es una mujer encantadora y una gran conocedora de la historia de la parroquia. También está encantada de compartirla, ya me entiendes. Creo que ha vivido en el pueblo toda su vida".

Desde luego, la señora Clark no podía ser su madre, pensó Jo. Pero quizá sería una buena fuente de información que no figuraba en los registros de la iglesia. Miró por la ventana al sol de la tarde y reconoció la ironía de esperar obtener información de una cotilla del pueblo.

Cuando terminaron de revisar los libros, en la página de Jo estaban anotados los registros de cuatro niños llamados Josephine. Cinco, si incluía a la Sra. Clark.

"Young, Sellar, Scott y Brown", leyó el clérigo los nombres en voz alta. "No estoy seguro de qué relación pueden tener con vos, mi señora, pero tenemos feligreses con estos apellidos que aún viven en la zona".

Jo no sabía si había motivos suficientes para celebrarlo. Las piezas del rompecabezas se iban revelando, pero el fondo en el que todo podría encajar era turbio.

"¿Guardáis aquí los registros matrimoniales?" preguntó Wynne.

El Sr. Kealy había empezado a sustituir los volúmenes de la caja.

"Sí, por supuesto. ¿Qué años te interesa ver?"

"Para 1781, el año de la inundación, y para 1780", le dijo Jo.

"Si me disculpas un momento, creo que los tengo en una estantería...".

Mientras el clérigo iba a recuperar los registros, Jo envió una mirada de gratitud a Wynne. Estaba satisfecha de encontrar un posible apellido para su madre. Pero pensó más allá, sin querer dejar piedra sin remover mientras estuvieran aquí.

Cuando el señor Kealy regresó y colocó el libro sobre la mesa, su rostro ya mostraba su consternación.

"Qué lástima", dijo, dejándolo abierto sobre la mesa. "Deberían incluir los años que te interesan, pero me temo que nos queda muy poco".

La inundación casi había destruido este volumen, y la edad había hecho el resto. Las alimañas habían mordisqueado partes de la cubierta y del papel. Las páginas estaban rotas y muchas parecían haber desaparecido. La tinta se había corrido y lo que quedaba a menudo era ilegible. Revisaron lo que pudieron, pero no encontraron nada útil.

El coadjutor miró el reloj. Ya eran casi las cinco. "Lo siento, milady, pero creo que ya hemos hecho todo lo que podíamos hacer aquí".

Recogiendo su lista, estudió los nombres que habían recogido y procedió a explicar dónde vivía cada una de las familias en relación con el pueblo. Dos de los nombres tenían varias ramas de la familia en la zona.

"Sé que se está haciendo tarde y que deseabas regresar a Rayneford esta noche, pero mañana es domingo. Todas estas familias deberían asistir a la iglesia", sugirió el joven. "Si quieres quedarte, puedo presentártelos a todos mañana después del servicio".

La mirada de Wynne a Jo provocó en ella una reacción que no tenía nada que ver con su búsqueda y todo que ver con que los dos se quedaran en el pueblo esta noche. Sin Squire y la Sra. McKendry que irrumpieran en sus conversaciones y se esforzaran por mantenerlos separados. Nada de invitados a cenar. Estaba la cuestión del decoro, pero ¿qué le importaba a ella su reputación?

Y Wynne ya se le había declarado.

La presión de su rodilla contra la de ella bajo la mesa fue su perdición, y sus entrañas se derritieron.

"La posada donde antes tomasteis un refrigerio ofrece un alojamiento confortable. Te invitaría a quedarte aquí, pero, como puedes ver, tengo poco que ofrecerte. Desde que mi ama de llaves se marchó, me temo que la casa apenas es apta para huéspedes".

"Gracias, Sr. Kealy", respondió Wynne. "Nos lo pensaremos".

Como un grupo de oficiales del ejército de paso ya había contratado el comedor privado de la posada, Wynne y Jo se sentaron en la sala pública, lo que les vino de maravilla. La había convencido de que debían cenar en Garloch antes de tomar una decisión definitiva sobre quedarse o volver a la Abadía.

"¿Pero qué pasa con Cuffe?" preguntó Jo, hablando por encima del ruido de los aldeanos y de una multitud de viajeros que se habían detenido a comer mientras cambiaban los caballos del carruaje.

"El chico se pondrá bien. Dejé a Dermot a su cargo, y el buen doctor se toma esa responsabilidad muy en serio. No lo mencioné antes, pero gracias a ti y a su lectura de éxito en la sala, Cuffe ha accedido a seguir a Dermot mientras éste se ocupa de sus tareas."

"Imagino que el Dr. McKendry sería un profesor entusiasta".

Llegó un camarero con los filetes y el pescado.

Wynne estuvo tentado de hacer un comentario jocoso sobre el entusiasmo de su antiguo rival, pero ya no pudo hacerlo. Tenía el afecto de Jo, y eso era lo único que importaba.

"Puedo confiar en Dermot para que preste a mi hijo toda su atención".

Mientras comían, Jo se quedó callada, y eso le preocupó. Pero no interrumpió sus pensamientos. Sabía que su mente debía de estar agitada por todo lo que había ocurrido hoy, desde la conversación en el carruaje hasta la información que habían recogido en la rectoría. Y en cuanto a su madre, seguía sin tener respuestas definitivas.

Él se había declarado y ella había aceptado. Sólo le preocupaba moderadamente que la familia de ella aceptara su decisión, pero tenían que plantearse cómo iban a organizar sus vidas juntos. No quería que ella sintiera que debía hacer un sacrificio para adaptar su vida a la de él, pero tampoco quería que el polvo del pasado se arremolinara a su alrededor. Y eso ocurriría si iban a vivir en Londres o en las Fronteras.

Hace dieciséis años, la incertidumbre de su nacimiento era la fuente de su infelicidad. Hoy, estaban ante muchas puertas, y Wynne haría lo que fuera necesario para ayudarla a abrir cada una de ellas.

"Si nos quedáramos, reunirnos mañana con toda esa gente no aportaría nada", dijo finalmente, dejando el cuchillo. "Lo único que puedo preguntarles es qué le ocurrió a *tu* Josefina. ¿Pero qué les induciría a responder a semejante pregunta? No tengo nada que ofrecer a cambio de sus confidencias familiares".

Wynne comprendía sus dudas. Aun así, se encontró argumentando en contra.

"Puede que nunca vuelvas a estar tan cerca", le dijo. "Y el tiempo disminuirá inevitablemente tus posibilidades de encontrar la verdad. Mañana -si nos quedamos- podremos asistir al servicio, hacer algunas presentaciones, formular las preguntas y regresar a la Abadía. Ya he hablado con el posadero y nos ha reservado dos habitaciones, si decidimos tomarlas."

Jo empezó a decir algo, pero se detuvo. Tenía la mirada fija en algo que había detrás de él y un leve rubor le subía a la mejilla.

"Me miran fijamente".

Wynne se volvió y miró. Efectivamente, una mujer de mediana edad estaba junto a la puerta, con una gran bolsa de lona en la mano y mirando boquiabierta en su dirección.

"Creo que me conoce", dijo Jo, poniéndose en pie.

Wynne se puso en pie cuando la mujer se acercó.

"Mis disculpas por ser tan atrevido, milady. Capitán". Ella hizo una reverencia y supieron que era la señora Clark.

"Me encontré con el Sr. Kealy hace un momento y me habló de tu interés por el nombre. Me dijo que probablemente estaríais aquí. Naturalmente, tuve que echar un vistazo". La mujer se llevó una mano al pecho. "Al veros desde la distancia, milady... por un momento estuve completamente segura. Eres mucho más joven que ella, desde luego. Ah, pero sé que debe ser un error. Mis ojos ya no son lo que eran".

"¿Le gustaría acompañarnos, señora Clark?". Wynne le ofreció su asiento.

Miró hacia la puerta. "Gracias, capitán, pero no. Tengo que hacer dos entregas más y mi viejo me espera fuera. El coadjutor me ha dicho que quizá vengáis mañana al servicio. Quizá podamos charlar entonces".

"¿Me dirás al menos a quién crees que me parezco?". preguntó Jo cuando la mujer se volvió para marcharse.

La señora Clark estudió el rostro de Jo en silencio durante unos latidos antes de hablar.

"Josephine. Josephine Sellar. Una chica de mi infancia".

La mujer mayor negó con la cabeza y levantó una mano arrugada antes de que ninguno de los dos pudiera preguntar más.

"Lo siento, milady. Pero todo son fantasías de una vieja. No puede ser pariente de una dama inglesa. Es imposible. No importa mi tontería. Hasta mañana, pues".

Sin decir una palabra más, se apresuró y desapareció por la puerta, ignorando las súplicas de Wynne para que se quedara.

Cuando volvió a mirar a Jo, las lágrimas corrían sin control por su rostro.

Capítulo Dieciocho

Josephine Sellar.

Ella tenía un nombre. Su madre tenía un nombre.

Josephine Sellar.

Su madre tenía un pueblo. Una familia. Gente que se preocupaba por ella. Se acordaban de ella.

A Jo le ardían los ojos a causa de las lágrimas. Encerrándose en la habitación que Wynne había tomado para ella, cedió a la desgarradora corriente de emoción que había sofocado durante gran parte de su vida. Lloró por sí misma. Y lloró por la joven que no había vivido para abrazar a su hija más allá del primer día.

Josephine Sellar. Diecisiete años cuando dio a luz. Asustada, hambrienta, enferma, sola.

Las mujeres y niñas que llegaban a la Casa de la Torre solían estar destrozadas, solitarias y asustadas. Para Jo, cada una de esas mujeres era su madre. Se sentaba con ellas. Lloraba con ellas. Escuchó cómo poco a poco iban superando su vergüenza y su miedo, y le revelaban los detalles de sus vidas. Mientras hablaban, Jo se preguntaba qué doloroso viaje era paralelo al de su madre. Y mientras escuchaba, hizo en silencio el mismo juramento a cada una de aquellas mujeres: ninguna de ellas moriría como su madre, abrazada a su recién nacido en el barro mientras un mundo insensible miraba hacia otro lado.

Se paseó por la habitación, fría y temblorosa, recordando las insinuaciones, lamentando los años perdidos en los que no había luchado por su madre. La culpa le oprimía el corazón y ahogaba la respiración de su pecho.

Pensó en la tumba del cementerio de Melrose. La tumba que visitaba todos los domingos cuando estaba en Baronsford. La única conexión verdadera que tenía con el pasado.

JO. Dos cartas y la fecha de la muerte de su madre. Nada más. Ningún reconocimiento de una vida, sólo una muerte. Ninguna referencia a cuándo o dónde nació. Ningún apellido. Ni marido. Ni padres.

Pero ahora Jo sabía más.

Una criada llamó a la puerta, diciendo que el capitán la había enviado para ayudarla a prepararse para la jubilación. Jo la despidió. Algún tiempo después, la misma joven subió a ver cómo estaba. El capitán estaba preocupado y le preguntó si necesitaba algo. Jo la despidió.

No supo cuánto tiempo sollozó de miseria antes de caer en la cuenta. Sellar. Sellar. ¿Por qué estaba sentada aquí? Tenía que ver a la familia. Quería respuestas que sólo ellos podían darle.

Sin importarle su aspecto ni el estado desaliñado de su vestido, Jo salió de su dormitorio y llamó a la puerta de Wynne. Él apareció en el umbral inmediatamente, como si la hubiera estado esperando.

"Llévame hasta ellos", le exigió, con el rostro en un borrón acuoso. "Por favor, llévame a la granja Sellar. Necesito hablar con ellos".

"Amor mío, lo comprendo", dijo con dulzura. "Pero es tarde. Mañana..."

"Iré sola -exclamó, girando sobre sus talones. Sin embargo, no había dado más de dos pasos por el pasillo cuando Wynne la atrapó y la atrajo hacia sí.

"Necesito hacerlo, Wynne. Tengo que ir ahora". Luchó por liberarse. "Necesito respuestas".

El ruido de unas botas subiendo las escaleras la sobresaltó, y Jo dejó que la arrastrara hasta su habitación y cerrara la puerta.

"Sé que necesitas respuestas. Y las tendrás. Te lo juro. Pero no esta noche", dijo, con la voz cargada de emoción. "Mañana no saldremos de Garloch hasta que te reúnas y hables con todos los que necesites. Te lo prometo. Te doy mi palabra".

"Pero puede que mañana no llegue nunca", sollozó mientras él la estrechaba entre sus brazos.

El torrente de lágrimas, el dolor que surgía de las grietas de su maltrecho corazón, la necesidad de vaciar el ilimitado pozo de tristeza era como ninguna pena que hubiera experimentado jamás.

Él susurraba palabras tranquilizadoras, intentaba enjugar las lágrimas, y cuando ella se sentía más tranquila, empezaba otra oleada que la abrumaba, la ahogaba.

"Háblame, amor mío", murmuró contra su oído. "Dime lo que sientes. Tal vez así sea más fácil soportar este dolor".

Apretó la cara contra su pecho. El latido constante de su corazón, la cálida fuerza de sus brazos alrededor de ella, hicieron que sus problemas se desvanecieran por un momento. Por un instante, el dolor desapareció. Intentó apartarse, pero él la retuvo.

"Quédate. Déjame".

Las lágrimas de Jo empaparon su camisa de lino y se dio

cuenta de que no llevaba abrigo ni chaleco. Sus manos le masajeaban la espalda. Sus labios le besaron el pelo. La envolvió con su calor tranquilizador. No supo cuánto tiempo permanecieron allí, pero poco a poco los sollozos disminuyeron. La marea de lágrimas disminuyó hasta que sólo quedaron unas gotas desbocadas.

"¿Qué ha pasado?", preguntó en voz baja. "Pensé que el descubrimiento del apellido de tu madre sería motivo de celebración, pero tu reacción me rompe el corazón".

Pasó algún tiempo antes de que pudiera confiar en su voz.

"La he encontrado", susurró. "He aprendido su nombre sólo para darme cuenta de que está realmente perdida para siempre. Durante toda mi vida me dijeron que se había ido. Aun así, la busqué. Busqué a alguien a quien me pareciera. Creando un mundo propio, imaginé a una mujer que tenía mi pelo, mis ojos, alguien que hablaba como yo. En el fondo de mi corazón, creé un espacio protegido para la creencia de que realmente no se había ido. Cuando llegaron los dibujos de Charles Barton, esa creencia explotó dentro de mí".

"Sólo puedo imaginarme la conmoción". Siguió abrazándola y acariciándola.

"Esta noche, darle un nombre, un pueblo, gente que la conociera hizo que todo fuera por fin, irrevocablemente real. Estoy de luto porque se fue antes de que yo la conociera".

Jo se apartó de sus brazos. Se sintió horrorizada por haberse derrumbado así delante de él. Tenía los ojos casi cerrados. La habitación era pequeña, sólo había una cama y una cómoda. No tenía espacio para caminar.

Le cogió de la mano y tiró de él hacia la cama y se sentó en el borde.

Permaneció de pie.

"Siéntate conmigo".

Dudó. No estaba tan sumida en su dolor como para no entender por qué. Él intentaba ser un caballero, incluso ahora.

"Abrázame, Wynne".

Se sintió aliviada cuando él se sentó a su lado y la acercó a él.

Estaba más tranquila, más dueña de sí misma, con la mente más clara. Apoyó la cabeza en su hombro, aspiró su aroma, se reconfortó con su calor.

"¿Cuándo supiste que lady Millicent no era tu madre?", preguntó.

Las hojas del tiempo volaron hacia un día que nunca olvidaría.

"El hermano menor de lord Aytoun, Pierce, y su esposa, Portia, estaban de visita en Baronsford. Ella estaba encinta y a punto de dar a luz. Las mujeres estaban reunidas en la habitación favorita de mi madre, la biblioteca del piso superior del ala oeste. Hugh y yo éramos muy pequeños. Estábamos jugando con unos juguetes en el suelo".

Le contó cómo los rayos dorados del sol entraban en ángulo a través de las ventanas abiertas. Las mujeres se reían alegremente de la naturaleza activa del bebé nonato en el vientre de Portia, cuyos movimientos eran claramente visibles a través de la tela de su vestido. Jo se acercó a su tía, asombrada por la exhibición.

"Mi curiosidad me hizo preguntar a Lady Millicent: "¿Me movía así cuando estaba en tu vientre?".

Hasta el día de hoy, Jo recordaba el repentino silencio que se hizo en la biblioteca. Era como si hubieran sacado el aire de la habitación.

"¿Te ha contestado?" preguntó Wynne. "¿Te lo dijo delante de los demás?".

"Antes de que pudiera decir una palabra, la madre de Portia respondió. No eres suya, niña', dijo".

Tiró de ella para acercarla. "Por qué la gente insiste en la crueldad..."

"No fue crueldad", le dijo Jo. "Estaba luchando contra la demencia. Cada vez era menos responsable de las cosas que decía".

Había terminado de llorar, pero la viveza de aquel recuerdo no la abandonaba.

"Recuerdo haber cogido una rabieta delante de todos ellos, exigiendo saber en qué vientre crecí. ¿Y dónde estaba mi *verdadera* madre?

"¿Qué hizo Lady Millicent?"

"Si yo derramaba una lágrima, ella derramaba diez", le dijo Jo. "Me sacó de la biblioteca. Me besó, me abrazó y lloró por mí. Me explicó que mi madre estaba en el cielo. Pero eso sólo fue el principio de mis preguntas".

Jo le contó a Wynne la ansiedad paralizante que sentía cada vez que tenía que separarse de Lady Millicent mientras crecía. Empezaba cada día preocupada por si sus padres se irían. O si la separarían de sus hermanos.

"Era mi madre tan de verdad como podría serlo cualquier madre biológica", susurró, sentándose derecha y apretándose los dedos contra los ojos hinchados. "Ella y mi padre siempre estuvieron ahí. Siempre me quisieron. Me protegieron, incluso cuando los rumores durante mi primera Temporada me hicieron querer huir avergonzada a las Antípodas. Nunca me hicieron sentir como una extraña".

Jo respiró hondo, intentando recuperarse de su crisis anterior.

"Mi reacción de esta noche..." Sacudió la cabeza.

"Anoche le decía a Cuffe que parte de saber quién eres consiste en saber de dónde vienes". Le acomodó un rizo detrás de la oreja. "Tu búsqueda ha consistido en encontrar tu historia. Las historias tienen un principio. Hoy has tenido un buen comienzo. Pero comprendo tu sentimiento de pérdida y lo lamento".

Era tan cariñoso, tan perspicaz. Años atrás, así había sido entre ellos. Sus mentes y sus corazones estaban tan abiertos, tan en armonía. Ella podía contarle cualquier cosa. Desahogar su corazón. Compartir con él su lucha por pertenecer y sentirse conectada a una sociedad que la mantenía alejada. Él siempre la comprendía. Siempre la hacía sentirse completa.

Se había quitado un peso de encima. Podía respirar de nuevo.

"Siento haberme portado tan mal".

"No lo has hecho". Le levantó la barbilla y le sostuvo la mirada antes de besarle la frente. "Pero puedes hacerlo si quieres".

"Debo tener un aspecto espantoso".

"Estás preciosa", susurró, sus labios besaron la humedad de sus mejillas mientras sus dedos peinaban los mechones sueltos de su pelo.

Jo estudió la línea de su mandíbula, la sensual forma de sus labios, el azul profundo de sus ojos cuando acariciaron su rostro antes de centrarse en sus labios. Un hambre temeraria se apoderó de ella. Lo deseaba. Necesitaba sus besos. Donde antes reinaba la tristeza, ahora reinaba el hambre.

Se levantó y se colocó entre las rodillas de él, observando su expresión de sorpresa.

"Bésame".

Sonrió, cerró los ojos un momento y sacudió la cabeza. "Jo... esta habitación. Los dos solos. Puede que no sea lo mejor. . ."

Ella reconoció el cambio en su voz. Él también la deseaba.

"Pues muy bien. Entonces tendré que besarte". Ella apretó los labios contra los suyos.

La boca de Wynne se apoderó inmediatamente de la suya,

y estallaron chispas en su interior. El beso era abrasador. Tan diferente de los que habían intercambiado en el jardín. Seducir, dar forma, explorar. Ahora era un hombre con todo el tiempo y toda la paciencia del mundo.

Estaba excitada y agradeció el ligero roce en su columna cuando él la alcanzó. Se acercó más y su boca se volvió posesiva. Perdida en el beso, Jo le pasó las manos por la camisa, palpándole el pecho y los anchos hombros, y luego le rodeó el cuello con los brazos.

En cuanto ella se amoldó a él, su boca se abrió aún más, su lengua se volvió más exigente. Su mano se deslizó por la cintura y las costillas de ella, acariciándole el pecho a través del corpiño del vestido. Sus lenguas bailaron una danza seductora hasta que ambos se estremecieron de necesidad.

Entonces, terminó bruscamente el beso y apoyó la frente en la de ella. Ambos respiraban agitadamente.

Jo quería más. "No quiero que pares".

Le bajó los brazos del cuello.

"Jo", susurró entrecortadamente. "No sabes lo que haces. Deberíamos esperar".

Ya había esperado bastante. No más, pensó. Tenía treinta y siete años. Wynne era el único hombre al que había amado durante toda su vida. Y durante dieciséis años, él había sido el único hombre en todos aquellos sueños de los que se había despertado excitada.

¿Por qué iba a esperar?

"No", dijo ella, empujándole de nuevo sobre la cama. "No esperes. Te quiero ahora".

Capítulo Diecinueve

HABÍA MUERTO y se había ido al cielo.

Después de habérselo propuesto hoy, el plan de Wynne había sido hacerlo todo bien. Se había comprometido a seguir todas las reglas bien establecidas del cortejo, el compromiso y el matrimonio. Le había robado las alegrías y celebraciones de cada etapa al romper su compromiso. Esta vez la compensaría. Pero sus planes y buenas intenciones se esfumaron -y se llevaron la maldita puerta, con bisagras y todo- cuando ella se quitó los zapatos, se subió a la cama y se sentó a horcajadas sobre él.

Wynne se alegró de que Jo tuviera sus propios planes.

El pelo de Jo era una masa despeinada de rizos oscuros, y ella se quitó las horquillas que le quedaban, sacudiéndolo hasta que cayó en cascada sobre sus hombros. Su hermoso rostro estaba sonrojado, los ojos hinchados y los labios hinchados por los besos de él. Su vestido... Sus ojos recorrieron la hilera de botones de la parte delantera y el deseo de arrancarle cada prenda de su cuerpo adquirió un significado religioso.

Ella cambió su peso encima de él, y él gimió involuntariamente.

Ella ignoró su sufrimiento y empezó a sacarle la camisa de los pantalones.

"¿Sabes lo que estás haciendo?"

Jo siempre había sido apasionada. Incluso cuando eran jóvenes, lo había visto, lo había sentido. Pero esto superaba sus expectativas y sueños más salvajes.

"Sabes muy bien que sí". Ella frunció el ceño. "Podrías ser un caballero y ayudarme a quitarte esta camisa".

Se agarró firmemente a la cintura de Jo para impedir que se moviera. Si seguía así, su polla le haría un agujero en los calzones. Entonces ella sabría qué clase de caballero era realmente.

Cada fibra de su cuerpo le dolía de deseo por ella. Al mismo tiempo, recordó su tristeza, su sentimiento de pérdida, el río de lágrimas que se había detenido hacía unos instantes. Había tenido un día terriblemente emotivo. Sería un granuja y un canalla aprovecharse de ella y hacerle el amor cuando estaba tan vulnerable.

"Si no te quitas esto, te lo arrancaré", dijo con notable serenidad.

Wynne quería que se sintiera mejor. Quería ver una sonrisa en su rostro. Se dijo a sí mismo que sólo llegaría hasta cierto punto, pero que se mantendría fuerte, en control. Tirándose de la camisa por encima de la cabeza, la arrojó al otro lado de la habitación.

Inmediatamente se arrepintió de su decisión, pues los brillantes ojos marrones de ella se centraron enseguida en la fea cicatriz que tenía justo encima del corazón.

"Tan cerca. Casi te mata".

Con un toque de pluma, sus dedos trazaron el contorno

del lugar donde la bala de Hugh le había penetrado en el pecho. Vio que le brotaban nuevas lágrimas.

"Pero no lo hizo", le dijo Wynne. "Hay un agujero coincidente en la espalda por donde salió la bala. He sobrevivido. Estoy viva y soy tuya. Toda tuya".

Por hoy, por mañana y por siempre, pensó, acercándose a ella y secándole una lágrima de su mejilla sedosa.

Durante un largo instante, se quedó quieta, sus ojos mágicos estudiando la cicatriz, sus hombros, su pecho. Nunca imaginó que una mirada pudiera ser tan poderosa como para hacer que su cuerpo reaccionara como lo estaba haciendo ahora. Cuando su mirada volvió por fin a su rostro, era un hombre perdido. Ella lo deseaba.

Se sentó y, despacio, muy despacio, empezó a desabrocharse los botones del vestido.

"Jo", susurró él, levantando la mano e intentando tomar el control. Los dedos de ella rodearon sus muñecas y las empujó hacia el colchón.

Inclinada sobre él, con los sedosos mechones de pelo que le recorrían el pecho y el vientre, volvió a centrar su atención en la cicatriz y la besó. A partir de ahí, sus labios siguieron un camino serpenteante por su piel ardiente, besando, saboreando, respirando suavemente y volviéndolo loco poco a poco. Sus caderas se movían contra el bulto creciente de su erección. Quería zambullirse bajo aquellas capas de faldas. Quería tocarla, saborear la dulzura de su delicado sexo.

Luchó por mantener cierto grado de control sobre su imaginación, pues sus pensamientos sólo empeoraban su estado. Ella le estaba volviendo loco de deseo.

Su mano buscó el dobladillo de la falda, pero ella le agarró la muñeca y se la apartó. "No se mueva, capitán Melfort. Yo lo haré".

Otra media docena de botones se desabrocharon y la parte delantera de su vestido se abrió para revelar la curva de su pecho por encima de la parte superior de su camisa. Un instante después, sus labios estaban de nuevo sobre él.

Su piel chisporroteó con su tacto cuando su mano recorrió su vientre en sentido descendente.

Wynne hurgó profundamente, ordenándose a sí mismo que aquellos placeres debían tener sus límites. Intentó pensar en las batallas navales en las que había luchado, en los sangrientos abordajes, en los mares agitados, los flancos anchos y los barcos en llamas. Cualquier cosa menos la suavidad y la belleza de la mujer sentada encima de él. Tenía los músculos flexionados, duros como piedras, y le dolía la necesidad primaria de un macho.

No se dio cuenta de que estaba conteniendo la respiración hasta que la boca de ella volvió a la suya.

"Me estás matando, ¿sabes?", murmuró entrecortadamente. "Pero este juego tuyo tiene consecuencias nefastas, así que quizá deberíamos dejarlo".

Detenerse no era una opción.

Los besos de Jo volvieron a silenciarlo. Se burló de él, pasándole la lengua por la carne. Y como ella le había pedido, él no se movió. Esperó. Aquella posición de control era excitante. Dejó que sus labios se desplazaran hasta el cuello de él y besaran su oreja. Le mordió el lóbulo. Él gruñó en respuesta. Sonriendo y sintiéndose más atrevida, volvió a besarle hasta los labios. Dejó que su lengua jugara de nuevo en su plenitud, y esta vez se abrieron para ella y su lengua penetró en ellos y comenzó su viaje de descubrimiento.

El deseo irrefrenable de hacer lo que quisiera, el poder de

estar al mando, de haber decidido que ninguno de los dos saldría indemne de aquella noche, era emocionante.

Jo temía que se escandalizara si sabía que su virginidad estaba intacta. Nunca se había entregado a un hombre. Pero esta noche se entregaría a Wynne.

Aquel atrevimiento la hizo sentirse... fuerte. Estaba al mando, pero el placer se deslizaba por ella demasiado deprisa. Sentía un hormigueo en las extremidades y la urgencia iba en aumento.

Jo volvió a sentarse, respirando hondo. Se desabrochó trabajosamente lo que quedaba de los botones del vestido. Sus ojos estaban fijos en cada movimiento de sus dedos. Sus caderas se movían de vez en cuando, haciéndola consciente del enorme bulto sobre el que estaba sentada.

Le encantaba su sabor, la textura de su piel bajo la lengua. El magnífico pecho, el cuello y la mandíbula fuertes, los labios. Empujó el vestido por un brazo, luego por el otro, luego hasta la cintura. Los lazos del escote se desataron de un tirón y la tela se abrió, dejando al descubierto sus pechos.

Su mirada se dirigió a los ojos de él, y era un animal desatado.

No podía esperar. No esperaría. La impecable piel expuesta y la perfección de sus pechos le dejaron sin aliento.

"Tómame", susurró.

Se incorporó bruscamente, apoderándose de su boca. Su lengua se hundió en los suaves recovecos de su boca. Ella se arqueó contra su cuerpo mientras la palma de su mano se cerraba sobre la firmeza de su pecho. Ella gimió, volviéndolo loco.

Tenía que ir despacio y tomarse su tiempo. Las ganas de arrancarle la ropa y enterrarse profundamente dentro de ella eran demasiado grandes. Wynne la cogió por la cintura y al instante siguiente estaba de espaldas, mirándole fijamente.

Inclinándose sobre ella, estudió sus ojos, la curva de su mejilla, el delicado colorido de sus labios, el juego del pelo oscuro sobre las sábanas. Por fin había salido de sus sueños para entrar en su vida. La amaría eternamente.

Esta vez la besó con más suavidad, y sus bocas continuaron una danza de amor mientras sus almas se unían.

"Hazme el amor, Wynne", susurró ella contra sus labios.

"Lo haré... a su debido tiempo".

Deslizó lentamente los labios por su cuello hasta llegar a sus pechos. Empujó el cambio hasta su cintura y la oyó jadear mientras saboreaba y se burlaba de su pezón.

Quería verla entera. Volvió al suelo y la desnudó lentamente. Mientras trabajaba, sus manos rozaron su piel, sobre su vientre tembloroso, bajaron por la pierna y subieron por el interior de sus muslos hasta que un dedo rozó la abertura de su sexo.

Un momento después, aún de pie junto a la cama, Wynne contempló el incomparable esplendor de su cuerpo desnudo. Era la cazadora Diana, venida a la Tierra para disfrutar de su placer y honrar el mundo de los mortales.

Se quitó las botas, pero no se atrevió a quitarse los calzones cuando se tumbó junto a ella en la cama.

"¿Por qué?"

"Más tarde", le dijo. "Cuando acabe contigo".

Antes de que ella pudiera objetar de nuevo, la mano de él se deslizó sobre la perfección simétrica de sus pechos y luego se movió lentamente hacia abajo. Su boca volvió a capturar la de ella, amortiguando de nuevo su grito ahogado cuando tocó su centro de placer.

· · ·

"Cierra los ojos y siente cada sensación", le susurró Wynne al oído, y ella arqueó el cuerpo en respuesta.

Jo cerró los ojos mientras su boca bajaba hasta el pezón. Sintió que se desataba una dichosa locura mientras sus labios tiraban de ella. Olas de calor la invadieron desde los pechos hasta el corazón. Levantó las caderas, deseando desesperadamente que volviera a tocarla.

Era un experto. Sabía lo que ella quería. Su mano cálida y mágica bajó lentamente por su vientre, explorando sin prisa hasta llegar a la unión de sus muslos. Ella gimió cuando el dedo de él se deslizó suavemente entre sus piernas y encontró el delicado punto.

"Wynne". Su nombre escapó de sus labios con asombro.

Empezó a acariciarla, y Jo olvidó su propio nombre. Su palma presionaba el montículo, sus dedos se retiraban y volvían a entrar. La acariciaba con tanta suavidad, con tanta perfección. Sus piernas se tensaron y sintió la humedad resbaladiza bajo sus caricias. Jo se quedó sin aliento. De repente, su cuerpo zumbaba con nuevas y brillantes sensaciones.

Todos los años de soñar, de imaginar a ese hombre en su cama, en su vida, y la experiencia real de ese momento superaban con creces todas esas visiones.

Sus dedos la rodeaban y acariciaban, y una presión insoportable se iba acumulando en su interior.

Estaba poseída por él. Había cautivado su cuerpo en un mundo eterno y frenético de sensaciones y pasión. Cuando ella pensó que su liberación era inminente, él volvió a sorprenderla bajando por su cuerpo, besándole el estómago y bajando aún más.

Abrió los ojos. Miró fijamente, sin permitirse respirar. Rezaba para que él no se detuviera. Jo jadeó cuando él cubrió su sexo con la boca.

Su lengua sustituyó a su dedo, rozándola tan suavemente, chupando ligeramente, pinchando.

Las manos de Jo se enredaron en el pelo de Wynne, intentando acercarlo, deseando que aquello no acabara nunca.

De repente, su mundo se fragmentó en un placer insondable que nunca antes había conocido, y se oyó a sí misma gritar.

El clímax estalló en su interior con la impresionante fuerza de una tormenta de verano. El aire que la rodeaba se iluminó y no pudo respirar. Y entonces se encontró simplemente navegando por un cielo cristalino, con colores que nunca había visto destellando a su alrededor mientras se elevaba. Gritó su nombre y luchó ferozmente por alcanzarlo.

Wynne la sostuvo mientras descendía, besándola suavemente hasta que descubrió que seguía en sus brazos.

Las sensaciones de su cuerpo seguían retrocediendo en oleadas, pero mientras él se afanaba en quitarse lo que quedaba de su propia ropa, ella sintió que su excitación y su deseo volvían a crecer.

Le oyó maldecir. Los calzones le salían con demasiada lentitud. Se estremeció de expectación cuando él se quedó gloriosamente desnudo junto a la cama.

"Hazme el amor, Wynne". Ella levantó las caderas, ofreciéndose a él mientras él se unía a ella.

La incomodidad que sintió al penetrarla por primera vez fue aguda y rápida, y pronto fue sustituida por la maravilla de su ajuste perfecto. La bruma de frenético placer que siguió, la arrastró en oleada tras oleada, elevándola, destrozándola, hasta que sus huesos se disolvieron en líquido, su carne hormigueante y gastada.

Tumbados juntos, desterraron todo espectro de tristeza y pérdida. Ahora mismo lo único que importaba eran ellos dos. Todo lo que existía era la afinidad de dos corazones y dos mentes. Dos cuerpos y dos almas. Mañana sería un reto. Y el día siguiente. Y muchos días después. Pero tendrían tiempo - toda una vida juntos- para enfrentarse al mundo que les esperaba.

Por ahora, por esta noche, cada uno vivía sólo para el otro y se regodeaba en el resplandor del amor.

Capítulo Veinte

UNA NIEBLA gris se elevaba desde el río, y el sol sólo era una mancha de luz por encima de los campos y las casitas fantasmas. Las tumbas desgastadas y maltrechas del cementerio estaban oscuras por la humedad. Unas gotas de rocío se adherían a los mechones de hierba a ambos lados del sendero, y aquí y allá un parche de narcisos asomaba la cabeza, esperando a que amaneciera. Jo necesitaba controlar sus emociones. Era como si fuera al funeral de un amigo, y no podía permitirse derrumbarse cuando necesitaba ser fuerte.

Llegaron pronto para el servicio del domingo y caminaron en silencio durante algún tiempo, hasta que ella se percató del sonido del río que corría sobre bajíos. Un cuco llamó desde un bosquecillo en la orilla más lejana, y la sensación del brazo de Wynne enlazado con el suyo fortaleció su voluntad.

Era hora de entrar.

Fueron los últimos en entrar en la iglesia. Cuando se sentaron en la última fila de la congregación, un brazo espectral la rodeó, sorprendiéndola con el consuelo y el ánimo que le transmitía. Unas manos fantasmales le apretaron el brazo y le tocaron suavemente la mejilla, llenándola de una inesperada sensación de bienvenida. Jo sabía que era su imaginación, su ilusión por conocer a aquellos que compartían con ella la sangre de sus mismos antepasados, por obtener respuesta a preguntas largamente formuladas. Pero sólo en parte. Su madre había estado aquí.

El coadjutor inició el servicio, pero la mente de Jo no podía comprender las palabras. En su lugar, se preguntó cuántas veces se habría sentado en esta iglesia una niña de pelo oscuro, quizá en este mismo banco. Quizá la madera oscura del asiento que tenía delante había captado su atención errante y había recorrido con sus deditos las líneas arremolinadas de la veta de la madera. Tal vez había practicado el conteo en las hileras de piedras grises que formaban los arcos de las ventanas y se había distraído pensando en las flores de primavera que había fuera, en el kirkyard.

Tal vez, mientras estaba sentada con su madre y su padre, el desgastado abrigo del viejo y severo granjero sentado frente a ellos atrajo su atención, y había sentido la tentación de tirar de la cinta que le sujetaba el pelo. Puede que la voz zumbona del ministro le llamara la atención, y se hubiera preguntado por qué llevaba una ropa tan rara y un pelo tan extraño, cuando no tenía ese aspecto durante sus visitas para cenar.

A medida que crecía, es posible que su mirada vagara de vecino en vecino. Su amiga Josefina, que se llamaba igual y le encantaba leer. Los dos chicos horribles de la granja de al lado que se burlaban de ella en la pequeña escuela que había al final del pueblo. Tal vez aquellos chicos se volvieran menos horribles con el paso del tiempo.

Su madre había estado aquí. Jo podía sentir su presencia. Mientras estudiaba las espaldas y los perfiles ocasionales de las personas de la congregación, se preguntaba quién de ellos había conocido a la pequeña Josephine Sellar, la había amado, había suspirado por ella, se había preguntado por su desaparición.

La mano de Wynne se cerró en torno a la suya, sus dedos entrelazados. Pensó en Charles Barton. ¿Habría venido él también? ¿Se había sentado con ella en esta iglesia, con los brazos entrelazados, la mano de ella apretada contra el costado de él, como hacía Wynne ahora? ¿Qué relación había entre ellos?

Las velas de los candelabros y del altar parpadeaban y se encendían mientras una ligera brisa recorría la iglesia. El Sr. Kealy concluyó el servicio, y Jo y Wynne se quedaron en el último banco observando cómo los feligreses abandonaban la iglesia en grupos de dos y tres.

Viejos y jóvenes, mujeres y hombres, niños y ancianos. Muchos pasaban, sumidos en conversaciones con amigos. Algunos se detuvieron y saludaron con la cabeza. Pero la cortesía era entre vecinos y no había indicios de reconocimiento. La Sra. Clark los vio y se detuvo para presentarles a su marido. Los cuatro fueron de los últimos en marcharse.

"Deberíais saber, milady, que he pensado en nuestro encuentro durante gran parte de la noche", le dijo la señora Clark mientras las mujeres salían delante de los hombres. "Jo y yo éramos íntimas amigas cuando no éramos más que muchachas. Siempre estábamos unidas. Pero las circunstancias familiares nos separaron. Mi marido dice que mi memoria ya no es lo que era, pero tu parecido con mi vieja y querida amiga me hizo volver sobre mis pasos, no me importa decirlo. Y ahora el Sr. Kealy me dice que podrías ser pariente de Josephine Sellar. Creo que debe de ser un vínculo de sangre".

"Ésta es la razón por la que estoy aquí, para descubrir si somos parientes o no", dijo Jo, sin querer ofrecer más.

El sol se había abierto paso entre las nubes durante la misa, y encontraron al coadjutor de pie en medio de una pequeña asamblea en el exterior. Jo decidió que debían de ser las familias que había prometido presentarles hoy. Desde anoche, sin embargo, sólo le interesaba conocer a la familia Sellar.

"¿Sabes cuáles de esas personas son el señor y la señora Sellar?", preguntó a la señora Clark.

"La señora está confinada en casa estos días. Se torció un tobillo en el jardín hace quince días. En cuanto a su marido, déjame ver". Entrecerró los ojos y sacudió la cabeza. "No puedo encontrarlo, milady. Pero tal vez el señor Clark recuerde si el caballero asistía hoy o no".

Se volvió para preguntar a su marido y se iluminó al ver a un hombre que salía de la iglesia.

"Os estaba buscando, señor Sellar", le llamó la señora Clark. "Esta dama inglesa y el capitán han venido desde Rayneford para conocerte".

Wynne se detuvo junto a Jo. Pero la reacción inmediata del caballero mayor les dijo que no hacían falta presentaciones.

¿"Josephine Sellar"? ¿De verdad? No puedo creerlo. No puedes ser tú".

Cuffe vio llegar a los dos ancianos en su antiguo carruaje. Cuando, unos minutos después, un lacayo anunció la llegada, el repentino ceño fruncido del Dr. McKendry le indicó que los problemas habían llamado a su puerta.

El médico le pidió que se quedara con el Sr. Cameron mientras él llevaba a los invitados al despacho del capitán para hablar con ellos.

El contable estaba ocupado con sus libros de contabilidad, así que Cuffe bajó. Escuchando los murmullos entre los asistentes, oyó mencionar el nombre de Barton. Cuando preguntó, uno de los antiguos marineros le dijo que se trataba de la madre y el tío, y que sería "mejor que virara bien lejos de ellos, porque se avecina una tormenta".

El señor Barton era la razón por la que Lady Jo había venido a la Abadía, y el dulce anciano esbozaba su imagen todos los días.

Al subir las escaleras con paso ligero, oyó el ruido de voces procedentes del despacho del capitán y se acercó a la puerta abierta, apoyándose contra la pared.

El tono áspero de una mujer atravesó la quietud del pasillo. "No lo entregamos a tu cuidado para ponerlo en peligro, Dr. McKendry".

"Señora Barton, Graham", dijo el médico. "Llevárselo ahora pondría en peligro los avances que ha hecho. Los accidentes ocurridos...".

"No intentes hacer pasar por *accidente* lo que ha ocurrido", siseó. "Hemos oído la verdad, así que no intentes mentir al respecto. Fueron ataques, pura y simplemente. Un loco fue a por Charles mientras dormía. Y ahora he oído que el loco sigue alojado en la misma habitación, libre para atacar de nuevo".

"Ese paciente fue provocado por alguien que desde entonces ha huido", explicó el médico.

La barbilla de Cuffe se hundió en el pecho, avergonzado. *Él* era el responsable de lo que le había ocurrido al señor Barton, por haberse dejado engañar por Abram. Y ahora culpaban al Dr. McKendry.

"Y entonces -rasgó la voz chirriante- nos enteramos de que mi hijo estuvo a punto de ahogarse, arrojado al estanque de los peces por otro paciente más, como tú los llamas".

"No ocurrió nada de eso", afirmó acaloradamente el Dr.

McKendry. "El señor Barton saltó a un estanque que le llegaba hasta la cintura tras alguien que se había caído en...".

"Dos ataques y no puedes protegerle".

Cuffe recordó el caos que él y el capitán se encontraron cuando cabalgaban de regreso del pueblo aquella mañana. El señor Barton había ido a buscar a lady Jo porque pensaba que podía estar ahogándose. Se preocupaba por ella. Estaba preocupado. ¿Desde cuándo intentar salvar la vida de alguien se consideraba un ataque? Aquella gente no sabía nada.

"Los progresos de tu hijo han sido asombrosos", afirmó el médico. "No sólo su salud ha mejorado espectacularmente, sino que su mente está...".

"No hables de progreso", ladró ella, cortándole el paso. "Ya hemos tenido bastante. Hoy nos llevamos a mi hijo. No lo dejaremos a merced de los buitres. El manicomio de Aberdeen está preparado para él, y allí tienen cuidadores de buena fe".

"Enviarle allí sería un terrible error", argumentó el médico. "¿Sabes cómo tratan a sus pacientes?".

"Ya hemos hecho todos los preparativos", anunció la mujer con fría indiferencia.

"Charles será golpeado. Mutilado. Lo matarán de hambre. Sumergido en agua helada", exclamó el médico. "Lo atarán a una silla colgada del techo, lo izarán y le darán vueltas hasta que vomite, se orine o defeque. Y luego le pegarán por ello".

Cuffe se estremeció al recordar la brutalidad de las plantaciones. Había oído muchas historias de la gente que escapó. Había visto sus cicatrices. Los dedos y las orejas que les faltaban. Le ponía enfermo ver a su propia gente expuesta a semejante trato, y tampoco quería que trataran así al Sr. Barton.

"Graham, por favor, habla con la Sra. Barton", suplicó el Dr. McKendry. "Seguro *que* ves que trasladarle ahora es un error".

"Es la madre de mi sobrino", dijo rotundamente el anciano. "Ni tú ni yo podemos decir que sabemos qué es lo mejor. Es ella quien debe decidir".

El médico no se daba por vencido. "Señora Barton, los pacientes que son enviados allí rara vez o nunca se recuperan lo suficiente como para reincorporarse a la sociedad y a sus familias. Perderían a su hijo para siempre. Seguro que no quieres eso".

"Ahorra saliva", ordenó la Sra. Barton. "Han accedido a llevárselo y pretendemos sacarlo de este lugar. El trato que mi hijo ha soportado aquí no puede calificarse más que de malvado, y una vez salvado de su..."

Cuffe ya había oído bastante y se apartó de la puerta. Abajo estaban en lo cierto. Algo horrible iba a ocurrir, y el Dr. McKendry estaba solo para enfrentarse a ellos. Lady Jo se preocupaba por el señor Barton, y no estaba aquí. El capitán tampoco estaba.

A Cuffe le tocaba ayudar.

Josephine Sellar.

La exclamación desprevenida del anciano caballero afirmó lo que Jo ya había llegado a aceptar en su corazón. Ahora sabía el apellido de su madre, quién era su gente y de dónde procedía.

El Sr. Sellar estaba asombrado, pero quería saber más de ella. Sin embargo, Jo no deseaba ningún espectáculo público y, cuando el coadjutor y las demás familias se unieron a ellos, pidió al Sr. Sellar que esperara para poder seguir hablando del asunto en privado. Ninguno de los demás pareció reconocer a Jo ni entender a qué venía tanta curiosidad.

Wynne pidió permiso al señor Kealy para utilizar su casa

de campo. Y cuando Jo empezó a subir la colina con el señor Sellar, se sintió aliviada al ver cómo se alejaba de la señora Clark y los demás.

"Quizá sólo veo el parecido porque el coadjutor mencionó antes del oficio que un visitante del pueblo preguntaba por alguien llamada Josefina", dijo el anciano una vez que se instalaron en la casa de campo. "Han pasado demasiados años. Los recuerdos se desvanecen. Pero la primera vez que te miré a la cara, juré que la había visto".

Jo había dejado la puerta abierta, y Wynne agachó la cabeza y entró. Ella se alegró. Necesitaba su fuerza, su astucia.

"Si me permites la pregunta, ¿qué relación tenía Josephine Sellar contigo?".

"Una prima doblemente lejana. No lo bastante cercana para justificar la tutela cuando quedó huérfana, ni lo bastante cercana para heredar cuando murió".

Su madre era huérfana. Por supuesto, pensó Jo, comprendiendo la pobreza que había soportado aquellos últimos días de su vida. Se sintió agradecida cuando Wynne preguntó por los padres y cómo habían muerto.

"Yo era soldado, estaba fuera luchando en América por aquel entonces, así que no estaba aquí para saber ni para ayudar", dijo, mirando fijamente un rayo de luz que iluminaba el suelo de piedra. "Lo que oí después, sin embargo, fue que la fiebre recorrió la aldea. Se cobró algunas vidas, incluidos los padres de Josephine".

"¿Y qué pasó con ella tras la muerte de los padres?" preguntó Wynne.

"No la dejaron indigente, desde luego", dijo Sellar, dirigiendo su mirada hacia ellos. "Tenía tierras y una gran casa, y una vez alcanzada la mayoría de edad, habría sido suya para conservarla. Y debería haberlo sido, siendo Ainsley su tutor".

"¿Ainsley?", preguntó.

"Ainsley Barton. Un gran hombre de buen corazón, bendita sea su alma. Era hermano de la madre de Josephine. Fue una tragedia que muriera un año después".

Barton. Jo se encontró con la mirada de Wynne. Había una conexión familiar.

"¿Conoces a un tal Charles Barton?" preguntó Wynne.

"Por supuesto, Charles era hijo de Ainsley. Otro buen hombre, cortado por el mismo patrón que el padre".

Primos, pensó Jo, sintiendo una gran emoción. Eran primos. Los dibujos de Charles de su madre. Debían de conocerse de toda la vida.

Su mente volvió a las negaciones de la señora Barton. Y a la respuesta de Graham. Dijeron que Jo no se parecía a nadie que conocieran. Pero Ainsley Barton era el tutor y tío de su madre. Debían de conocerla bien.

"¿Se convirtió Charles en tutor de Josefina cuando murió su padre?" preguntó Wynne.

Sacudió la cabeza y su expresión mostró su decepción. "No, eso no pudo ocurrir. Charles tenía una edad cercana a la de Josefina. Quizá dos o tres años mayor. No, Graham se convirtió en su tutor tras la muerte de su hermano. Él es quien ha tomado todas las decisiones sobre el castillo de Tilmory desde entonces. A él le compré la propiedad Sellar cuando regresé de la guerra".

Jo intentó hablar, pero su voz no pudo superar el nudo que tenía en la garganta.

"¿Por qué Graham?" preguntó Wynne. "¿Cómo pudo venderte su propiedad?".

El anciano miró a Jo. "Nos dijeron. . . Me dijeron. . . Josephine se ahogó en la gran inundación. No sé por qué ni cómo llegó a Garloch. Pero en el cementerio hay una lápida con su nombre. Puedo enseñártela si quieres verla".

Capítulo Veintiuno

ENCONTRARON la lápida que marcaba el lugar de descanso final de Josephine Sellar cerca del muro que bordeaba el sendero del río. Era sencilla y similar a una veintena de otras a su alrededor, pero Wynne observó cómo Jo estudiaba las marcas. Un nombre. Un nacimiento. Una muerte.

Se preguntó qué pobre alma habría sido enterrada allí en el lugar de su madre, y mientras permanecían de pie, Jo murmuró una oración en voz baja. Mientras escuchaba, se le pasó por la cabeza la idea de que otra persona podría haber seguido viviendo, sin saber nunca qué había sido de su hija o hermana o esposa... o madre.

En la casa del coadjutor, Jo no había mencionado lo que sospechaba que era su relación con la familia Sellar. Cuando no le dijo nada al anciano caballero, Wynne había seguido su ejemplo y había guardado silencio. Sabía que, tal como estaban las cosas, ella no tenía pruebas de nada, sólo un puñado de dibujos y una serie de posibles coincidencias. Aun así, supuso que el señor Sellar sabía la verdad.

De vuelta en el pueblo, visitó a la señora Clark mientras

Wynne buscaba al coadjutor y le compensaba por su tiempo y sus esfuerzos.

Salieron de Garloch a mediodía, y durante mucho tiempo Jo estuvo sentada tranquilamente a su lado, con la cabeza apoyada en su hombro y los dedos entrelazados. Él sabía que ella tenía mucho en qué pensar. Aquel viaje había sido un torbellino emocional, y ambos sentían su profundo efecto.

"¿Te contó algo más la señora Clark?", preguntó. "¿Algo que no supieras?"

"Me dijo que vivía en el pueblo en la época de la inundación. Entonces estaba recién casada", le dijo Jo. "Fue una época horrible, me dijo. El pueblo estaba lleno de gente de paso, buscando un lugar después de que los terratenientes les echaran de sus casas. Había un gran campamento junto al río. Como nos contó el Sr. Kealy, cuando llegó la inundación, mucha gente quedó atrapada en ella y se la llevaron las aguas. Se tardó semanas en encontrar a algunos de ellos y muchos estaban irreconocibles. Las familias se vieron obligadas a adivinar la identidad de los cadáveres".

"Eso no excusa la falsa identificación de tu madre por parte de Graham".

"No, no es así. Nada lo hace", dijo ella, con las palabras teñidas de ira. "Mi madre estaba bajo su tutela. Era su pariente, la hija de su propia hermana. Pero le falló. Quizá peor que fallarle. Cuando apareció un mes después en las Fronteras, estaba asustada. Ni siquiera le dijo a nadie el nombre de su familia en las Highlands. Me entregó a una desconocida en lugar de pedirle que me enviara de vuelta con su propia gente".

Embarazada y sola. Incluso ahora, debilitado por una herida en la cabeza, Charles Barton parecía preocuparse profundamente por la joven que había perdido. Pero por lo que Wynne sabía de la historia del anciano, durante ese tiempo había estado destinado en la marina. En su mente surgieron preguntas sobre la naturaleza de la relación de Barton con Josephine Sellar. Más aún, ¿quién engendró a la mujer que ahora estaba sentada a su lado? La mujer a la que amaba.

"La semana pasada, Graham y la Sra. Barton me vieron en esa sala, y ambos negaron cualquier parentesco con vehemencia. ¿Por qué? -preguntó, con la frustración y la ira evidentes en su voz. "Sólo les faltó decir lo mismo que oí decir a la Sra. Clark y al Sr. Seller: que me parezco a alguien a quien habían conocido. Habría bastado para desanimarme y enterrar la verdad. Entonces, ¿por qué me rechazaron?

Porque tenían algo que ocultar, pensó Wynne.

"Los hombres hacen cosas viles por dinero", respondió. "Graham se encargó hace años de que declararan muerta a Josephine Sellar. Al hacerlo, se apoderó de sus propiedades y las vendió. Ahora controla la propiedad del castillo de Tilmory. Con Charles Barton en un manicomio -o muerto, como estuvo a punto de estarlo cuando lo abandonaron en la Abadía-, Graham sigue cosechando beneficios. Y entonces llega. ¿Y si Charles y Josephine fueran algo más que primos? Ambos eran jóvenes cuando ella se convirtió en la protegida de su padre. No tenemos pruebas de que estuvieran casados, pero ¿y si lo estuvieran y Graham lo supiera? Tú serías la heredera de todo".

"No tenemos pruebas de nada", dijo ella, sin negar su afirmación. "¿Pero qué hombre dibuja el mismo rostro de mujer, día tras día tras día?".

Un hombre enamorado, pensó Wynne. "Según el señor Sellar, allá en Garloch, la granja iba a ser heredada por tu madre. La finca estaba provista para permitir una heredera femenina. Tal vez exista la misma condición para el castillo de Tilmory. ¿Por qué se preocuparía Graham a menos que pensara que heredarías una vez que Charles se haya ido? Tiene mucho que perder a menos que vuelvas a tu vida en el sur".

"¡Pero a mí no me importa el castillo de Tilmory!" estalló Jo. "Ni el dinero, ni nada de eso. I . . . Sólo intento averiguar la verdad de lo que le ocurrió a mi madre".

Wynne acercó a Jo a su pecho y le dio un beso en la frente. "Lo sé, pero Graham no. Y no creo que te creyera si se lo contaras".

Cabalgaron en silencio unos instantes, hasta que ella volvió a hablar, tranquila. "Crees que es posible que Charles Barton y mi madre estuvieran casados".

"No encontramos nada en Garloch, pero si se casó en alguna de estas parroquias, quizá encontremos algún registro de ello en las oficinas del obispo en Aberdeen".

"Casada o no, mi madre sufrió", dijo inquieta. "¿Qué la llevaría a abandonar las Highlands?".

"Creo que Graham y la Sra. Barton deben responder a eso. Ella estaba a su cuidado. Pero Charles Barton también puede saber algo, si alguna vez mejora lo suficiente como para compartirlo".

Ella se acurrucó más cerca y metió la cabeza bajo su barbilla. "Charles Barton. ¿Podría ser realmente mi padre? ¿Lo sabré algún día con certeza?

La mano de Jo se paseó inocentemente por la parte delantera de su abrigo, y sus entrañas se tensaron.

"Sean cuales sean las respuestas que se presenten, las aprenderás conmigo a tu lado. Pues ahí es donde juro permanecer... excepto en este momento concreto".

No podía esperar más. Wynne se dirigió rápidamente al asiento de enfrente.

Ayer, Jo aceptó casarse con él. Anoche, una pasión arrolladora los consumió. Ninguno de los dos había dormido. Cada vez que se creían satisfechos y agotados, bastaba una mirada, una caricia, y volvían a ser jóvenes amantes.

Ella le miró interrogante.

"¿Qué mano?", preguntó, tendiendo dos puños cerrados.

Jo estaba satisfecha con lo que habían descubierto sobre su madre en Garloch, pero también descorazonada por la falta de perspectivas de aprender algo más. Wynne leyó sus pensamientos. Sabía lo que ella sentía. Y allí estaba él, intentando animarla.

"¿Qué haces, capitán Melfort?", preguntó sonriendo.

"¿Qué mano?"

"Si pretendes distraerme, ya lo has conseguido", dijo ella, mirándole a su apuesto rostro.

"No seas cobarde, Lady Pennington. Elige una".

Jo viajó en el tiempo hasta una cálida tarde en Londres. A la noche en que se conocieron.

"Estás siendo más formal que la última vez, capitán", sonsacó ella, mordiéndose el labio mientras estudiaba sus opciones. "La mano derecha".

Como ella esperaba, estaba vacía. Cuando él extendió la mano izquierda en su dirección, ella vio que la derecha se metía disimuladamente en el bolsillo de su abrigo. Era absurdo, pero de repente se sintió joven y juguetona.

"¿Qué escondes ahí?", gritó ella, arrojándose a sus brazos e intentando meterle la mano en el bolsillo.

"Lady Jo, tu impaciencia me asombra".

"Me alegro". Se rió.

"Y me sorprende tu atrevimiento".

"Lo cual me deleita aún más".

Sonriendo, la sentó firmemente en su regazo y ella lo miró, deleitándose con el calor y la masculinidad que desprendía. Lo deseaba. Quería hacerle el amor ahora mismo, en este carruaje. Y por lo que sintió a través de sus ropas, él también lo deseaba.

"Después", dijo él, leyéndole la mente. Puso el puño derecho sobre su regazo. "¿Qué mano?"

Si tenía un capullo de rosa ahí dentro, pensó, era realmente un mago. Jo suspiró, le dio la vuelta a la mano y le abrió los dedos. Allí, en la palma, brillaba una banda de oro de intrincado diseño. Lo miró perpleja, pero sólo por un momento. Luego su corazón se aceleró al ponérselo.

"Esperaba que me permitieras ponértelo en el dedo cuando nos casemos por primera vez en la iglesia de Rayneford. Oficiará la ceremonia el vicario".

"¿Casarse por primera vez?", preguntó ella, desconcertada. Ya habían hablado de ir a Baronsford, que la familia de Wynne conociera a los Pennington y *luego* planear su boda. Ella se lo recordó ahora.

Sacudió la cabeza. "Ésa será nuestra segunda boda. Y también podríamos celebrar una tercera o una cuarta, si quieres", le dijo. "Después de anoche, me quedó claro que no habrá espera. Ningún compromiso largo. Soy tuyo como tú eres mía. De hecho, tú misma me dijiste anoche que tu hermano menor, Gregory, y su esposa se habían casado dos veces. ¿Crees que te despreciaría de algún modo?".

"Te preocupas por mi reputación", dijo ella, sintiendo que su amor por aquel hombre aumentaba cada vez más.

Le sostuvo la mirada. "Te quiero, Jo. Y me hundiré si permito que algo ponga en peligro nuestro futuro juntos. Las habladurías malintencionadas, los cotilleos y las mentiras no volverán a tocarnos. Forjaremos entre nosotros un vínculo que el mundo contemplará con asombro. Pero si algo me ocurriera hoy, antes de casarnos, quiero que...".

Puso sus dedos en los labios de Wynne. Se moriría si le

ocurriera algo. Y comprendió lo que decía. Después de lo que habían aprendido sobre la vida de su madre, compartía su determinación sobre el futuro.

"Y yo a ti, Wynne", susurró. "Nos casaremos dos veces, pero éste es el único anillo que llevaré".

El sol de primera hora de la tarde se colaba por la pequeña ventana, y los ojos del anciano estaban fijos en el anguloso rayo de luz sobre el polvoriento suelo de roble de la habitación del piso superior de Knockburn Hall.

"Todo se arreglará, señor Barton", le dijo Cuffe tranquilizadoramente. "El capitán está volviendo".

Tenían que haber venido anoche, pensó. No dudaba de que volverían hoy.

Se levantó y se acercó a una ventana orientada al sur. Cuando llegaron aquí, había visto hombres a lo lejos registrando los campos. Pero ahora no veía ni rastro de ellos.

A nadie le hizo gracia que los Barton se presentaran en la Abadía sin avisar. Cuffe se preguntó si el médico sabía que su paciente estaba aquí. Quizá incluso lo aprobara. En cualquier caso, los hombres nunca se acercaron a la Sala. Nunca sacaron a los perros de las perreras.

Los tres chicos a los que se acercó Cuffe no dijeron ni una palabra. Les iba a dar un chelín a cada uno por su participación. En los establos, les dijo que necesitaba su ayuda. El Sr. Barton estaba en el estanque con un ayudante. Habían caído sobre el hombre como salteadores de caminos y lo habían cogido desprevenido. Con una bolsa sobre la cabeza, lo amordazaron, lo ataron y lo arrastraron de vuelta al establo, mientras Cuffe se llevaba al paciente a Knockburn Hall.

Habían tardado mucho en llegar a su escondite. El anciano

se había agotado rápidamente y había necesitado sentarse y descansar varias veces. Pero era bueno siguiendo instrucciones. Cuffe le miraba ahora desde el otro lado de la habitación.

"Estaremos bien. Aquí estarás a salvo", dijo. El señor Barton estaba sentado donde Cuffe lo había puesto cuando llegaron, en el nicho de una ventana cerca de la chimenea. "No podía dejar que te llevaran. No después de oírles hablar. Ese otro manicomio, el de Aberdeen, es malo. He visto a gente en las islas que sufría. Heridos sin motivo. No está bien. Dar vueltas y palizas. Meterte en agua fría. El capitán no lo habría permitido".

El paciente no dijo nada, y Cuffe no estaba seguro de si entendía una palabra de lo que le decían. Sus ojos permanecían fijos en el rectángulo de luz del suelo.

"El capitán volverá hoy", repitió. "Aquí estamos a salvo. Tú y yo. ¿Te apetece echarte una siesta? Para que el tiempo pase más rápido".

Deseó que el Sr. Barton durmiera un poco. Normalmente lo hacía a esas horas del día, pero el hombre no hizo ademán de tumbarse.

Era extraño mantener una conversación unilateral. Pensó en cuando le hacía esto al capitán. No le contestaba. No le miraba. Actuando como si no existiera, incluso cuando el capitán se portaba bien con él. Igual que el Sr. Barton estaba haciendo ahora con él.

Cuffe pensó con culpabilidad en los problemas que había causado a su padre. A su padre.

"Seguramente te habrás preguntado por qué nadie nos ha encontrado", dijo. "Yo vengo de Jamaica, ¿sabes? Soy cimarrón y vivimos fuera, donde nadie puede atraparnos. Ni siquiera los soldados".

Volvió a mirar por la ventana.

"Ya conoces al capitán. Es el compañero del Dr.

McKendry en la Abadía. El gobernador. Pero antes comandó buques de guerra. Ha navegado por todos los océanos. Luchó contra piratas, esclavistas y americanos. Y a los franceses. Es muy listo. Sabrá lo que debemos hacer".

Vendría pronto. Y sabría dónde se escondían. Cuffe cruzó la habitación y se sentó contra la pared, cerca del hombre mayor.

"Mi padre -el capitán, quiero decir- puede arreglar cualquier cosa. Todo el mundo depende de él, incluso el doctor McKendry. No habrían intentado llevarte si él estuviera hoy en la Abadía. Pero llegará pronto. Nos pondremos bien".

Cuffe deseaba estar aquí ahora. Su padre.

El jueves habían cabalgado juntos hasta el pueblo. Le gustó que el capitán le dejara elegir un caballo para él solo. Y cómo había ido con él a llevar comida a la vieja viuda de la casita destartalada del final del camino. Y cómo el capitán fue a su habitación el viernes por la noche y le habló de lady Jo.

El capitán... su padre. Y tal vez Lady Jo para formar una nueva familia. Quizá no estaría mal crecer en Escocia.

El toque en su brazo sobresaltó a Cuffe. Se volvió para ver al anciano sentado a su lado. Los ojos estaban alerta, observándole.

"¿Qué ocurre, Sr. Barton?"

"¿Dónde está Jo?"

Capítulo Veintidós

WYNNE SUPO que algo iba mal antes de que llegaran al largo camino que conducía a la Abadía. Grupos de hombres avanzaban en fila por los campos y los campos de golf, escudriñando cada centímetro, pateando las aliagas y la hierba larga. Pudo ver a otros junto a los estanques, hurgando en el agua con sus palos. Buscaban algo.

"¿Qué crees que ha pasado?" preguntó Jo.

"No lo sé". Hizo una pausa y señaló hacia el carruaje y los mozos de cuadra que esperaban junto a la puerta del anexo. "Pero tenemos visita".

No tenía sentido adivinar qué pasaba. Pronto lo sabrían. Pero cuando su propio carruaje se detuvo ante la puerta, Dermot salió corriendo del edificio y subió antes de que pudieran salir.

"Conductor, sal más allá del bosquecillo de castaños y detente allí", gritó, y el carruaje se puso inmediatamente en movimiento.

"Mis disculpas, Dama Josefina", dijo, inclinando la cabeza

a modo de saludo. "Pero sería mejor que no llegarais a la Abadía en este momento".

"¿Qué ocurre? preguntó Wynne.

Dermot se volvió hacia él. "Graham y la señora Barton irrumpieron aquí hace un rato, furiosos como un par de avispas. Quieren llevarse a su hijo y entregarlo al manicomio de Aberdeen. Afirman que ya se han hecho todos los preparativos. He intentado razonar con ellos, pero no lo han conseguido. Exigen que se lo entreguemos inmediatamente".

Jo palideció y sus ojos oscuros se fijaron en Wynne. "¿Hay alguna forma de detenerlos?"

El rostro de Dermot mostró sus dudas. "Saben lo del ataque de la semana pasada. También saben que Barton se metió en el estanque de peces. Alega que hemos sido negligentes en su cuidado y que, como su madre, es su deber llevárselo. Me las arreglé para mantener tu nombre fuera de cualquier discusión sobre los hechos, milady. Me pareció evidente que tu llegada y tu influencia en la mejora de Charles les angustiaba".

"¿Preguntaron por Lady Jo?"

"Lo hizo la señora Barton, en cuanto supimos que Charles había desaparecido".

"¿Qué has dicho?"

"Que viajó ayer hacia el norte".

Cierto, pensó Wynne.

"¿Cómo es el manicomio de Aberdeen?", preguntó con un temblor en la voz.

"Espantoso". El médico sacudió la cabeza. "No sobrevivirá allí mucho tiempo".

Wynne consideró rápidamente sus opciones. "¿Dónde están los Barton?"

Dermot miró por la ventanilla del carruaje como quien espera una emboscada. "Ahora mismo deberían estar en el ala este con mi tío y mi tía. Supongo que el Terrateniente estará hablando incesantemente de golf mientras mi tía los colma de refrescos. Pero no sé cuánto tiempo más permanecerán allí".

"¿Y Charles Barton?" preguntó Wynne.

"Ése es el otro problema al que nos enfrentamos en este momento. Ha desaparecido".

"¿Desaparecido? ¿Dónde?" preguntó Jo, molesto. "¿Por eso estáis registrando los campos? ¿Quién se lo llevó? ¿Qué pasó con su ayudante?"

"Encontramos a su ayudante en uno de los graneros, atado y amordazado con una bolsa en la cabeza. Estaba bastante ileso, la verdad. Pero no hay rastro del paciente".

"A ver si lo entiendo", dijo Wynne, visualizando cómo se desarrollaron los acontecimientos esta mañana. O mejor dicho, cómo se lo presentó Dermot a los Barton. "Charles se alejó a pie. Como no puede haber ido muy lejos, debe de seguir *cerca*. Y no utilizas los perros porque no tienes intención de alterarle ni de que se haga daño".

"Comprendes perfectamente la situación". La mirada de Dermot lo decía todo. "En cuanto Graham supo que su sobrino había desaparecido, estaba dispuesto a ir al pueblo a buscar al alguacil y organizar él mismo un grupo de búsqueda. Pero le aseguré que no se habían llevado ningún carruaje ni ningún caballo, y confiábamos en encontrar a Charles rápidamente. De hecho, suponen que tú diriges la búsqueda".

"¿Quedó satisfecho con eso?" preguntó Wynne.

"Al menos de momento, pero sí. Sobre todo cuando mencioné que Charles fue visto por última vez junto a los estanques de peces".

Jo miró fijamente a Dermot y luego a Wynne. Su expresión le dijo que comprendía las acusaciones insinuadas. Después de lo que habían aprendido en Garloch, empezaba a pensar que Graham era capaz de cualquier cosa.

"¿Dónde está Cuffe?", preguntó.

"Es..." El médico hizo una pausa con una mirada significativa a Wynne. "Está por ahí, en alguna parte, pero no sé exactamente dónde. En realidad, si lo pienso bien, el muchacho podría haber desaparecido poco después de que los Barton llegaran y dieran a conocer sus intenciones."

"Consíguenos algo de tiempo". Wynne se inclinó y abrió la puerta del carruaje. "Léeles una de tus disertaciones sobre la migración de los cucos o la estructura del cerebro de las salamandras. Sujétalos. Te comunicaré cómo procederemos a continuación".

El carruaje se detuvo en el patio cubierto de maleza de Knockburn Hall. Apenas habían bajado cuando, para su alivio, el rostro de Cuffe apareció en una ventana del piso superior.

"Mientras subes, necesito hablar con mi hijo".

Jo estudió la expresión grave de Wynne y sus pasos decididos mientras se dirigía a la casa. Antes de llegar a la entrada, Cuffe abrió la puerta de un tirón.

El tiempo se detuvo. Jo era incapaz de moverse, observando cómo ambos se enfrentaban. Finalmente, la barbilla de Cuffe se elevó una muesca.

"Hice lo correcto", dijo. "¿Verdad que sí?"

"En efecto, lo has hecho. Me has hecho sentir orgulloso". Acortó la distancia que los separaba y cogió a su hijo en brazos, levantándolo y abrazándolo con fuerza.

Los brazos de Cuffe rodearon los hombros de su padre. Cuando Wynne lo dejó en el suelo y se alejaron unos pasos en dirección al estanque, Jo apenas pudo oír lo que decían. Pero sabía que aquellos dos habían superado una gran barrera. Padre e hijo estaban firmemente unidos. Y ella miraba hacia su futuro. A los hombres que amaba. Eran sus sueños hechos realidad.

Jo dirigió su atención a la casa y se apresuró a entrar. Encontró a Charles arriba, donde habían visto a Cuffe en la ventana.

Estaba sentado en el suelo, bajo una ventana, con las piernas cruzadas a modo de sastre. Su atención estaba fija en un haz de luz vespertina en la base de una pared lejana. Jo estudió los planos delgados y angulosos de su rostro, los hombros estrechos. Era de constitución delgada. De estatura media. Intentó imaginárselo como un hombre joven.

Pensando en lo que había dicho Wynne, en la posibilidad de que aquel hombre fuera su padre, buscó similitudes. Físicamente, había heredado el aspecto de su madre. Ese hecho se había confirmado una y otra vez desde su llegada a las Highlands. Pero, ¿y su personalidad? Jo no era una artista superdotada, pero era tranquila y modesta. Era cariñosa y generosa.

Cruzó la habitación hacia él. O era su padre o simplemente un hombre de buen corazón que nunca había superado la pérdida de un querido primo. No importaba. Estaba aquí para ayudarle. Si conseguía hablar con él, pensó que querría oír hablar de su viaje a Garloch y de lo que había descubierto.

"Sr. Barton", dijo en voz baja. "¿Puedo acompañarle?"

No esperaba una respuesta, así que se sentó con las piernas cruzadas en el suelo frente a él, con las rodillas casi tocándose. El haz de luz le daba directamente a los ojos, pero quería estar aquí, donde él la viera.

Jo no sabía qué pensaba hacer Wynne para impedir que la familia llevara a ese hombre a Aberdeen. Había elogiado a Cuffe por ayudar a Charles a desaparecer. Sabía que él se saltaría la ley si era necesario, para frustrar a los Barton y sus sucios planes.

Ahora, en este momento, para calmar su propio nerviosismo, tenía que hablar.

"Gracias por dirigirme hacia Garloch. El capitán Melfort me acompañó hasta allí".

Los dedos de Charles tamborileaban suavemente en el suelo, junto a su rodilla. Echaba de menos el lápiz y el papel con los que estaba acostumbrado a dibujar. Jo se dio cuenta de que sus dedos hacían lo mismo y se detuvo. Se acercó y le cogió las dos manos. Estaban frías, como las suyas.

"Nos reunimos allí con el coadjutor", le dijo. "Un joven agradable que estaba deseando ayudarnos y responder a nuestras preguntas si podía".

Jo continuó y relató todo lo que habían aprendido: las fechas en las que se habían centrado, la búsqueda de bautizos de niñas cuyo nombre de pila fuera Josephine.

Pensó que él podría conocer a muchas de las personas con las que se encontraron, posiblemente incluso al coadjutor, dependiendo de cuándo había visitado el pueblo por última vez. Habló con detalle de la señora Clark, esperando que el nombre de la amiga de la infancia de Josephine pudiera provocar alguna respuesta.

"Josephine Sellar", volvió a decir. "Durante toda mi vida, nunca supe el apellido de mi madre hasta que la señora Clark me lo reveló. No sabía de dónde venía ni quién podía ser su familia. La pena... la pena que sentí después...".

Le tembló la voz. Se detuvo, observando sus dedos unidos. Estudió el contraste de la edad en ellos. Tocó los callos y las cicatrices de la mano curtida. Cuando por fin pudo hablar, Jo le contó lo destrozada que se había sentido la noche anterior. Le habló de las lágrimas, de la sensación de pérdida. Le explicó que, por primera vez, sabía quién era su madre y que eso sólo la hacía sufrir mucho más.

Su rostro estaba a la luz y el de él en la sombra, por lo que no podía ver si sus palabras significaban algo para él. Pero si él entendía algo de lo que ella decía o no, daba lo mismo. Charles Barton y sus bocetos habían sido el estímulo, el detonante que había llevado su búsqueda a las Highlands. Él lo había cambiado todo para ella. Volver a encontrar a Wynne, descubrir los orígenes de su madre, incluso saber que aquel hombre silencioso era de la familia... Todo se lo debía a él.

"Conocí al señor Ezekiel Sellar, un primo lejano y un hombre decente", le dijo, recordándole a Charles quién era. Le transmitió las amables palabras que el anciano caballero había dicho sobre él y su padre, Ainsley Barton.

"Así que ahora sé cómo estamos emparentados, los Barton y los Sellar".

Tal vez fuera su imaginación, pero a Jo le pareció sentir un suave apretón en la mano.

"Josephine y tú erais primas. Os debisteis ver muchas veces mientras crecíais. Quizá compartierais los mismos intereses", sugirió Jo, preguntándose cuántas veces se habrían cogido de la mano. "Y ahora sé que se trasladó al castillo de Tilmory cuando perdió a sus propios padres, lo que explica por qué conocías tan bien sus rasgos como para poder dibujarla ahora, casi cuarenta años después. Nunca olvidamos a los que más queremos, ¿verdad?".

La sonrisa, la risa, los ojos oscuros bailando con la expresión de una mujer que se sabía adorada. Los bocetos de Josefina mostraban a una joven que era amada.

"Creo que os habéis debido de querer profundamente".

Jo no tenía derecho a suponer más que eso. No podía especular alocadamente y persuadirse de que había algo más entre ellos. Había perdido a su madre. No iba a convencerse de que Charles Barton era su padre, sólo para que se quedara en nada. No había venido a las Highlands a buscarlo.

"El señor Sellar me ha enseñado hoy la tumba de mi

madre", dijo con tristeza. "Realmente no la conocía ni se preocupaba por ella como tú".

Apartó las manos y juntó las rodillas contra el pecho.

"No le dije la verdad sobre la tumba. Sólo le habría inquietado. Pero tiene derecho a saberlo. Josephine no está enterrada en el cementerio de Garloch. No murió en la inundación. Sobrevivió. Y luego huyó de su pueblo tan lejos como pudo".

Sus pensamientos se desviaron hacia la imagen de su madre de las historias que había recopilado a lo largo de los años.

"Josephine Sellar, poco más que una niña, dio la espalda a su hogar y a sus parientes y viajó, cargada de hijos, como una indigente con otras gentes desesperadas y sin amigos expulsadas de las Highlands". Las palabras le costaron superar el puño que le atenazaba la garganta, pero aun así las sacó. "Dijeron que no mencionó a ningún hombre al que fuera, y que no dejó marido. Murió sosteniendo a su hija en un brazo y agarrada a la mano de la amable y cariñosa mujer que me acogió y me crió."

Se clavó una lágrima que le salpicó la cara... y luego otra y luego otra.

"Creo que pensabas que había muerto y estaba enterrada en Garloch. Pero algún día -cuando estés mejor- te llevaré a los Borders, al pueblo de Melrose. Allí, en el kirkyard, te enseñaré dónde está enterrada Josephine Sellar, mi madre".

Oyó pasos en el piso de abajo y supo que Wynne estaba subiendo. Jo levantó la barbilla de las rodillas y respiró hondo, intentando calmarse. No podía derrumbarse. No ahora. No cuando este hombre la necesitaba.

El haz de luz se había desplazado con el movimiento del sol, y ella miró fijamente a Charles Barton.

Las lágrimas corrieron sin impedimento por su rostro, y lentamente alargó la mano y la tomó entre las suyas.

Capítulo Veintitrés

Wynne se quedó mirando el cuadro que había sobre el manto de la biblioteca del castillo de Tilmory. Era una representación, realizada en el gran estilo del siglo pasado, de Julio César siendo asesinado en el Senado romano. No se le escapaba la ironía.

El sol de la tarde se deslizaba rápidamente hacia las colinas del oeste, y se preguntó cuánto tiempo pasaría antes de que la señora Barton y Graham llegaran de la Abadía. No importaba, decidió. Estaba preparado para lo que le esperaba.

"Gritad estragos y soltad a los perros de la guerra", murmuró, acercándose a una ventana que daba al patio delantero.

El castillo de Tilmory, con su belicoso exterior de piedra roja, se presentaba muy distinto por dentro. El centenario castillo había sido renovado hacía sólo unas décadas, y el interior había sido claramente diseñado para transmitir la sensación de riqueza y poder. Con fama de ser una de las fincas más ricas de la zona al este de los Grampians, hacía tiempo que las granjas se habían vaciado de arrendatarios para dejar sitio a la más lucrativa cría de ovejas. La exhibición de obras de arte, libros, muebles finos y otros lujos demostraba el éxito de esa estrategia, a pesar de las demostraciones de fuerza a veces desenfrenadas que hicieron falta para conseguirlo.

Pero fue el comportamiento del personal lo que más preocupó a Wynne.

En su época en la marina, había visto barcos comandados por hombres crueles. El uso del látigo y la privación de raciones en manos de un capitán sádico a menudo daban lugar a una tripulación disciplinada pero desanimada. Los hombres acostumbrados a los malos tratos hacían lo que se les exigía, pero con desidia y hosquedad, y no hacían nada más allá de eso. Aquí ocurría lo mismo.

Desde el momento en que bajó del carruaje, había visto las miradas de reojo de criados temerosos e infelices. Sin quererlo, proyectaban actitudes de perros azotados, escabulléndose, desapareciendo por las esquinas, respondiendo a las preguntas que les hacían de la forma más vacilante, apartando la cara cuando entraban a encender velas. Los trabajadores del castillo de Tilmory tenían miedo, y llevaban así mucho tiempo.

Wynne seguía de pie junto a la ventana cuando el carruaje de los Barton se detuvo frente a la entrada. Graham bajó y tendió la mano a la señora Barton, que lo ignoró y se dirigió hacia la puerta con una agilidad que contradecía su edad.

Dermot debía decirles que Wynne había encontrado a su hijo y lo llevaba personalmente al castillo de Tilmory, donde esperaría su regreso. Sólo podía imaginar cómo habrían recibido el mensaje.

Sólo un momento después, se abrió la puerta de la biblioteca y la señora Barton entró en la habitación, con Graham pisándole los talones.

Pasó por alto el saludo de Wynne, sus ojos encontraron

inmediatamente a su hijo sentado tranquilamente en el escritorio cerca de la puerta.

"Nunca me había enfrentado a una negligencia y unos malos tratos tan atroces. Si mi hijo no estuviera esperándonos aquí, habríamos derribado la Abadía, piedra a piedra. Y puede que aún lo hagamos". Se acercó más a Barton. "Está pálido como la muerte. ¿Qué clase de prueba le has hecho pasar? ¿Por qué no pudiste traerlo de vuelta a la Abadía?".

Sin esperar respuesta, se volvió hacia el tío de Barton. "Métemelo en el carruaje. Quiero que lo lleven directamente a Aberdeen".

"Es demasiado tarde", le dijo Graham. "Mañana hay tiempo suficiente".

La señora Barton miró impaciente por la ventana la luz del atardecer y luego agitó imperiosamente una mano en el aire. "Llama a los criados. Que lo metan en la cama. Mañana al amanecer, Graham, te lo llevarás". Se giró hacia Wynne. "No tenemos nada más que hacer con usted, capitán. Nuestro asunto ha terminado. Ten la amabilidad de transmitir nuestro descontento al Dr. McKendry respecto a la gestión de lo que pretendes que sea un asilo. No recibirás ninguna recomendación favorable de nuestra parte, te lo aseguro. Ahora lárgate".

Cuando nadie se movió, se volvió hacia Graham, que miraba fijamente al otro lado de la habitación.

"Dama Josefina", dijo con una reverencia cortante. "Nos dijeron que ya te habías ido al norte".

La señora Barton se dio la vuelta, con expresión furiosa, mientras Jo se alejaba de una estantería.

"Sí que fui al norte", dijo con calma, llevándose un volumen al pecho. "Pero sólo a Garloch".

"¡Tú!", espetó la mujer mayor con tono de acusación.

Así lo quería Jo, permanecer en las sombras hasta que aquellos dos estuvieran seguros en su propia guarida.

"Después de tantos años, me alegró saber dónde nació y fue bautizada mi madre. Tenía que verlo con mis propios ojos. El capitán Melfort tuvo la amabilidad de ayudarme a encontrar lo que buscaba", dijo Jo, asintiendo con gratitud en dirección a Wynne. "Ha sido fundamental para revisar los registros de la rectoría de Garloch y de las oficinas del obispo en Aberdeen. Gracias al cielo, en nuestra era moderna tenemos guardianes de registros tan dedicados. No se puede confiar sólo en los rumores".

El silencio amortiguó la habitación. Y entonces Graham cerró la puerta mientras ella continuaba.

"En Garloch visité a unos viejos amigos de mi madre, y tuve ocasión de hablar con su primo Ezequiel Sellar. Te envía sus mejores deseos, señor. Lamentó de corazón no haberte visto desde que le vendiste la propiedad de Josephine Sellar".

Hubo un tiempo en que Jo no se enfrentaba a sus enemigos ni permitía que nadie librara sus batallas. Ese tiempo había quedado atrás, pensó Wynne con orgullo. Ahora había una mujer diferente en esta habitación.

"Y nos detuvimos en la tumba. Pero todos sabemos que no es ella quien está enterrada allí".

Ignoraba la expresión de desdén burlón de la señora Barton y mantenía la mirada fija en Graham. Y cuando volvió a hablar, su aversión se derramó con cada palabra.

"*¿Cómo* pudiste hacerle eso? Era tu pupila. La hija de tu propia hermana. Era de tu propia sangre. ¿Cómo pudiste no protegerla, no quererla?

"I-" Graham no tuvo oportunidad de decir otra palabra.

"¡Fuera!" estalló la señora Barton. "Sal de esta casa ahora mismo. Ahora mismo".

"Cálmate", ordenó Wynne. "Si permitieras que Graham y lady Josephine...".

"No. No permitiré nada de eso". Miró salvajemente a Jo y

señaló la puerta. "Tú no eres nadie. ¿Me oyes? Nadie. Sin conexión. Josephine Sellar se ahogó en una inundación. Desapareció. No había ningún niño. Eres una intrusa en nuestras vidas. Llévatela de nuestra casa, Graham".

"¿*Tu* casa?" preguntó Jo bruscamente, pasando la mirada de la iracunda mujer a Graham. "Mira detrás de ti. Aún está aquí. Charles está vivo. Ésta es *su* casa".

Ninguno de los dos se movió. Su atención se centró en el rostro sonrojado de Jo.

"¿O le harás a Charles lo mismo que le hiciste a mi madre? ¿Por qué no? Puedes ahorrarte el gasto de enviarlo a morir a Aberdeen. ¿Por qué no cavar simplemente una tumba aquí y llenarla con el cuerpo de cualquier pobre alma?".

"Eres un demonio", echó humo la señora Barton, sus ojos escupían fuego. "Decirle semejante cosa a una madre".

Jo la ignoró, manteniendo su atención en Graham. "¿No es eso lo que hiciste en Garloch? ¿No es cierto que identificaste el primer cadáver disponible como tu pupila, Josephine Sellar?".

Graham se dirigió a un escritorio junto a una ventana.

"¿Y qué ganaste con ello?", insistió ella. "¿Unas míseras libras de la venta de su patrimonio?" Jo sacudió la cabeza con disgusto. "En tus viles intrigas, ¿es Charles el próximo en morir?".

La señora Barton dio un paso hacia ella.

"*Tú* eres el único vil intrigante", siseó. "Tú y tus astutos planes para apoderarte de todo lo que hemos construido. Todo lo que apreciamos".

Jo siguió ignorándola, persiguiendo a Graham.

"¿O fueron tus acciones aún más insidiosas?", preguntó. "¿Intentaste matarla? ¿La arrojaste tú mismo a aquellas aguas? ¿Era ésa la razón por la que estaba tan aterrorizada de volver?"

"Te equivocas", replicó él, con angustia en la voz. "No

237

cometí ningún asesinato. Quedó atrapada en la riada y creí que estaba muerta. Estaba seguro de ello. Nadie podría haber sobrevivido a aquellas aguas embravecidas, y menos una mujer en su estado. Y te digo, con Dios por testigo, que no se trataba de su patrimonio. Quería traerla de vuelta. Salvarla".

Su admisión tuvo un efecto más poderoso en la Sra. Barton de lo que Wynne hubiera imaginado. Cruzó la habitación y abofeteó con fuerza a Graham en la cara.

"¡Eso es mentira!", gritó ella. "No me traicionarías. Ni entonces ni ahora".

Graham no dijo nada. No se llevó la mano a la cara. Simplemente se quedó donde estaba mientras la señora Barton giraba y volvía hacia Jo.

"Esa ramera merecía morir". La anciana se detuvo en el centro de la habitación, con los ojos desorbitados, desenfocados. "Fue voluntad de Dios que se ahogara como el faraón y su ramera egipcia. Murió como debía. Y el demonio que crecía en su interior también murió. Quería que desaparecieran. *Dios* los quería muertos. Ambas muertas".

Como si se hubiera despertado de repente, Graham se dirigió hacia ella. "Leana. Detente".

Levantó una mano, deteniéndole en seco.

"Desde el primer momento en que la pequeña jade puso un pie en esta casa, lo único que quería era robarme a los hombres Barton", se mofó. "Quería arrebatármelo *todo*. Ainsley y sus santurronerías. Hablando de ella como de la hija que debería haberle dado".

Retrocediendo hacia el escritorio donde estaba sentado su hijo, alargó la mano para tocarle el pelo, pero se detuvo, apartando la mano como si le quemara.

"Y entonces mi Charles, mi niño, cayó bajo su hechizo".

Miró a Jo con odio puro en los ojos.

"Se volvió contra mí como una víbora, y ella le obligó a

hacerlo. Le dio la espalda al partido que le habría convertido en un hombre para toda Escocia. Se encogió de hombros ante la perspectiva de matrimonio que yo le había arreglado como si no fuera nada. ¡Nada! ¡Y se volvió hacia *ella*! Se casó con *ella*... sólo para fastidiarme. Todos mis planes para él. Todo para nada".

Se casó con ella.

Josephine y Charles. Casados. Era su padre.

Se casó con ella. Las palabras de la señora Barton reverberaron en la mente de Jo.

Quería ir hacia Charles y abrazarle. Era su padre. Pero la anciana estaba de pie junto a él, con los brazos torcidos y la cara crispada por la furia. Y Jo sabía que la madre de Charles lucharía contra ella como un animal salvaje si intentaba acercarse a él ahora.

Entonces algo cambió en el rostro de la señora Barton. Un destello de comprensión brilló en sus ojos. Miró a Graham con el ceño fruncido.

"¿Salvarla? *¿La* habrías *salvado?*" Su boca se abría y se cerraba como si formara palabras que no salían. "Tú no lo harías. No tú. No el hombre que decía amarme. No el hombre que me había suplicado que me casara con él durante... ¿cuántos años, Graham? No el hombre que juró esperarme hasta que el último aliento de vida abandonara nuestros cuerpos".

De repente, toda la rabia, la duda, la frustración y la impotencia que Jo sentía en su interior se desvanecieron, y en su corazón brotó la compasión. A pesar de saber que aquella anciana era la causa de tanta miseria, responsable de la muerte de su madre, en aquel momento no podía sentir más que lástima por ella. Otra mujer perdida.

"Leana", empezó Graham con impotencia.

La señora Barton se estremeció y lanzó una mirada feroz a Jo.

"Así que también me lo has robado a mí", carraspeó. "Tú y tu puta madre os los habéis llevado a todos. Éste no es ni la mitad de hombre que era su hermano. Nunca podría serlo. Así que llévatelo. No le necesito ni a él ni a nadie. *Los dos* deberíais haberos ahogado. Ojalá nunca hubierais visto la luz del día".

"Ya basta, Leana", dijo Graham, cruzando hacia ella.

Entonces se detuvo y empezó a retroceder, y Jo vislumbró la pequeña pistola con manguito de señora que había sacado del cajón del escritorio.

El cañón de la pistola giró hacia Jo, y la Sra. Barton se acercó un paso. No iba a fallar.

Su estrategia, ideada en Knockburn Hall cuando Charles pidió vacilantemente a Wynne y Jo que le trajeran aquí, había degenerado en un desastre inminente. Jo había estado dispuesta a provocar a la señora Barton y a Graham, y a aguijonearles para obtener respuestas, pero ahora parecía que moriría en el intento.

Jo no sabía cómo había llegado hasta ella, pero de repente Wynne se interpuso entre ellas.

"Esto ha ido demasiado lejos, señora Barton", dijo fríamente. "Me entregarás esa pistola inmediatamente".

"¿Crees por un momento que dejaré que se lo lleve todo? ¿A mi familia? ¿Mi casa? ¿Mi posición? Apártate de mi camino".

Mil pensamientos y temores recorrieron a Jo, pues sabía que aquella mujer era capaz de apretar el gatillo. Había venido a las Highlands para obtener respuestas, para encontrar sus orígenes. Y ahora conocía la historia de su madre. Había descubierto a su padre. Pero, ¿y Wynne? Era el único amor verdadero de su vida. Y ahora podía perderlo.

El miedo atenazó su corazón con garras de hierro. Él era su pasado, su futuro, su presente. Su vida y sus sueños. Era la felicidad que creía haber perdido para siempre. Él era el aire que la sostenía.

Hace dieciséis años perdió a Wynne. Aquí, en las Highlands, volvió a encontrarlo. Y ahora él se interponía entre ella y un arma cargada.

"Sólo puedes disparar a una de nosotras", dijo a la señora Barton. "No será ella, te lo prometo".

Graham dio un paso hacia la mujer mayor.

"Para", ladró. "Si tuviera dos balas, una de ellas sería para ti. Ahora quítate de en medio, capitán".

No podía dejar que lo hiciera. Jo intentó rodear a Wynne, pero él la retuvo.

"Te colgarán por esto tan seguro como que estamos aquí de pie. ¿Crees que su hermano, el Señor Justicia, te permitiría vivir si matas hoy a alguno de nosotros?".

"¿Crees que me importa? ¿Crees que quiero vivir después de esto?"

Jo rodeó a Wynne lo suficiente para ver a la señora Barton agitando la pistola.

"Entonces será mejor que me dispares", dijo. "Ya he recibido una bala por ella. Estoy dispuesto a recibir otra".

"¡No!" gritó Jo, retrocediendo fuera del alcance de Wynne y haciéndose a un lado.

Al girar la pistola, vio que los ojos de la mujer se centraban en ella, y su intención era mortal.

"No, madre", dijo Charles Barton mientras su mano se cerraba sobre la pistola, empujando la boca hacia el suelo. "No... no matarás... a mi hija".

Capítulo Veinticuatro

AUNQUE NO LO ESPERABA, Jo vio a la señora Barton todos los días después del incidente de la biblioteca.

Cuando Charles intervino, la mujer mayor se había hundido inmediatamente en una silla, conmocionada y mirándole fijamente. Había sido derrotada, despojada de cualquier poder que imaginara tener sobre su hijo, sobre Jo, incluso sobre Graham. Como no se movía ni respondía a nadie, los sirvientes la llevaron a sus aposentos y la acostaron.

Antes de partir hacia la Abadía, Wynne les hizo llamar al doctor McKendry.

Abatida por una apoplejía debida a la conmoción que ella misma se había provocado, la señora Barton fue atendida por médicos, primero de Dermot y luego del pueblo y de Aberdeen. Al cabo de dos días, su diagnóstico era poco optimista. La anciana estaba consciente, pues podía parpadear sus respuestas a preguntas sencillas aunque no podía hablar. Pero se había quedado sin capacidad para moverse o realizar las tareas más sencillas. Leana Barton yacería en su alcoba indefinidamente, despojada de la dignidad de vivir como había vivido, condenada a permanecer prisionera dentro de su propia mente.

Después de lo ocurrido en el castillo de Tilmory, Jo se sintió aliviada cuando su padre expresó su deseo de permanecer en la Abadía. Hacía tiempo que Charles había renunciado a que el castillo de Tilmory fuera su hogar.

Le habían preparado habitaciones cerca de ella, en el ala norte. Con la ayuda de un asistente, estaba segura de que podría ocuparse de su recuperación.

Charles vacilaba en sus esfuerzos por hablar, un problema continuo que le frustraba. Pero cuando le fallaban las palabras, cogía la pluma y escribía sus deseos, pues su comprensión mejoraba cada día. Su memoria tenía grandes lapsus, pero Dermot le dijo que no desesperara. Otros antes que él se habían recuperado por completo, y seguirían haciéndolo.

Tres días después, Graham pidió una oportunidad para explicar su versión de los hechos, así que Jo y Wynne llevaron a su padre en carruaje de vuelta al castillo de Tilmory.

"No puede haber peor castigo que el que han impuesto a tu madre", dijo Graham a Charles. Estaban sentados de nuevo en la biblioteca, y una lluvia constante golpeaba las ventanas.

"Por mí", continuó Graham con una mirada a los demás, "temo por mi alma eterna".

Jo se quedó atónita ante el cambio que había experimentado aquel hombre en tan poco tiempo. Desde su primer encuentro, quince días atrás, su espalda recta estaba encorvada por la edad, y favorecía una pierna al andar. Las arrugas de su rostro eran más profundas. Sus ojos habían perdido el fuego.

"Durante años te mantuviste alejada del castillo de Tilmory, de tu madre y de mí", dijo Graham en voz baja. "Sé que pensabas que habíamos alejado a Josephine. Y tenías razón. Tu madre la intimidó y amenazó hasta que huyó, pero yo soy tan responsable como ella. Permanecí en silencio, atendiendo a mi trabajo de supervisión de las granjas, aunque sabía lo que sufría la muchacha. No hice nada para impedirlo. No levanté un dedo para ayudarla hasta que fue demasiado tarde".

Charles no miró a Graham y no dijo nada.

"Milady, tu introducción a esta familia, a tu propia familia ha sido...". El anciano vaciló y se movió inquieto en su silla, buscando la palabra adecuada para decirle a Jo. "Espantosa. Pero antes de decir otra cosa, necesito decirte cuánto lamento haberte tratado como lo hice el día que nos conocimos en la Abadía, y haberme callado equivocadamente desde entonces."

"Lo que tengo que perdonar no es nada comparado con lo que les hiciste a mi madre y a mi padre. Destruiste sus futuros".

"Lo sé", dijo sombríamente. "Lo sé".

Más que disculpas, quería respuestas. "Dos hermanos y una hermana. Mi padre me ha transmitido parte de nuestra historia familiar. Lo que puede recordar".

Quizá fue el día en que Charles saltó al estanque con la esperanza de salvarla. O antes, cuando Stevenson se liberó de sus ataduras nocturnas y asestó un golpe a su padre mientras dormía. Tal vez fuera la acumulación de muchas cosas o simplemente el paso del tiempo. No había forma de saberlo, pero la niebla se había disipado en la mente de su padre y, sin duda, estaba mejorando. Y querer pasar tiempo con Jo, hablando del pasado, era su pasatiempo favorito estos días.

"Eras el más joven", continuó. "Has permanecido soltero toda tu vida, sirviendo a la familia en el castillo de Tilmory. Y sé que Mary, mi abuela, era la mediana. Estaba casada y vivía en una granja de Garloch, donde dio a luz a Josephine".

Algún día le gustaría ver aquel lugar. Ezequiel Sellar les había invitado cuando se conocieron, pero entonces no hubo tiempo.

"Lo que no puedo entender es por qué la señora Barton odiaba tanto a mi madre", le dijo. "No puede ser simplemente que estuviera celosa de la atención de otros hombres de su familia".

El hombre mayor se quedó mirando al aire durante un largo momento. El padre de Jo le había insinuado que Graham nunca se había casado porque siempre había amado a Leana Barton.

"Fue..." Graham rompió por fin el silencio. "Tienes que comprender que era su necesidad de ser el centro de las cosas, de controlar a todo el mundo. Eso fue lo que la impulsó siempre. Se crió en la sociedad de moda de Edimburgo. Siempre le echó en cara a Ainsley que se casara con un Highlander".

Cuánto dolor ha causado en el mundo la creencia religiosa en la superioridad de los ricos, con su ignorancia inconsciente, sus valores deformados y fuera de lugar y sus modas chabacanas.

"Al llegar aquí, al castillo de Tilmory, nos vio a todos como un desafío. Su intención desde el primer momento fue elevar a los Barton a un lugar que la mereciera. Y ahí es donde enseguida tuvo problemas con Mary. Estaba decidida a casarse con Sellar. Era un caballero, pero seguía siendo un granjero. Leana tenía otros planes. Vio cómo enviaban a nuestra hermana a Edimburgo y la introducían en la alta sociedad. Pero Mary consiguió lo que quería y al final se casó por amor".

Jo había sabido por su padre que la primera vez que conoció a Josephine fue cuando ésta vino a vivir al castillo de Tilmory tras la muerte de sus padres. Esto explicaba el distanciamiento de las familias.

"Ainsley y yo pensábamos que la mala sangre había muerto con el fallecimiento de los padres de Josephine", le dijo Graham. "Pero pronto supimos que no era así cuando tu madre llegó aquí, al castillo de Tilmory. Tenía el temperamento de un ángel. Alegre y amable. Era imposible no quererla. Pero, por supuesto, Leana sólo veía en ella a nuestra hermana, Mary, y la persiguió desde el primer día".

Trece años, una edad difícil. Ni niña ni completamente mujer. Jo sabía ahora que su madre había perdido a ambos padres y se había refugiado bajo este techo cuando ella tenía trece años. Un año después, perdió a Ainsley, su tío y tutor.

La atención de Graham volvió a centrarse en Charles. "Sabía lo vuestro. Vi cómo vuestros sentimientos mutuos crecían con el tiempo. Vivía temiendo el día en que tu madre también lo viera. Porque sabía que Josephine se enfrentaría a muchos más problemas".

Charles empezó a decir algo pero, abrumado por la emoción, no pudo pronunciar las palabras. En su lugar, las garabateó en una hoja de papel.

"Nos casamos el día que cumplió dieciséis años en Garloch", leyó Wynne sentado junto al padre de Jo.

Escribió más y volvió a transmitirlo.

"Iba a retirarme del servicio. Volver a Escocia", volvió a leer Wynne.

Jo ya lo sabía. El plan de su padre era abandonar la marina. Querían establecerse en cuanto su madre tuviera edad suficiente para controlar su propia herencia.

"Guerra", dijo Charles, con los ojos en blanco.

También le había dicho que pensaban abandonar el castillo de Tilmory y vivir en la granja que le habían dejado sus padres. Querían formar una familia en paz.

"Estabas luchando contra los rebeldes en América cuando tu madre se enteró de que Josephine estaba embarazada", dijo Graham. "Por supuesto, la muchacha le dijo con orgullo que estabais casados, que era tu hijo el que llevaba en su vientre. Pero tú sabías desde el principio que Leana tenía otros planes sobre con quién te casarías".

"*Sus...* planes", siseó Charles. "No los míos".

Escribió ferozmente en el papel y se lo entregó a Wynne.

"Tu trabajo era proteger a mi Josefina".

Lágrimas calientes y amargas brotaron de los ojos de Jo al imaginar los malos tratos que su madre debió de soportar a manos de la señora Barton.

El cuerpo de Graham empezó a balancearse hacia delante y hacia atrás en su silla, su mirada angustiada estaba fija en un espacio vacío de una pared lejana. Lo estaba recordando todo, pensó con rabia.

"¿Por qué huyó?", preguntó, forzando la atención de Graham.

"Leana le mintió. No supe lo que había hecho hasta que la muchacha se fue". Miró fijamente a Charles. "Le dijo a Josephine que habías muerto. Que tu barco se hundió y que te perdiste con el resto".

Su balanceo aumentó y su rostro estaba a punto de desmoronarse.

"Le dijo a la muchacha que le quitaría a su hijo, que lo arreglaría para que nadie supiera nunca que se habían casado. Luego la convertiría en una puta en los campos. Así que huyó. Era justo lo que Leana quería".

¿Y adónde iría Josefina, sino a su propia casa?

"Y te juro que yo no tuve nada que ver con eso. No tenía ni idea de que tu madre se rebajaría a un engaño tan bajo. Una terrible tormenta nos azotaba desde hacía días. La tercera en otras tantas semanas. Cuando regresé al castillo, la pobre había desaparecido. Y cuando me enteré de lo ocurrido por los sirvientes que estaban allí, supe que lo que decían era cierto".

"Fuiste a Garloch tras ella", dijo Wynne.

"No podía dejarla marchar. Tenía que traerla de vuelta. No a Leana. Sino para protegerla hasta que volvieras. Sabía perfectamente que no habíamos recibido ninguna noticia de la muerte de Charles. Todo era mentira. Tenía que encontrarla". Graham se pasó una mano temblorosa por la cara, y sus ojos mostraban que los fantasmas seguían atormentándole. "Llegué a Garloch justo después de la inundación. La busqué por todas partes. El lugar era casi una ruina. Las casas del pueblo destrozadas y esparcidas por todas partes. El puente arrasado. Todavía había agua en los campos. Descubrí que nunca había llegado a su antigua casa. La tormenta mató a tanta gente. Tantos cadáveres tendidos en la colina junto a la iglesia...". Sus palabras se ahogaron bajo la presión de su dolor.

"¿Por qué identificar y enterrar a otra persona?" preguntó Jo.

"No se trataba de apoderarse de lo que era suyo. En absoluto". Sacudió la cabeza. "Esperé durante días. Me busqué a mí mismo. No la encontré por ninguna parte. Y luego se descubrieron más cadáveres río abajo a medida que bajaba el agua. No se distinguía uno de otro. Sólo tenía una cosa que podía utilizar para identificarla".

Los ojos negros de Graham brillaban con lágrimas.

"La mujer a la que enterré en esa tumba era de carácter familiar. Eso me bastó. Me dije que era Josefina. Me obligué a creerlo. Dios me perdone, yo. . . *quería* creer que era ella".

Capítulo Veinticinco

LA NOCHE SIGUIENTE, Wynne regresó tarde de Aberdeen y llamó a su puerta unos minutos después de medianoche.

Jo abrió la puerta y se arrojó a sus brazos. Levantándola, entró y cerró la puerta tras ellos.

"Lárgate si no te he echado de menos", gruñó, y sus brazos la acercaron.

Anoche había llegado el mensaje del alguacil de Aberdeen de que Abram había sido detenido. Wynne se marchó por la mañana temprano, y había tantas cosas que quería compartir con Jo sobre lo que había averiguado. Pero al ver su rostro suave y somnoliento, la fina camisa dejando al descubierto un hombro desnudo, se distrajo de la verdadera razón por la que había llegado tan tarde a su puerta.

Sus labios se deslizaron sobre los de ella, saboreando, probando, ahondando en su boca complaciente mientras las manos de ella le quitaban el abrigo de los hombros con avidez.

"Hazme el amor", susurró ella, apretando su cuerpo contra el de él.

Habían permanecido alejados el uno del otro desde la noche

en Garloch. El tiempo había sido precioso con todo lo que estaba ocurriendo en el castillo de Tilmory y en la Abadía. Mientras Cuffe seguía cada vez más de cerca a Dermot, Jo pasaba muchas horas cuidando de su padre y consiguiendo que se instalara. Pero Wynne había hablado con el vicario. Con amonestaciones o sin ellas, estaba dispuesto a casarles el sábado si así lo deseaban, y no era necesario sobornarles con material de golf. Revelar la noticia a Dermot había sido más fácil de lo que esperaba. Como dijo su amigo, había sabido que iba a ser así desde el principio, y le debían su felicidad por haber hecho de rival. Wynne había estado de demasiado buen humor para discutir.

"Por muy deseable que te veas en este momento, Jo -dijo-, nos casaremos el sábado. Quizá deberíamos esperar hasta entonces".

Un único lazo ataba el escote de la camisa justo por encima de sus pechos, tiró del nudo y deslizó la prenda por sus brazos.

"¿Seguro que quieres esperar?", preguntó ella, con timidez mezclada con desafío.

Los labios de Wynne eran voraces cuando se posaron en los suyos. Su pecho le llenó la mano y sus entrañas se encendieron. Ella encendió en su interior una pasión inextinguible.

Ella apartó la boca mientras le desabrochaba el chaleco y se ponía a trabajar en su corbata.

"Falta mucho para el sábado, capitán". Le sacó la camisa de los pantalones y metió las manos bajo ella, pasándole las palmas por la piel ardiente. "Pero si insistes, podemos esperar".

"Quizá deberíamos evaluar nuestra situación". Cogió una de sus manos de debajo de la camisa y se la llevó a la ingle. "¿Qué te parece? ¿Puedo esperar?"

Sus dedos rozaron su virilidad a través de la caída de los

calzones, y él oyó un gemido grave en lo más profundo de su garganta.

"No, no creo que puedas". Sonrió pícaramente, mirando el bulto. "Pero tal vez pueda esperar".

El tono juguetón de ella le hizo enloquecer de deseo de hacerle el amor ahora mismo. Envolverla con las piernas y enterrarse dentro de ella contra la puerta tenía cierto atractivo. Pero eso sólo sería el principio. No le cabía duda de que ella querría volver a hacer el amor en la cómoda, en la silla, en la mesa junto a la ventana... y, finalmente, en su cama. Así había sido su primera noche juntos. Ambos sentían un deseo insaciable el uno por el otro.

"Entonces quizás me dejes intentar hacerte cambiar de opinión".

Deslizó las manos por su trasero perfecto, la levantó y la dejó en el borde de la cama.

Sin esperar, le quitó la bata y la tiró a un lado. Luego retrocedió y se tomó su tiempo para desnudarse mientras ella se recostaba sobre un codo y observaba.

Mientras se desvestía, sus ojos se deleitaron con la plenitud de sus pechos, que subían y bajaban al ritmo irregular de su respiración. En la piel pálida de su vientre y en las curvas de su barriga, que él pensaba recorrer con la lengua de camino al triángulo oscuro de vello. Era realmente impresionante. Y era suya.

"Te estás aprovechando injustamente de mí", susurró ella, tumbándose de nuevo sobre las sábanas. "Es excitante verte desnudarte".

Wynne la agarró por las rodillas y tiró de ella hasta el borde de la cama. Tenía los ojos humeantes de pasión y se le escapó un gemido bajo cuando el pulgar de él jugó ligeramente sobre la rosada dureza de sus pezones. Abriéndole las piernas, se introdujo entre ellas. Su mano bajó lentamente por su vientre y oyó una aguda respiración.

"¿Verme desnudarme es lo único que te excita?", le preguntó, sintiéndola estremecerse bajo su contacto.

"También tendremos que evaluar eso".

Se inclinó sobre ella y la besó, deslizando la lengua en su suave boca. Se acercó a su cuello y luego a la parte superior de sus pechos. Cuando se llevó un pezón a la boca, los dedos de ella se enredaron en su pelo.

"Cada vez estás más cerca de una respuesta", susurró ella, guiando sin aliento la boca de él hacia su otro pezón.

Deslizó un dedo en sus pliegues húmedos y vio cómo ella abría los ojos de par en par. Ella levantó las caderas ante su contacto, meciéndose suavemente contra él.

El deseo urgente de clavar en ella su eje palpitante empezaba a enloquecerlo. Ella era la perfección. Suave como en un sueño. Y más dispuesta de lo que jamás había concebido en sus imaginaciones más carnales.

Estaba a punto de meter la boca donde tenía los dedos, pero ella se lo impidió, rodeándole la polla con la mano y deslizando los dedos a lo largo de ella.

"¿Has evaluado la situación?", dijo, intentando mantener la cordura.

"Creo que sí". Se movió en la cama, colocándose en posición. "Y te propongo un concurso".

"¿Un concurso?", preguntó, mirando a la tentadora sobre la cama.

"¿Quién hará que el otro se desmorone primero?", dijo ella, acercándose para tentarlo. "En Garloch, tú fuiste sin duda el vencedor. Esta noche... te desafío a ti".

No tenía ninguna duda de que saldría ganando en este juego, independientemente de su entusiasmo o del resultado.

"Y nada de poner tu encantadora boca sobre mí ni de

utilizar tus dedos mágicos para llevarme al límite. Al menos no la primera vez".

"Lo mismo te digo a ti", le dijo él, retirando a regañadientes los dedos de su virilidad. "Acepto tu desafío".

Ella se recostó en la cama, invitándole. Aquello era una visión de su vida privada con Jo, pensó, con el corazón desbocado. Era el hombre más afortunado del mundo.

Wynne cogió su mano y la rozó contra su propio sexo.

"¿Esto cuenta?", preguntó.

Ella arqueó la espalda involuntariamente y luego apartó la mano. "Te estás saltando las normas".

"Bueno, ahora no podemos estar saltándonos las normas, ¿no?".

Se acercó hasta que la cabeza roma de su polla presionó la resbaladiza unión de sus piernas. Estaba preparada para él.

"*En garde*", gruñó.

"*Allez*", murmuró.

Empujó lentamente dentro de su abertura, deteniéndose, esperando, permitiendo que la anticipación amplificara el placer. Por su parte, Wynne se estaba volviendo loco, pero se contuvo incluso cuando Jo levantó las caderas. Cada centímetro de su cuerpo parecía consciente, ansiando su siguiente movimiento.

Locura. Locura. Quería penetrarla profundamente. Pero, en lugar de eso, las manos de Wynne se aferraron a sus caderas, su piel se cubrió de sudor mientras él invocaba su control.

Con sus cuerpos conectados, sus ojos se encontraron. Ambos ardían. Lentamente, Jo levantó más las caderas, atrayéndolo hasta la mitad de su cuerpo. Él se movió despacio, entrando y saliendo, sin llegar a introducirse del todo.

Ella respiraba entrecortadamente y él sabía que sentía la misma presión creciente que él. Le tendió la mano. Él le correspondió y su beso a boca abierta fue lo bastante ardiente como para incendiar las sábanas.

"Tómame ahora", susurró.

"¿Nuevas normas?", gruñó.

Las manos de Wynne se aferraron a sus caderas y sus dedos mordieron su carne mientras se empalaba completamente en su interior. Retiró el pene hasta la punta, se detuvo y volvió a clavárselo. Instintivamente, Jo le rodeó la cintura con las piernas, incitándole a seguir. Le besó la boca con avidez mientras sus ritmos superaban todo pensamiento consciente. Una y otra vez, se deslizaba hacia fuera y se mecía dentro de ella, acelerando con cada golpe.

Los colores naranja, dorado y rojo destellaban en su cerebro y un rugido le llenaba los oídos. Aun así, aguantó, deseando que ella se corriera. Sus jadeos se convirtieron en gemidos y luego en gritos de placer. Sus dedos se clavaban en los brazos de él y luego se aferraban a las sábanas. La penetró una y otra vez, llenándola con todo lo que tenía.

Y entonces llegó, una explosión de pasiones fulgurantes. Simultánea, brillante, alucinante, una explosión que los consumió a ambos en un deslumbrante momento de olvido. Y en ese instante, mientras sus cuerpos se fundían en uno solo, mientras ascendían juntos en espiral, se creó un cielo... un lugar dorado sólo para ellos, donde un trono estaba reservado para los vencedores de tan inspirado deporte.

Un eón después, mientras Wynne la estrechaba entre sus brazos, Jo le besó los labios.

"Te das cuenta", susurró feliz, "de que quedan dos días para nuestra boda, lo que nos da tiempo de sobra para más competiciones".

"Bueno, espero que no estés pensando en renunciar a los concursos adicionales que tenemos programados para esta noche".

"Estoy impaciente por conocer las normas, capitán".

"Abram trabajó en el castillo de Tilmory antes de ser contratado en las cocinas de la Abadía", contó Wynne a Jo algún tiempo después, tras otra ronda de hacer el amor. Estaban tumbadas frente a frente en la cama, con las manos de ella bajo la mejilla y las piernas entrelazadas. "Por supuesto, no sabíamos nada de eso".

Jo casi se había convencido de que los planes de Abram no tenían ninguna relación con los Barton, sino que eran fruto de un viejo rencor. Se había equivocado.

"Ahora dice que le pagó la señora Barton para que trabajara aquí y vigilara a su hijo".

"¿Fue sólo ella, o Graham también estuvo implicado?"

"Afirma que fue la Sra. Barton quien le llamó y le dio las órdenes. Si Graham lo sabía o no, Abram no tenía ni idea".

Si se ignorara todo lo que ocurrió después, Jo podría comprender el beneficio de colocar a Abram en la Abadía. ¿Qué mejor manera de vigilar los cuidados que se dispensan a alguien a quien se ama? En este caso, se trataba de un amor retorcido, en el mejor de los casos.

"Su motivación no era la preocupación por su hijo, ¿verdad?", preguntó.

"¿Cuándo vino Abram por primera vez a trabajar a la sala? Es difícil saberlo. ¿Pero más tarde?" El rostro de Wynne se endureció mientras enroscaba un mechón de su pelo alrededor de un dedo y la miraba a los ojos. "El día que te vio por primera vez en la Abadía, Abram dijo que ella le habló mientras se marchaban. Afirma que sus palabras exactas fueron que su hijo ya estaba muerto para ella debido al estado de su mente. Luego le dijo que Charles no querría vivir así y que Abram debía acabar con él. Que lo matara".

No podía comprender cómo una madre podía ordenar el fin de la vida de su propio hijo. No importaba su edad o el estado de su mente, para Jo no tenía sentido.

Pero ella sabía la verdad. No tenía nada que ver con la mente de Charles. El desencadenante fue la llegada de Jo a la Abadía.

"¿Por qué involucrar a Cuffe? ¿Por qué el engaño?"

"Abram afirma que no se fiaba de la Sra. Barton. Estaba más loca que los pacientes de la Abadía. Insiste en que Cuffe le malinterpretó. Dice que no pretendía hacer daño a Charles Barton. Nunca planeó cumplir su orden. Por supuesto, sólo admite todo esto ahora porque hay que culpar a alguien, y la señala a ella".

"No le crees, ¿verdad?", preguntó ella.

"Es un mentiroso", le dijo Wynne. "Abram era lo bastante listo como para darse cuenta de la probabilidad y las consecuencias de que le pillaran. Si la muerte de Charles parecía accidental, seguiría siendo indemnizado por la madre. Si no lo conseguía, se la jugaría como ahora".

"¿Qué será de él?", preguntó.

"Le encerrarán durante un tiempo. Quizá transportado. Pero no le colgarán por ello".

Un futuro mucho mejor que el que le esperaba a la señora Barton, pensó Jo.

Capítulo Veintiséis

Tres Semanas Después

DESDE QUE PASARON por la aldea de Melrose, Wynne y Cuffe habían cabalgado por una carretera que atravesaba espesos bosques. Sólo unas pocas casas de campo habían roto la sombra proyectada por los altos árboles.

"¿Cómo es Baronsford?"

A Wynne no le sorprendió en absoluto la curiosidad de su hijo. Hasta el momento, su visita a las Fronteras había sido una experiencia positiva para él. Se había sentido como en casa en Highfield Hall. Conocer y pasar tiempo con sus primos había ido excepcionalmente bien. Y el hermano de Wynne y su esposa habían colmado de afecto a su sobrino. Hoy, sin embargo, iba a llevar a Cuffe a la fortaleza de los Pennington por primera vez.

"Algunos dicen que es imponente".

Intentó imaginar cómo lo vería un niño de diez años, sobre todo uno que hubiera crecido siendo muy consciente de las estrategias de las batallas y la supervivencia.

"Se podría ver como una fortaleza, preparada para resistir todos los ataques. El lugar tiene kilómetros de senderos que serpentean a lo largo de acantilados con vistas al río Tweed, donde los vigías pueden divisar la aproximación de un enemigo a grandes distancias. Y en caso de asedio, el parque de ciervos y el lago constituirían un suministro constante de alimentos".

Cuffe cabalgó en silencio durante un rato, contemplando su respuesta y mirando a través de las grietas del bosque en busca de un atisbo del castillo.

Wynne había cabalgado hasta allí a principios de semana para reunirse con el conde y la condesa y pedirles formalmente permiso para casarse con Jo. No era ningún secreto que ya se habían casado con el vicario de Rayneford. Aun así, se celebraría una segunda ceremonia en la iglesia de aquí, con una recepción que tendría lugar el día anterior al famoso Baile de Verano de Baronsford.

Todo aquello era una cuestión de formalidad, pero Wynne lo alentó, sabiendo lo mucho que los Pennington significaban para Jo. Estaba dispuesto a hacer cualquier cosa para limar los malos recuerdos del pasado. Quería que todos lo aceptaran a él y a su hijo en su círculo familiar.

Y eso le condujo de nuevo aquí esta mañana, pues Hugh, el hermano de Jo, el vizconde Greysteil, había estado fuera por asuntos legales el día en que Wynne habló con lord y lady Aytoun.

"Lady Jo siempre ha considerado Baronsford como su hogar. Creció aquí rodeada de una familia cariñosa y de decenas de personas que, independientemente de su rango o posición, son tratadas con dignidad y respeto."

"¿Hay algo que no te guste?"

Wynne podría responder mejor a eso después de su encuentro con Hugh Pennington. Cuffe no sabía nada del duelo que había librado con el hermano de Jo dieciséis años atrás. Hoy era la primera vez que Greysteil y él se reunían desde aquel brumoso amanecer en Hyde Park.

"Quizá puedas decírmelo cuando cabalguemos de vuelta a Highfield Hall esta noche".

Salieron del bosque a la luz del sol y Cuffe echó el freno a su caballo. A lo lejos, encaramado dramáticamente sobre una elevación rocosa, el castillo se alzaba impresionante sobre los ondulantes campos y praderas.

"¿Baronsford?"

"El único". Observó cómo una expresión de duda cruzaba el rostro de Cuffe.

"Imponente".

"Eso he oído", dijo Wynne con una sonrisa.

"¿Y por qué exactamente vamos hoy allí?"

"Tienes que conocer a los padres adoptivos de tu nueva madre, a sus hermanos y a sus cónyuges", dijo tranquilizador. "Me dijeron que se esperaba que su hermano menor, el capitán Gregory Pennington, llegara ayer con su esposa y su sobrina desde Torrishbrae".

"¿Pero por qué no puede esperar todo esto hasta el día de la boda? ¿No habrá decenas de personas más a las que conocer?"

Wynne comprendía todas las preguntas. En cada nuevo lugar desde que llegaron a las Fronteras, con cada nuevo grupo de personas, habían empezado las preguntas y los susurros a causa del color más oscuro de la piel de Cuffe. Preguntas sobre la legitimidad de su relación con Wynne. Cada vez, había resuelto la situación con rapidez y eficacia, pero Cuffe era consciente de la tensión.

"No deberías estar nerviosa. Los Pennington no son como cualquier otra familia que conozcas. Viven según sus propios valores, sin tener en cuenta las opiniones de la sociedad. Han soportado un escrutinio mucho mayor en su vida del que jamás soportaremos nosotros". Wynne se acercó y puso una mano sobre la de su hijo. "Además, hoy te necesito allí para que me ayudes".

"¿En qué puedo ayudarte?"

"Sé tú mismo y gánate su afecto. Asegúrate de que no puedan negarse a acogerte como un miembro más de la familia".

Cuffe sonrió. "Eso será fácil".

"Bien, porque puede que me resulte difícil convencer al vizconde de que me acepte como su nuevo hermano".

Al entrar en la biblioteca de la planta baja de Baronsford, Jo se sorprendió al encontrar a su padre, el conde de Aytoun, reprendiendo en voz alta a su hermana menor, Phoebe. Hacía tiempo que no los veía tan agitados el uno con el otro.

"Esto es demasiado, jovencita. Este moratón que tienes en la cara", rugió. "Si fueras un hombre, diría que alguien te dio un puñetazo en el ojo".

"Te lo he dicho una y otra vez. Me topé con una puerta, padre. Una puerta". Phoebe levantó las manos con evidente frustración. "¿Por qué no me crees cuando te digo que tengo mi vida bajo control?".

De los cinco hijos que Lyon y Millicent criaron, Phoebe era la que más se parecía a su padre en temperamento. Explosiva", decía la madre de Jo.

"¿Bajo control?" El conde siguió con su arenga. "Vas y vienes a tu antojo. Ignoras las obligaciones familiares. Tu madre y yo no tenemos ni idea de dónde estás, de con quién te haces compañía..."

"Estoy aquí por la boda de mi hermana, ¿no? Días antes

del acontecimiento". Al ver a Jo, se volvió hacia ella. "Sálvame de él. ¿Lo harás, amor mío?"

Jo se encogió al ver la marca negra y azulada bajo el ojo de la joven. Phoebe cruzó la habitación y le dio un cálido abrazo, susurrándole al oído: "Necesito robarte a Anna durante una hora. No hay nadie mejor para ocultar moratones espantosos".

Antes de que Jo pudiera empezar su propio interrogatorio, Phoebe salió corriendo de la habitación.

"Ya se lo he dicho a Millicent", dijo el conde, tendiendo una mano hacia Jo para que viniera a sentarse a su lado. "Vamos a contratar a un corredor de la calle Bow para que la siga. Tu hermana vuelve a hacer travesuras. Lo sé".

Ella no lo dudaba. Phoebe era la escritora, la aventurera. Al crecer, siempre habían pensado que tenía la cabeza en las nubes, que estaba a salvo en su mundo imaginativo. Pero últimamente, Jo había empezado a encontrar pistas sutiles que insinuaban una vida oculta. Ropa de hombre metida en un rincón del armario de su hermana. Manifiestos de barcos copiados en trozos de papel en un cajón del escritorio. La empuñadura de una daga con sólo un centímetro de hoja rota. Y ahora este ojo morado de hoy. Cuando se enfrentó a ella, Phoebe simplemente se rió de las preocupaciones de Jo, diciéndole que eran accesorios para las representaciones dramáticas de sus obras en una próxima fiesta en casa. Y la confidente de Phoebe, su hermana menor, Millie, permaneció callada y con los labios apretados ante todas las preguntas de Jo.

"Un Runner podría ser algo bueno", dijo Jo, sentándose a su lado en el sofá. "Pero se enfadará si se entera".

"Puedo vivir con que esté enfadada, siempre que esté a salvo. Cada uno de vosotros es demasiado valioso para nosotros".

A cada uno de vosotros. A Jo no se le escapó el énfasis que puso en las palabras, la forma en que la miró mientras las decía. Los Pennington conocían las conexiones familiares que Jo había encontrado en las Highlands. El conde también sabía que Charles Barton la había acompañado a la iglesia para casarse con Wynne en Rayneford.

"Lo sé. Y espero que sepas que sigues siendo mi padre. El padre que me crió, me valoró, me apreció y se aseguró de que no me faltara de nada en toda mi vida. El padre que me enseñó los valores que tengo hoy", dijo ella, cogiéndole la mano y llevándosela a los labios. "Te adoraré, te querré y te apreciaré hasta el día de mi muerte".

"Necesitaba oírlo", dijo, y la atrajo hacia sí en un abrazo de oso. "Estaba dispuesto a llamar a Charles Barton y batirme en duelo con él por ti. Al fin y al cabo, te he amado durante más tiempo y, con diferencia, más profundamente".

Sonrió y se apuñaló una lágrima fugitiva mientras la madre de Jo se apresuraba a entrar en la habitación.

"¿Qué haces, hacer llorar a mi hija?" riñó Millicent a su marido.

Sin esperar respuesta, cruzó hacia las ventanas y se asomó a los jardines.

"No puedo verlos, pero está tardando demasiado. No habrán sacado las pistolas, ¿verdad?".

Como Lord Justicia, Hugh Pennington utilizaba su estudio en Baronsford como sede local de su poder. Wynne no pensaba de ningún modo arrastrarse ante aquel hombre, y rechazó la sugerencia de reunirse en una sala donde estaría en desventaja.

La peculiar sugerencia del vizconde de dar un paseo en globo mientras resolvían su pasado también estaba descartada. No confiaba en que el hombre no le arrojara de la cesta.

Y si los acontecimientos se torcían, Wynne no sabría cómo aterrizar él mismo el artilugio.

No tenía ningún deseo de volar a la Luna antes de que se celebrara esta boda.

Pasear con Hugh por los jardines no era exactamente el escenario varonil que él imaginaba para esta conversación, pero era la única opción aceptable tanto para Jo como para Grace. Ninguna de las dos mujeres confiaba en ellos fuera de la vista del resto de la familia. Ambos hombres, lo bastante inteligentes como para reconocer el valor de escuchar a sus esposas, aceptaron la sugerencia.

El discurso que pronunció Wynne fue el mismo que había pronunciado ante el conde y la condesa Aytoun.

El vizconde escuchó las palabras como un juez que escucha los argumentos finales antes de dictar sentencia.

"Hoy faltan exactamente diez días para la boda", dijo finalmente, mirando a Wynne. "Aún podemos vernos al amanecer. Digamos... ¿la cañada junto al lago?".

Su referencia a la fecha no era involuntaria. Wynne había puesto fin a su compromiso con Jo diez días antes de su boda, hacía dieciséis años. Pero no vio ninguna gracia en la sugerencia de otro duelo.

"Hoy no recibirá ninguna carta mía. No voy a romper nuestro compromiso. Amo a Jo. Y por si lo has olvidado, ya estamos casados", le dijo Wynne. "En cuanto a las disculpas, su aceptación de las mías fue la única necesaria. Y ella dio su perdón libremente. Sabe cuáles fueron mis razones entonces y comparte mis sentimientos ahora".

La mirada del vizconde era firme, y Wynne la recibió sin pestañear.

"¿Sabe ella también, Melfort, que ese día tenías intención de morir? Desviaste tu puntería en el último momento. No tenías intención de disparar tu arma".

A Wynne no le sorprendió que se hubiera dado cuenta; Hugh Pennington era entonces oficial de caballería y un tirador de primera.

"Y podrías haber enterrado fácilmente tu bala en mi corazón", replicó Wynne. "Pero no lo hiciste. Elegiste perdonarme la vida".

Ambos eran tan altos y anchos como el otro. Ambos eran seguros y confiados.

"Te respetaba por defender el honor de tu hermana", le dijo Wynne. "De un modo u otro, iba a dejarla y quería asegurarme de que contara con la protección de un buen hombre".

Hugh se lo pensó un momento antes de hablar.

"Tardé años en comprender por fin lo que la guerra, la ausencia y la muerte hacen al que queda atrás", dijo. "Ahora te comprendo".

Wynne sabía que la primera esposa de Greysteil había cogido a su hijo pequeño y había viajado a la España devastada por la guerra en pleno invierno para estar con él. La madre y el niño habían muerto de la fiebre del campo mientras Hugh luchaba por llegar hasta ellos. Jo le contó a Wynne que, durante muchos años, su hermano vivió su vida con un deseo de muerte. La llegada de Grace a Baronsford fue la luz que le salvó.

"La guerra se cobra demasiadas vidas inocentes", dijo Wynne, tendiendo la mano. "Siento tu pérdida. De verdad".

Poco después, mientras hablaban del padre natural de Jo y de su camino hacia la recuperación, Gregory Pennington y Cuffe se acercaron a toda prisa hacia ellos. Wynne vio que su hijo miraba por encima del hombro como temeroso de lo que fuera que les persiguía.

"¿Qué te pasa?", le preguntó, atrayéndolo a su lado.

"Le ayudo a esconderse de Ella", admitió Gregory.

Wynne ya había conocido a la sobrina de seis años de la

mujer de Gregory, Freya. Con suficiente energía y ruido para avergonzar a una tormenta de verano, la niña era una fuerza a tener en cuenta. Esta mañana, a su llegada, había corrido inmediatamente hacia Cuffe, declarando que le gustaba y preguntándole si podía enseñarle a bailar.

Freya, que esperaba su primer hijo, se había quedado tartamudeando. Gregory, coloreándose profundamente, se había propuesto al instante distraer a la niña. Por sus reacciones, Wynne tuvo la sospecha de que había una gran confusión con respecto al baile que la pareja no deseaba explicar.

"¿Qué te parece?" preguntó Gregory a Cuffe. "¿Los establos, las perreras o el lago?".

"¡Cuffe!", llamó una niña desde cerca de la casa.

"Primero los establos", dijo Cuffe, echando a correr. "Puedes enseñarme el lago después".

Capítulo Veintisiete

Siete Días Después

LA NOTA de Lady Nithsdale llegó como ella esperaba. Su vecina llamaría esta mañana.

Jo pidió a Grace y a su madre que no recibieran a la mujer, sino que un lacayo acompañara a su señoría hasta su camerino, donde una costurera y Ana daban los últimos retoques a su vestido de novia.

No tuvo que esperar mucho. Ana vio el carruaje de los Nithsdale que se acercaba por el camino.

Jo miró fijamente su propio reflejo en el espejo. El vestido plateado plisado de manga corta, bordado con perlas, era costoso tanto en materiales como en mano de obra, pero su madre había insistido en ello. Le había hecho saber que Jo era su primera hija casadera, y que tendría el vestido más elegante imaginable, tal como se merecía.

También Wynne dejó claro a todo el mundo que quería que Jo disfrutara de todos los aspectos de la preparación de aquella ceremonia, aunque ya estuvieran casados. Quería que

266

todo el mundo supiera de su felicidad. Había llegado al extremo de hacer imprimir un anuncio oficial de la boda en todos los periódicos de Londres y Edimburgo, nombrando al conde de Aytoun y al señor Charles Barton como padres de la novia, además de mencionar al resto de la familia.

Unos instantes después, se anunció a Lady Nithsdale.

Jo se miró por segunda vez en el espejo, sorprendida por la serenidad de su expresión. Recordó todas las veces que, a lo largo de los años, había sentido náuseas en compañía de aquella mujer. Lady Nithsdale había hecho una larga carrera transmitiendo la historia personal de Jo, verdadera o inventada, a quienquiera que encontrara para escucharla. Nunca le había hecho ilusión recibir a Lady Nithsdale, pero lo había soportado con estoica civilidad.

Hizo un gesto con la cabeza a Anna para que la dejara pasar.

Lady Nithsdale entró en la habitación con la gracia de un toro viejo. Se detuvo a medio metro de Jo y jadeó al ver el vestido. En su habitual falsa muestra de familiaridad, depositó un beso en cada mejilla de Jo.

"Y aquí tienes, querida mía". Se apartó para admirar de nuevo el vestido. "Impresionante. Regio. Absolutamente apropiado. Eres la imagen del ángel que eres. Y qué acontecimiento tan impactante, encontrar a tu padre natural después de todos estos años. Sorprendente. Realmente chocante".

Evidentemente, para Lady Nithsdale, Jo era muy querida. Eran las amigas más íntimas y le convenía ser elogiosa en aquel momento.

"Quiero oír todos los detalles de lo que ocurrió en las Highlands. Especialmente, debes contarme todo sobre ti y el capitán Melfort. Juntos de nuevo. Sorprendente. Una segunda oportunidad de romance después de tantos años".

Hizo un gesto a las sirvientas para que retiraran las telas y las herramientas de una silla cercana para poder sentarse, y pareció sorprendida cuando Jo negó con la cabeza y pidió a las mujeres que se marcharan.

"¿Vamos a tomar el té abajo con la vizcondesa Greysteil y lady Aytoun?", preguntó cuando se quedaron solos.

"Mis disculpas, pero mi familia no recibe llamadas hoy".

"Por supuesto, querida. Tenéis que prepararos. Todos vosotros. Sólo faltan tres días para la boda del año. Y sólo cuatro días para el Baile de Verano. Son tiempos muy emocionantes para nosotros".

Jo sabía la verdadera razón por la que aquella mujer estaba aquí, y desde luego no tenía nada que ver con tomar el té o admirar un vestido de novia.

Lady Nithsdale se consideraba londinense y vivía para el ingenio y los cotilleos de los clubes, los salones, los teatros y los jardines de recreo. Luego, cuando la muchedumbre de moda se marchaba, ella seguía durante un mes en Bath antes de su peregrinación anual a los Borders en mayo y junio. La única razón por la que venía era porque jamás se le ocurriría perderse el baile de Baronsford. Jo se lo había oído decir una docena de veces. Entre la multitud que asistía había muchos de los más altos cargos de Gran Bretaña, y lady Nithsdale podía navegar entre ellos como si ella misma fuera la anfitriona.

Y, por supuesto, muchos de los que asistirían al baile también habían sido invitados a venir a la boda el día anterior.

"Yo también debería estar en casa preparándome, pero antes pensé en informarme sobre nuestra invitación perdida".

"¿Invitación perdida?" preguntó Jo, intentando parecer sorprendida.

"Pues sí", contestó la mujer con estrépito. "Culpé a los criados por haberla perdido. Pero lord Nithsdale dijo que creía que no había llegado ninguna invitación. Pero le dije que lady Jo nunca, *nunca*, olvidaría a sus amigos más antiguos y queridos en el día más importante de su vida. *A nosotros.* Los más cercanos a ella. Los que la conocen desde el primer día que llegó a Baronsford. Y me dijo que no sólo no nos habían invitado a la boda, ¡tampoco habíamos recibido invitación para el baile!".

"¿No te invitaron al baile?" preguntó Jo suavemente, encontrando divertido que su cuñada Grace -al tiempo que se aseguraba de que el hermano de Wynne, sir John, y su esposa estuvieran incluidos en la lista de invitados- hubiera tachado también algunos nombres.

"Exactamente. ¿Te lo imaginas? ¿Que el conde y la condesa Nithsdale no fueran invitados al Baile de Baronsford? Me reí a carcajadas ante la idea. ¿Te lo imaginas?

Jo se quitó una pelusa invisible de la manga. "Sí, me lo imagino".

"¿Imaginar qué?" Los sagaces ojos de la mujer se entrecerraron.

"No hay ningún error. No hay invitación. Significa que ni a ti ni a lord Nithsdale se os ha pedido que asistáis a ninguno de los dos actos".

"Estás diciendo..." En el rostro de Lady Nithsdale aparecieron profundas manchas rojas. "¡Estoy horrorizada! Somos vecinos. Amigos".

"Usted, milady, es un desafío", dijo Jo con calma. "Y desde luego no somos amigas".

Se habría dado por satisfecha si Lady Nithsdale hubiera optado por huir en ese momento y les hubiera ahorrado a ambas más discusiones. Pero la mujer estaba, por desgracia, demasiado acostumbrada a la educada y razonable Jo a la que había estado difamando e intimidando durante décadas.

"Será mejor que reconsideres tus actos con mucho cuidado, jovencita", dijo fríamente, dejando clara su amenaza.

"Podría arruinarte. Sería muy fácil. Así que pisa con cuidado en este momento. Piensa, si quieres, en lo que pensarían tus otros invitados si yo no estuviera presente para...".

"Permíteme que te diga lo que pensarán los *amigos* que hemos invitado a estos actos", dijo Jo, cortándola. "Estarán agradecidos por haberse librado de la compañía de una mujer ruidosa, prepotente e intolerante y de su marido. Se sentirán aliviados, pues no tendrán que escuchar tus chismes malintencionados, tu lengua afilada, tu arrogancia ni tu atrevida e incesante intromisión".

La mujer se quedó con la boca abierta mientras buscaba una respuesta, pero Jo no había terminado.

"La gente a *la que* considero amiga, lady Nithsdale, está cansada de ver el placer que os produce mancillar una reputación intachable o menospreciar algo de valor sin tener en cuenta la verdad ni la decencia. Ahora, ¿quieres oír algo más sobre este tema, o ya he sido lo bastante clara?".

El rostro de lady Nithsdale había perdido todo color, pero consiguió cerrar la boca. Cuando hizo una reverencia y salió de la habitación, Jo la observó con no poca sorpresa. Su señoría había abandonado el campo.

Volviéndose hacia el espejo, examinó la expresión de su propio rostro. Aliviada. Satisfecha. Controlada. Fuerte. Le gustaba la persona en la que se había convertido.

Y después de dieciséis años, por fin había encontrado las palabras adecuadas para decirlo.

Epílogo

Un Mes Después

Se detuvieron en el kirkyard de Melrose Village antes de partir hacia Glasgow.

Esperando con Cuffe junto al carruaje, Wynne dejó a Jo para que pasara un rato a solas junto a la tumba de su madre. Ella le había traído aquí muchas veces mientras estuvieron en Baronsford. Y una vez que regresaran de su luna de miel, él y Jo planeaban llevar a Charles a los Borders. Deseaba visitar el lugar donde Josephine estaba realmente enterrada.

Cuando venía al sur, también tenía la oportunidad de conocer a la familia Pennington. Estaba mejorando continuamente. Sin embargo, hacía sólo un día que les había llegado la noticia de que Leana Barton había muerto.

Jo estaba dispuesta a volver a las Highlands si su padre la necesitaba, pero su carta insistía en que continuaran con el viaje que habían planeado. Comprendía la importancia que tenía para ellos como familia.

Wynne vio cómo Jo se levantaba y daba un toque de

despedida a la nueva lápida que habían mandado tallar. Se sintió aliviado al ver una sonrisa en sus labios mientras caminaba hacia ellos.

"¿Estás preparado para nuestra aventura?", preguntó.

"Sigo sin saber por qué tengo que ir con vosotros dos. Es vuestra luna de miel", se quejó Cuffe, siguiendo a Jo hasta el carruaje. "Puedo quedarme con el doctor McKendry".

"Queremos que estés con nosotros", insistió Wynne, cerrando la puerta y sentándose junto a su mujer.

"Pero yo puedo cuidar de tu padre por ti". Cuffe se volvió hacia Jo, obviamente con la esperanza de que se pusiera de su parte. "Le caigo bien al Sr. Barton. Me pidió que le llamara papá. Creo que lo haré".

"Te vienes con nosotros, cariño", le dijo.

Se había adaptado rápidamente a su papel de madre de un hijo de diez años. Era severa pero cariñosa. Estricta y flexible cuando la situación lo requería.

"Pero le echaré de menos".

"Como yo. Pero volveremos pronto".

No esperó más quejas y se sentó junto a Cuffe. Le enseñó los libros que había tomado prestados de la biblioteca de Baronsford. Wynne observó cómo juntaban sus cabezas, discutiendo o riendo sobre los pasajes que leían.

A media tarde, Cuffe volvió a interrogarles sobre el viaje.

"Me llevas contigo y no muestras ningún respeto por mi educación ni por mis profesores", se burló. Cuffe estaba trabajando claramente en el arte del debate. "¿Cómo va a seguir siendo listo el señor Cameron con su aritmética si no tiene ningún alumno al que enseñar?".

"Creo que se las arreglará de algún modo". Wynne sonrió.

"Y Hamish", dijo el muchacho, imitando el acento escocés del jefe de la granja. "El hombre no tendrá a nadie a quien regañar. Ningún chaval al que llamar la atención".

"Creo que se las arreglará", comentó Wynne.

Mientras Cuffe seguía recitando los nombres de todas las demás personas de la Abadía que echarían de menos su compañía, Jo envió a Wynne una mirada suplicante para decírselo.

El viaje iba a ser una sorpresa, pero el muchacho conocería su destino una vez que el carruaje llegara a los muelles de Glasgow, en Greenock.

"Tanto quejarte y ni una sola vez has preguntado adónde vamos", le recordó Wynne.

Cuffe se encogió de hombros. "¿Qué más da? Estoy condenado a viajar con recién casados".

Jo se unió al juego. "Muy bien. Entonces no te lo diremos".

El silencio no duró ni un minuto antes de que la curiosidad del niño de diez años se apoderara de él.

"¿Viajamos en barco o en carruaje?"

"En barco", dijo Wynne.

Cuffe frunció las cejas mientras estudiaba primero a Jo, antes de mirar a su padre y luego de nuevo a Jo.

"¿Vamos a visitar al resto de los Pennington? ¿En Boston, en Filadelfia o en alguno de esos otros lugares de América?"

Jo negó con la cabeza. "Esta vez no".

"Navegamos hacia el continente para ver pinturas y esculturas y montañas nevadas", adivinó Cuffe, con cara de dolor.

"No, inténtalo de nuevo".

Una expresión de esperanza apareció en el rostro del muchacho. Se quedó mirando a Wynne, esperando, sin querer preguntar. "Dímelo".

Jo sonrió, indicándole con la cabeza que continuara.

"Vamos a estar fuera tres meses", dijo. "Tres semanas en el mar para llegar y cinco semanas para regresar. Eso nos dará unas cuatro semanas en nuestro destino".

"¡Jamaica!" chilló Cuffe, lanzándose a los brazos de Wynne. "Vamos a ver a Nanny".

Abrazando a su hijo contra sí, Wynne miró agradecido a su esposa. Habían hablado de este viaje la noche de su boda en Rayneford. Ambos estaban de acuerdo en que, para que Cuffe estuviera en paz con su vida en las Highlands, no podían permitir que se sintiera irrevocablemente separado de su pasado y de la abuela que lo había criado.

Se habían prometido viajar a Jamaica de vez en cuando. Y si a Nanny le parecía bien la idea, también podría venir a pasar una temporada en Escocia.

Cuffe se acercó después a Jo, y la abrazó con afecto, con fiereza.

"Gracias", susurró.

Le dio un beso en la frente y le devolvió el abrazo.

Formaban una pareja perfecta, pensó Wynne, contemplando a las dos personas que le completaban. Era el hombre más afortunado del mundo, pues las tenía y eran su familia.

Su familia. Su vida. Su amor. Su pasado. Su futuro.

Gracias por leer *Sucedió en las Highlands*. Si te ha gustado, por favor, deja una reseña en línea.

Y no dejes de leer el siguiente libro de esta serie, *Sin Dormir en Escocia*, la historia de un héroe herido, una mujer con secretos y un asesino que acecha en la niebla.

Escándalo, amor y la mano del destino...

Lady Phoebe Pennington arriesga su vida para desenmascarar a los corruptos dirigentes políticos de Edimburgo, e incluso desciende a los hirvientes bajos fondos de la ciudad. Una noche, escapa de la muerte por los pelos y cae en brazos del hermano de su mejor amiga asesinada.

El capitán Ian Bell es un hombre torturado que lucha contra el dolor y la culpa por la pérdida de su hermana, y sigue buscando a su asesino.

El destino los ha unido, pero la confianza es esquiva y el peligro acecha en los oscuros callejones de la ciudad. Pero Phoebe es la única que ha visto el rostro del asesino de su amiga, y las siniestras sombras del mal están más cerca de lo que ella e Ian imaginan.

Nota del autor

Esperamos que te haya gustado nuestra novela *Sucedió en las Highlands*.

Como muchos de nuestros lectores saben, rara vez dejamos que nuestros personajes se vayan sin luchar, así que podrás verlos en las numerosas historias que surgen de nuestra imaginación.

La primera mención de Jo en nuestras historias se encuentra cuando llegó a Baronsford siendo una niña, en *Sueños Prestados*, el primer libro de la Trilogía del Sueño Escocés. Años más tarde, también desempeñó un papel importante en *Romance con el Escocés*, la emocionante historia protagonizada por Hugh Pennington y Grace Ware.

Puede que ya hayas adivinado que Phoebe Pennington será la heroína de nuestra próxima novela.

Además, el cuento de Millie Pennington y Dermot McKendry, *Querida Millie*, no se queda atrás.

Como en todas nuestras novelas, en *Sucedió en las Highlands* hemos intentado describir un lugar y una época de manera que se mezclen lo real y lo imaginario de forma entretenida.

Nota del autor

La historia de los Maroons de Jamaica es una parte importante de la historia global, al igual que las personas que contribuyeron al movimiento hacia la libertad y la igualdad. También esperamos que te hayan gustado las referencias a los cuentos populares de África occidental.

Durante el periodo de tiempo en el que se desarrolla esta novela, era frecuente el trato inhumano de quienes padecían problemas de salud mental. Las personas que mostraban síntomas de "locura" eran encerradas lejos de la sociedad y dejadas para que sufrieran y murieran en las condiciones más atroces. A menudo, la sociedad utilizaba estas instituciones como lugares para encerrar a cualquiera que fuera visto como "diferente". Los innovadores como el Dr. McKendry de nuestra historia estaban a la vanguardia del tratamiento.

Sucedió en las Highlands es una de las diez novelas y novelas cortas que componen la serie multigeneracional de la Familia Pennington.

Si te interesa, aquí tienes la lista completa:

La Promesa (*USA Today Bestseller*) - Huyendo por su vida en un viaje desesperado a América, Rebecca Neville promete a la moribunda esposa del conde de Stanmore criar y cuidar a su hijo recién nacido, James. Diez años después, el conde de Stanmore se entera de la existencia del niño. Envía a las colonias a su joven heredero para que pueda criarlo como par del reino. Sin intención de renunciar a su voto, Rebecca regresa a Inglaterra con James para afrontar un futuro sin su amado cargo, pero también debe enfrentarse a su tumultuoso pasado.

La Rebelde - Jane Purefoy, hija de un magistrado

inglés, adopta el disfraz del famoso rebelde irlandés Egan y lidera una banda secreta de revolucionarios contra la brutalidad de las tropas coloniales. Sir Nicholas Spencer se dirige a Irlanda para cortejar a la hermana menor de Jane. Cuando se topa con Egan, Sir Nicholas desenmascara al legendario rebelde y descubre a Jane. Hechizado por ella, decide guardar su secreto y se embarca en un arriesgado plan de seducción que sumirá a la familia de ella en el caos, a un país en la rebelión y a su corazón en la agonía de un amor que nunca podrá ser.

Sueños Prestados (*Premio RT a la Mejor Novela Histórica de Ambientación Británica*) - Impulsada a deshacer el mal causado por su difunto marido y enfrentada a la ruina económica, Millicent Wentworth debe contraer un matrimonio de conveniencia con el tristemente célebre "Señor del Escándalo" Lyon Pennington, conde de Aytoun. Lyon es un hombre devastado por un trágico accidente que mató a su primera esposa y le dejó gravemente herido. Lleno de desesperación, se deja atraer a regañadientes hacia un matrimonio no deseado. Una nueva versión de 'La Bella y la Bestia'.

Sueños Capturados - Portia Edwards hará lo que sea para encontrar a la familia que nunca conoció. Y cuando conoce al comerciante Pierce Pennington, el hermano menor de Lyon Pennington, Portia tiene la oportunidad perfecta para pedirle ayuda. Pero su obstinado orgullo la mantiene en silencio. Es decir, hasta que reconoce su fuerte atracción por el valiente hombre que, de noche, es conocido como el infame capitán MacHeath, que contrabandea armas por mar bajo el manto de la oscuridad, todo en nombre de la libertad...

Sueños del Destino - Herido por el escándalo y el asesinato sin resolver de su cuñada, David Pennington es exteriormente insolente y arrogante. Pero nada le impedirá acompañar a su amiga de la infancia, Gwyneth Douglas, a Escocia para salvar a la heredera escocesa de los cazadores de fortunas. Pero con su llegada a Escocia llega un terrible peligro. Ahora, si alguna vez esperan satisfacer deseos largamente ocultos, tendrán que frustrar el mal que amenaza con destruir la vida de ambos...

Romance con el Escocés - Hugh Pennington, héroe de las guerras napoleónicas, es ahora un viudo afligido con deseos de morir. Cuando recibe una esperada caja procedente del continente, se sorprende al encontrar dentro a una mujer casi muerta. Su identidad es desconocida, y el puñado de monedas americanas y el precioso diamante cosido a su vestido no hacen sino profundizar el misterio. Grace Ware es enemiga de la Corona inglesa. Intentando escapar de los asesinos de su padre, nunca previó que la mala suerte la depositaría en casa de un aristócrata en los Borders escoceses. Mientras se esfuerza por mantener su identidad en secreto, un duelo de ingenio se convierte rápidamente en pasión y romance... hasta que el peligro llega a las mismas puertas de Baronsford, amenazando con separar a los dos amantes o destruirlos a ambos.

Dulce Hogar Navidad en las Highlands (*Finalista del Premio RITA©*) - Freya Sutherland es una tía desesperada que intenta conservar la custodia de su precoz sobrina, Ella, aunque eso signifique casarse por seguridad en lugar de por amor. El capitán Gregory Pennington, recientemente retirado, no desea otra cosa que llegar a casa a tiempo para Navidad, pero le piden que escolte a unos viajeros desde las Tierras Altas hasta las Fronteras. Sus planes no incluyen una esposa y un hijo, y Freya tiene responsabilidades como tutora de Ella. Con Ella conspirando para que estén juntos, Penn y Freya podrían experimentar un poco de magia navideña.

Sucedió en las Highlands - La vida de Lady Josephine Pennington estuvo a punto de destruirse cuando se extendieron los rumores sobre su dudoso parentesco. Años más tarde, cuando recibe un paquete de las Tierras Altas que contiene bocetos de una mujer extrañamente parecida a ella, Jo cree haber encontrado una pista sobre la identidad de su madre biológica. Cuando el capitán Wynne Melfort se vio obligado a poner fin a su compromiso con Jo Pennington hace dieciséis años, nunca imaginó que volvería a verla. Más que eso, nunca esperó que resurgieran sentimientos que creía muertos desde hacía mucho tiempo. Mientras se esfuerzan por desentrañar el misterio de su nacimiento, Jo debe aprender a confiar en Wynne. Y cuando los secretos del pasado empiecen a salir a la superficie, las fuerzas del mal no se detendrán ante nada para impedir que Jo descubra la verdad y reclame su legado.

Sin Dormir en Escocia - Lady Phoebe Pennington arriesga su vida para desenmascarar a los corruptos dirigentes políticos de Edimburgo, llegando incluso a descender a los hirvientes bajos fondos de la ciudad. Una noche, escapa de la muerte por los pelos y cae en brazos del hermano de su mejor amiga asesinada. El capitán Ian Bell es un hombre torturado que lucha contra el dolor y la culpa por la pérdida de su hermana, y sigue buscando a su asesino. El destino los ha unido, pero la confianza es esquiva y el peligro acecha en los oscuros callejones de la ciudad. Porque Phoebe es la única que ha visto el rostro del asesino de su amiga, y las siniestras sombras del mal están más cerca de lo que ella e Ian imaginan.

Querida Millie - El futuro de Lady Millie Pennington parece brillante hasta que el destino le tiende una mano trágica en forma de cáncer. Dermot McKendry es un antiguo cirujano de la Marina Real que ha regresado para abrir un hospital en las Highlands. La Providencia los une, pero las calamidades de la vida pondrán a prueba el poder curativo del corazón humano.

Cómo Descargar un Duque - Lady Taylor Fleming es una heredera con un pretendiente pisándole los talones. Su plan para deshacerse de él es sencillo. Pero el duque de Bamberg no tiene nada de sencillo. Taylor intenta escapar al santuario de las Tierras Altas, pero sus planes se complican cuando el duque llega a su puerta y sus leales aliados la abandonan. E incluso con los planes mejor trazados, las cosas pueden torcerse...

Y si te interesa el romance de segunda oportunidad con una vuelta de tuerca, no dejes de echar un vistazo a *¡Jane Austen No Puede Casarse!*

Como autores, nos encantan los comentarios. Escribimos nuestras historias para nuestros lectores, y nos encantaría saber de ti. Estamos aprendiendo constantemente, así que ayúdanos a escribir historias que apreciarás y recomendarás a tus amigos. Suscríbete para recibir noticias y actualizaciones y síguenos en BookBub.

Como siempre, si te gustó *Sucedió en las Highlands,* por favor, deja una reseña en línea, y no te pierdas la historia de Phoebe Pennington en *Sin Dormir en Escocia.*

Sobre el autor

Nikoo y Jim McGoldrick, autores superventas del *USA Today,* han escrito más de cincuenta novelas trepidantes y llenas de conflictos, además de dos obras de no ficción, bajo los seudónimos de May McGoldrick, Jan Coffey y Nik James.

Estas populares y prolíficas autoras escriben novelas románticas históricas, de suspense, misterio, westerns históricos y novelas juveniles. Han sido finalistas del Premio Rita en cuatro ocasiones y han recibido numerosos galardones por sus obras, como el Premio Daphne DuMaurier a la Excelencia, el Medallón Will Rogers, el Premio de la *Revista Romantic Times*, tres Premios Golden Leaf de la NJRW, dos Medallones Holt y el Premio del Club de Prensa de Connecticut a la Mejor Ficción. Su obra forma parte de la colección Popular Culture Library del Museo Nacional de Escocia.